文春文庫

草雲雀

葉室麟

文藝春秋

目次

草雲雀

一

秋の夜が更けていた。爪《つめ》のような月が出ている。

栗屋《くりや》清吾《せいご》はいつものように夜更けに屋敷の裏口からこっそりと入った。

表の門をくぐって出入りしなくなってから、どれほどたつだろう、と清吾は思った。

媛野《ひめの》藩六万二千石馬廻《うままわ》り役百五十石栗屋家の三男として生まれた清吾は幼いころから長兄や次兄に気兼ねして生きてきた。

それでも昔、父が生きていたころは門をくぐって堂々と出入りしていた。しかし、長兄の嘉一郎《かいちろう》が家督を継いでから清吾に対する家族の目が厳しくなった。

昨年亡くなった父の十郎左衛門《じゅうろうざえもん》は武家としては当然なことなのだが、嫡男《ちゃくなん》の嘉一郎に期待を寄せていた。

嘉一郎は学問に優れ、藩校では秀才として知られ、将来を嘱望《しょくぼう》されていた。それに比べ清吾は二十八歳になっても部屋住みの身の上だ。

養子話が来る年齢ではすでになかった。このままいけば、生涯、長兄に面倒をみても

らうしかなく、先では家督を継いだ甥《おい》にとっての、

——厄介叔父《やっかいおじ》

になるのは目に見えていた。清吾はこのまま年を重ねていくのかと思うたびに暗い気持ちになった。

清吾は特に学問ができるわけではなかったが、城下の若杉源左衛門《わかすぎげんざえもん》道場でも随一の使い手とされ、片山《かたやま》流の秘技〈磯之波《いそのなみ》〉の伝授を受けていた。

だが、清吾には剣技を誇ることは性に合わず、かつて少しはあった養子話の問い合わせの際にも剣の腕前について吹聴《ふいちょう》することができなかった。

このため小心な律義者ではあっても特に取り柄はない地味な男として養子話は遠のいたのだ。そして、清吾が近頃、いっそう肩身を狭くしているのは、女中のみつと深い仲になり、妻としたからだ。

みつは百姓の娘でおとなしく控え目で気立てがよかった。容貌《ようぼう》も十人並みで、目もとが涼しいのが清吾の好みだった。

一家の味噌《みそ》っかすである清吾に屋敷の中でやさしくしてくれたのはみつだけだった。住まいとなっている離れで清吾がひとりぽつねんとしていると、みつが茶を持ってきてくれることがあった。

そんなおり、饅頭《まんじゅう》などの菓子も添えてくれた。どうやら、清吾の母親が家中で親しく

している奥方たちを招いて茶会をしたおりなどに余った菓子を女中たちに与えているらしい。みつはそんな菓子を持ってきてくれるのだ。最初は、

「わたしが食べてもいいのか」

と遠慮していた清吾はいつの間にかみつからの菓子の差し入れを楽しみにするようになっていた。

それとともに、母親の茶会はさほど頻繁に行われるわけではないだけに、菓子はみつが自分の給金で買ってくれているのではないかという気がした。

二年前のある日、部屋に茶と菓子を持ってきたみつにそのことを確かめた。すると、みつは叱《しか》られたと思ったらしく、目を見開き、口をつぐんでいたが、いきなり畳に額をこすりつけるように頭を下げた。

「申し訳ございません。出過ぎたことをいたしました」

みつは涙声で謝った。清吾はあわててうつむいたみつの肩に手をかけた。

「何を言うのだ。わたしは喜んでいる。礼を言おうと思って訊《き》いたのだ」

「本当でございますか」

みつは恐る恐る顔をあげた。

「本当だとも。わたしは菓子が好物だからな」

清吾がなおも言うと、みつはほっとしたように微笑《ほほえ》んだ。

かわいらしい笑顔だと思った清吾はそのときになって、みつの肩に手をかけたままでいることに気づいた。掌《てのひら》にみつの体のぬくもりが伝わっていた。

はっとした清吾が手を引っ込めると、みつは顔を赤くしてうつむいた。清吾は戸惑いながらも、何となくみつとの間に心が通うのを感じた。

清吾とみつの間が深まったのはそれからしばらくしてからのことだ。清吾は若杉道場で師範代を務めて、わずかながら手当をもらっており、少しずつためていた。

その金でみつのために簪《かんざし》を買ってきた。みつが部屋に茶を持ってきたとき、清吾はそっと簪を差し出して、

「日頃の菓子の礼だ」

と言った。みつは目を瞠《みは》って、頭を横に振った。

「いただけません、わたしにはかようなものはもったいのうございます」

「どうしてだ。みつに似合うと思って買ってきたのだぞ」

清吾が困った顔になり、声を低くして言うとみつの顔色は蒼白《そうはく》になった。

「わたしなどにはもったいのうございます」

何度言っても、みつは聞こうとはしなかった。そんなみつが簪を受け取ったのは、半年も過ぎた正月のことだった。

この日、道場で行われた稽古《けいこ》始めの後、師の若杉源左衛門から酒を馳走《ちそう》になった。

珍しくほろ酔い気分で帰ったところ、すでに兄の嘉一郎が帰宅していた。酔っていたため、つい表門から屋敷に入った清吾は、嘉一郎から居室に呼びつけられた。

そして一刻（二時間）余り、部屋住みの身分でありながら、家長よりも遅く、しかも酒に酔って戻るとは何事だ、と厳しく叱責《しっせき》された。

日頃、おとなしく説教されている清吾だが、この日だけはさすがにたまりかねて、

「されど、わたしも、もう二十七でございますゆえ、酒ぐらいは飲みます」

と言い返した。すると、嘉一郎は驚いた表情になった。

「二十七だと、お前はもうそんな年になったのか」

どうやら家督を継いでからの忙しさにかまけて清吾の年を忘れていたらしい。二十七と言えば、元服してから十年も部屋住みでいたのか、とつぶやいた嘉一郎は最後に、ため息をついて、

――無駄飯食いめ

とぽつりと言った。

無駄飯食いという言葉は清吾も応えた。顔をこわばらせてうつむくと嘉一郎もさすがに言い過ぎたと思ったのか、咳払《せきばら》いをして言葉を探す様子だった。だが、やがて、放り出すように、

「まあ、無駄飯食いであることはたしかなのだから、しかたあるまい。悔しければ、自

分で食う道を探すことだ。さもなくば、食いはぐれるぞ」

と言って嘉一郎は清吾を放免した。

清吾は離れの居室に戻って縁側で膝《ひざ》を抱えて夜空を眺めた。兄の言ったことに腹を立てるわけにはいかない、と思った。実際、無駄飯食いであることに変わりはないのだ。

（いっそ、江戸へ出て剣術で食っていこうか）

これまでに何度も胸に抱いた考えが浮かんだ。師の源左衛門からも勧められたことがあったが、ひととの交わりが苦手な清吾には、江戸で道場を開くだけの才覚はない。所詮《しょせん》、いまのように師範代を務めるのが関の山で、それでは生涯、食っていくことは難しいだろう。そう思うと、気持が塞《ふさ》いで、このまま生きていても、よいことはないのではないか、としか思えなかった。

清吾がぼう然としているとみつが縁側にやってきた。

夜中なのに茶を持ってきてくれたのだろうか、と思ったが、みつは何も手にしていない。どうしたのだろうと思っていると、みつは縁側に座ってうつむいたままだ。

「何かあったのか」

清吾が訊くと、みつははっとしたように顔をあげた。月明かりでみつの目がきらりと光っているのが見えた。泣いているのではないだろうか。

「なんでもありません」

「そうじゃないだろう。何か悲しいことがあった顔をしている」

そう言いながら、ふと、みつは清吾が嘉一郎に叱責されているのを廊下で漏れ聞いたのではないかと思った。

それで同情されているのか、と清吾はますます情けなくなった。清吾が肩を落とすと、みつは小さな声で言った。

「申し訳ございません」

「なぜ、お前が謝るのだ」

清吾は不機嫌になった。

みつはおびえたように清吾を見つめた。清吾は不意にみつを抱きしめたくなった。手を伸ばして肩を抱き寄せようとすると、みつは体を硬くして動かなかった。清吾が力ずくで抱き寄せようとすると、思わぬ力で抗《あらが》った。

「みつ――」

清吾が押し殺した声で名を呼ぶと、みつの抗う力は弱まった。しかし、ふたたび清吾が抱き寄せたときには、突っぱねて縁側を這《は》うようにして逃れた。

清吾はなおもみつを追おうとした。だが、みつが恐ろしげに清吾を見つめているのに気づくと虚《むな》しさが胸に湧《わ》いた。

「そうだな。無駄飯食いのわたしなど、みつだって相手にしたくはないであろうな」

清吾は肩を落とし、うなだれていたが、不意に立ち上がり部屋に入ると障子を閉めた。

みつは清吾が部屋に入るのを見送ったが、そのまま縁側にうずくまっていた。

手で顔をおおって、しばらくうつむいていたみつは、意を決したように立ち上がり、障子に手をかけて開けると、そっと部屋の中に入った。

月明かりが障子を白く照らしていた。


みつはこの夜から、時々、こっそりと清吾の部屋に行くようになり、清吾があらためて簪を差し出すと大事そうに受け取った。

だが、みつが清吾の部屋に忍んでいくことは、間もなく家人に知られることになった。

嘉一郎は清吾を呼び出して問い質《ただ》した。

「お前は、部屋住みの身でありながら、恥を知らぬのか」

嘉一郎の怒鳴り声を顔を伏せてやり過ごした清吾は、思い切って、

「わたしはみつを妻に迎えたいと思っております」

と小声で告げた。嘉一郎はあっけにとられた顔になった。

「なんだと。そなたは養子の口を探さねばならない身の上だぞ。女中を妻にすればすべての道は閉ざされる。わかっておるのか」

顔を真っ赤にして嘉一郎が怒鳴ると、清吾は蚊の鳴くような声で言った。

「わかっております。それでもわたしはみつを妻にしたいのです」

声に譲らぬ響きがあるのを感じ取った嘉一郎は大きくため息をついた。

「わかった。みつとともに、この屋敷で暮らすことを許してやる。ただしみつは妾《めかけ》だ。栗屋家の三男の嫁だなどと吹聴してはならぬ。普段はあくまで女中として働かねばならぬ。そして、もしもお前に婿養子の話があったときは、みつをこの屋敷から出すぞ。さらに、子供を持つことは許さぬ。もしできたとしたら、すぐに里子に出すことになるから心得ておけ」

最後の子供を持つことは許さないという言葉が気にかかったが、それでも、みつと暮らすことを嘉一郎が認めてくれたことが嬉《うれ》しく、清吾はほっとした。

嘉一郎と清吾の話が終わるまで、女中部屋にいたみつのもとに清吾は行った。板戸の外から、

——みつ
と呼びかけると、みつは急いで板戸を開けた。心配そうな青い顔で見つめるみつに、清吾は大きくうなずいて言った。

「喜べ、兄上はわたしとみつがともに暮らすことを許してくださったぞ」

みつの顔が輝いた。

その顔を見た清吾は、みつが妻ではなく妾であることや、子供を持つことは許さない

と言われたことは口にできなかった。さらに嘉一郎は清吾に婿養子の話があれば、みつを屋敷から出すと言った。

（だが、いまさら、わたしに婿養子の話などあるはずがない）

清吾はそのことだけは楽観していた。しかし、それは自分の前途をあきらめるということでもあった。

気がつけば清吾はみつとふたり、日陰でひっそりと生きていく道を選んでいたのだ。

二

裏口から入った清吾は足音を立てず、月明かりで照らされる庭先をまわって、離れに行くと、縁側からそっと上がった。

障子を開けると蠟燭《ろうそく》の灯《あか》りで、みつが繕い物をしていた。清吾の着物だけでなく、嘉一郎や嘉一郎の子、さらに嘉一郎の妻としの着物まであるようだ。

みつは清吾の妻となったいまも、女中扱いでこのような夜なべ仕事もさせられているのだ。清吾は思わずため息をついた。

みつは清吾の顔を見て、

「お帰りなさいませ」

と言うなり、あわてて繕い物を片付け始めた。

「わたしに遠慮いたすな。夜なべ仕事をしておったのは、どうせ、義姉《あね》上から、明日の朝までにとでも言いつけられているからだろう」

みつはうかがうように清吾を見て、

「はい」

と言葉少なに言った。そして、

「お食事を用意いたします」

と腰を浮かしかけた。清吾は畳に横になりながら言った。

「食事は道場の連中とすませた」

「さようでございますか」

みつは笑顔でうなずいた。清吾が道場に通う者たちと親しくするのを喜んでいるのだ。

「ちょっと、相談事をもちかけられたのだ」

清吾は言いながら、懐から紙包みを取り出して、寝転がったまままみつに差し出した。

「先生からいただいた今月の手当だ。きょうの飯代は抜いてある」

みつは嬉しげに顔を輝かせて、紙包みを受け取った。

「お前に着物でも買ってやれる額ならいいのだがな」

清吾は肘枕《ひじまくら》をしながらつぶやいた。みつは頭を横に振った。

「わたしはいまの着物で十分です。それよりも――」

言いかけてみつは口をつぐんだ。みつは道場からの手当をためて清吾の着物を仕立てたいと思っているようだ。

その気持は嬉しいのだが、わずかな手当ではいつのことになるやらわからない。そんなことに夢を託しているみつがあわれでせつなくなった。

清吾はそんな思いを吹き払おうとするかのように、むくりと起き上がった。

「きょう、道場の者たちがわたしに相談したかったのは、山倉伊八郎《やまくらいはちろう》殿のことだ」

「山倉様のお話ですか」

みつは目を丸くした。

山倉伊八郎は清吾と同い年の幼馴染《おさななじみ》だ。勘定方百八十石山倉兵蔵《へいぞう》の五男で家計が苦しい山倉家は四苦八苦しながら伊八郎を育ててきた。

幼いころの伊八郎はいわゆる餓鬼大将で清吾などはよく泣かされた。

長じても、どこか放埒《ほうらつ》で酒を飲み、悪所にも出入りしているという噂《うわさ》だった。清吾同様に養子の口が見つからず、若杉道場の師範代を務めて日々を過ごしていた。

伊八郎は豪放な男だが、部屋住みの身の辛《つら》さは、清吾と同じらしく、道場での稽古が

終わった後などに、汗をぬぐいながら暗い表情になって、

「こんなことをやっていても仕方がないぞ」

と吐き捨てるように言うのだった。清吾が何も言わずに黙っているとからむように話しかけてきた。

「お主は何とかしようという気概はないのか」

「なんとも仕方のないことだ」

清吾が淡々と言うと伊八郎は舌打ちして、

「覇気のない、つまらん男だ」

と悪口を叩《たた》いた。それでも、馬が合うのか、小心でおとなしい清吾を友達扱いして、時おりは屋敷にも訪ねてきた。

清吾がみつを妻にしたときは、特に婚礼などはしなかったのだが、伊八郎はどこかから聞きつけたらしく、押しかけてきた。

同じ部屋住みだけに伊八郎はまだ妻帯しておらず、清吾が妻を迎えたというのが珍しかったのかもしれない。

離れに上がった伊八郎はじろじろ、みつを見たあげく、

「気のきかん嫁だな」

とぽつりと言った。それから、飯を食わせろ、酒だ、つまみはどうした、と矢継ぎ早

に言った。

部屋住みの身で客に酒など出せるはずはなかったが、伊八郎の日頃の我儘《わがまま》を知っているだけに、清吾が困惑していると、どうやったのか、みつは台所から燗酒《かんざけ》を持ってきて、伊八郎に酌をした。さらに食事や肴《さかな》も粗末ながらも何とか支度した。

伊八郎は酒をあおるように飲み、言いたい放題の我儘を言い募ったあげくに帰っていった。ほっとした清吾は、申し訳なく思ってみつに言った。

「すまなかったな。あの男は、根は悪くないのだが、物言いが乱暴で困る」

みつは頭《かぶり》を振った。

「いいえ、山倉様はおやさしい方だと思います」

「ひとの家に上がり込んで、迷惑がかかるのを承知の上で酒を飲んでいったのだぞ。伊八郎がやさしいとはとても思えぬな」

みつは驚いたように目を清吾に向けた。

「お気づきになりませんでしたか。山倉様は、わたしに何か頼むたびに、ご新造と呼びかけてくださったのです」

「そうだったのか」

清吾は首をかしげた。伊八郎がみつに何と呼びかけていたのか覚えていなかった。だが、みつははっきりと聞いたらしく、

「わたしをご新造などと呼んでくださったのは、山倉様だけでございます。山倉様はよい方です」

と笑顔で言った。それだけに清吾が山倉のことで道場の者たちから相談を受けたと聞いて、膝を乗り出した。

「山倉様がいかがされたのですか」

みつに訊かれて清吾は伊八郎のことを話した。

「実は、先日、伊八郎は道場で新しい門弟に稽古をつけていたのだが、何が気に入らなかったのか、いきなり竹刀《しない》でめった打ちにして気を失わせてしまった」

「そのようなことが」

「まあ、伊八郎の稽古は日頃から荒っぽいのだが、この日は特にひどかった。そのためか、新しい門弟は翌日から稽古に出てこなくなった。なんでも大身《たいしん》の子弟だったらしいから、若杉先生も困られたのだろう、厳しく伊八郎を叱られた」

「山倉様にも何かお考えがあったのかもしれませんが」

みつは首をかしげて言った。

「さて、どうであろうかな。伊八郎は若杉先生から叱られても、まともに謝ろうとはしなかった。あくまで、新しい門弟の態度が悪かったと言うばかりだ。そのくせ、新しい門弟がどのようなことをしたのかは口をつぐんで言わなかった。さすがの若杉先生がとうとう匙《さじ》を投げられた」

「では、それで、もう終わったのでございますか」

みつに訊かれて、清吾は頭を横に振った。

「いや、今度は伊八郎が道場に出てこなくなったのだ。それが、ざっと、ひと月続いている。さすがに、もうどうにかしなければいけないと道場の者たちと話し合ったわけだ」

「ですが、山倉様がさようになすっているのは、何かわけがあるのではありませんか」

「そうだな。わたしもそう思う」

清吾はうなずいた。そのとき、どこからともなく、

――りり、りり、りり
と虫の鳴き声が聞こえてきた。

可憐《かれん》で悲しげな声だ。

清吾はあたりを見まわした。庭の虫が部屋に入ったのか、と思ったのだ。

みつがはっと気づいたように立ち上がると隣室に行って、竹籠《たけかご》を持ってきた。

「昼間、村の者が旦那様のお慰めにと持って参りました」

みつは竹籠を清吾の前に置いた。すでに鳴き声は止《や》んでいる。

「何だ、これは――」

清吾は竹籠の中を覗《のぞ》きこんだ。竹籠の中には草が敷かれ、黒い一匹の小さな虫がいるようだ。

「草雲雀《くさひばり》でございます」

みつは答えながら、竹籠の中を覗きこんだ。

「鳴かぬな」

清吾は顔をあげてつぶやいた。みつは微笑んだ。

「急に明るいところへ連れてきたので驚いたのでございましょう。暗くすれば、ひと晩中、きれいな声で鳴いてくれます」

「そうか――」

清吾は立って障子を開けてから、蠟燭の明かりを消した。部屋の中は暗くなり、月の青白い光だけが差し込んだ。

清吾はみつの傍らに座った。ふたりが暗い中で待ち構えていると、やがて、

――りり、りり、りり
と草雲雀が澄んだ音色で鳴き出した。

「とても美しい鳴き声でございます」

みつが言うと、清吾は大きくうなずいた。

「そうだな、胸に沁《し》みる」

みつはかがんで竹籠を覗きこみながら、

「鳴くのは雄なのだそうでございます。離れ離れの雌を恋い慕って鳴くのだと村の年よりが話しておりました」

「そうか草雲雀は恋の歌を唄《うた》っておるのだな」

清吾が何気なくつぶやくと、みつが嬉しげに言った。

「風流な虫でございますね」

清吾は虫の鳴き声を聞くにつれ、しだいにもの悲しくなってきた。

出世を望まず、みつとこの世の片隅でひっそりと生きていくのが自分にはふさわしいと思っていた。

だが、それではあまりに侘《わ》びしいではないかとも思う。兄が家督を継いだ実家でなすところもなく、歳月を過ごし、妻であるみつは女中同然にこき使われているのだ。

武士に生まれた矜持《きょうじ》はどこにも見出《みいだ》せない。

(ただ生きて、朽ちていくだけだ)

それでは虫と同じではないか。

秋の夜長に鳴き通しても、応じてくれる相手はおらず、虚しく、時が過ぎていくばかりだ。

清吾はため息をついた。

「この虫、逃がしてやろうか」

清吾が言うと、みつははっとして振り向いた。

「草雲雀はお気に召しませんでしたか」

「いや、気に入った。美しく鳴くものだな。しかし、それだけに庭へ放ってやりたくなった」

清吾が言うと、みつは竹籠へ目を遣《や》った。

「狭い竹籠に入れておくのをかわいそうだと思われたのでございますね」

清吾の気持を察したように言った。

「そういうことかもしれんな」

みつに言われて、清吾はあらためて自分の心持ちに気づかされた。狭い籠に閉じ込められているのは、自分もみつも同じなのだ。

草雲雀は鳴いて人に喜ばれるが自分たちには、それもない。ただひたすら、肩をすぼめ、小さくなって生きていくだけなのだ。

「せめて草雲雀は広いところへ放ってやろう」

清吾に言われて、みつは素直に竹籠を持ち、縁側へ出た。跪《ひざまず》いたみつは竹籠を開けて庭にかざした。やがて月の光に誘われるように虫が外に飛び出した。

「旦那様、草雲雀が元気に出ていきました」

みつが振り向いて言うと清吾は笑みを浮かべた。

「そうか元気に跳んで出たか。それはよかった」

言いながら、清吾はふと涙ぐみそうになった。自分とみつにはこの狭い虫籠から出ていく日がはたしてくるのだろうか。

それとも鳴き続けて、ある日、気づいたら息が絶えているのか。そんなことを思っていると、みつは、

「旦那様、わたしはここの暮らしがとても好きでございます」

と慰めるように言った。

清吾は仰向《あおむ》けになった。青白い月光が清吾の顔を照らした。

「好きなはずはないだろう。日の当たらぬ場所での暮らしではないか」

「女子《おなご》には日が当たることより、もっと大事なことがございます」

みつは縁側から夜空を眺めながら言った。

「日が当たるより、大事なこととは何だ。申してみよ」

「言わなくともおわかりだと存じます」

みつは月を見つめながら言った。

「はて、言われなければわからぬな」

清吾が言ってもみつは含み笑いするだけで答えようとはしない。しかし、その様子に

は満ち足りた幸せな気配が漂っていた。
庭先から、いましがた放した草雲雀の、
りり
りり
りり
という鳴き声が響いてきた。
月が雲に隠れようとしている。

三

翌日——

清吾は伊八郎の屋敷に行くことにした。伊八郎に何があったかわからないが、ともかく道場に戻るよう説得しなければと思っていた。

伊八郎の屋敷はさほど遠くない武家地の一角にあった。

築地塀《ついじべい》に沿って歩いていた清吾は辻《つじ》のところで、見かけない顔の武士が三人、所在なげに立っているのを見た。どの武士もがっしりとした体格で物腰にも武術で鍛錬していることがうかがえた。

(何かあったのだろうか)

昼間から武士たちがたむろしている様子に不審なものを感じながらも清吾は会釈《えしやく》して通り過ぎた。

武士たちはじろりと清吾を見ただけで会釈を返そうとはしない。武士たちのまわりには冷え冷えとした空気が漂っていた。

清吾は歩を進めた。

(ひょっとしていまのは殺気だろうか)

これまで清吾は真剣での勝負はしたことがない。それだけに殺気がどんなものかわからない。それでも三人の武士たちが放っていたただならぬものは、殺気ではないか、と思えた。

さらに歩きつつ、清吾は、両脇の武士は力があっても、さほどの腕ではなかったが真ん中の男はできそうだ、と思った。

同時に、あの三人がかかってきたら勝てるだろうか、と考えた。清吾は三人の刀の振るいようを頭に想像してみたが、やがて、

——勝てる

と感じて、それ以上、考えるのをやめた。そのときには、ちょうど、伊八郎の屋敷の門前に立っていた。

清吾が訪《おとな》いを告げると、三十ぐらいの痩《や》せた家僕が出てきた。清吾が素朴な口調で、

「伊八郎殿にお目にかかりたい。それがしは若杉道場師範代の同輩である栗屋清吾でござる」

と告げた。家僕はじろりと清吾を見据えた上で、奥に入っていった。間もなく玄関に戻ってきた家僕は、

「ただいま旦那様におうかがいして参りました。お通しせよとのことでございます」

ともったいぶって告げた。どうやら、山倉家では伊八郎の父、兵蔵がいまなお家の中を差配しているようだ。

伊八郎の父兵蔵は、昔は勘定方でも出世頭で将来を嘱望されていたが、病に侵され、いまも寝たきりで出仕もままならなくなった。

そのため長男の弥兵衛《やへえ》に家督を譲って自らは隠居した。それだけに、思うに任せない体に苛立《いらだ》つらしく病床で家人に八つ当たりすることがあるという。

「わしが酒を飲みに出るのは親父《おやじ》殿の怒鳴り声を聞くのが嫌だからだ」

などと伊八郎は言っていた。

家僕は、旦那様のお許しが出ましたので、と清吾を案内して奥座敷へと連れていった。

縁側に跪いた家僕は、

「伊八郎様、お友達がお見えでございます」

と告げた。座敷から、おお、とうめくような声が聞えると、家僕は障子を開けた。清吾は頭を下げて座敷に入った。

すると、伊八郎が一升徳利《とっくり》を枕に大の字になって寝ているのが見えた。座敷の中は酒臭さだけではなく、何か饐《す》えたような臭《にお》いがして清吾は気持が悪くなった。

家僕もそれは同じらしく、何度か咳をした後、あわてて障子を閉めて座敷から出ていった。

清吾は家僕が出ていってから、

「どうしたのだ」

と伊八郎に問いかけた。

伊八郎は、ううむ、と言いながら起き上がった。そして、ちらりと清吾を見た後、酒がないかとあたりを見まわす風だった。

やがて酒はない、とあきらめたのか、伊八郎は大あくびをした。

「屋敷のまわりに怪しい奴《やつ》らを見かけなかったか」

伊八郎は何気なく言った。怪しい奴らと聞いて眉《まゆ》をひそめた清吾は辻で佇《たたず》んでいた三人の武士を思い出した。

「怪しいかどうかはわからぬが、三人ほど辻のあたりに立っていた。妙だなとは思ったが」

伊八郎はじろりと清吾を睨《にら》んだ。

「その三人を斬《き》ることはできるか」

いきなり斬れるかと訊かれて清吾は戸惑った。先ほど考えたことだが、正直に言う気にはならなかった。

「さて、そんなことはわからぬ」

「いや、お主ならわかるはずだ——」

伊八郎は言いながら考え込んだ。そして、ぴしゃりと膝を叩いた。

「よし、わかった。お主はあの三人なら斬れると踏んだのだな」

「だから、それはわからないと言っているだろう。なぜ、そんなことを訊くのだ」

清吾がうんざりした口調で訊くと、伊八郎はからからと笑った。

「その男たちはおそらくわしの命を狙っておるのだ」

「命を？」

清吾は目を瞠った。

「そうだ。お主はわしがなぜ、道場に出てこないのかと思ってやってきたのだろう」

「その通りだが」

清吾は伊八郎が何を言い出すのだろうと困惑した面持ちになった。伊八郎はにやりと笑った。

「わしが、道場に出なくなったわけは、先日の新入りがわしの出自を口にしたからだ」

「お主の出自だと」

思いがけない話に清吾はあ然とした。

伊八郎は自分の出自なるものを語り始めた。

「わしは実は山倉家の実子ではない。元家老の国東武左衛門《くにさきたけざえもん》が妾に産ませた子なのだそうだ」

国東家と言えば、家中きっての名門で、代々、筆頭家老を務める家柄だった。中でも武左衛門は辣腕《らつわん》をもって知られ、藩主大久保眞秀《おおくぼまさひで》の覚えもめでたかったが、高齢を理由に隠居して久しいはずだ。

「山倉の父はかねてから国東派で忠勤を励んでいたそうだ。それで、武左衛門が妾に産ませた子を引き取ったのだろう。わしを育てるかわりに出世を望んだのだろうが、途中で病になり、さらに武左衛門も隠居してしもうた。せっかくの苦労が水の泡だ。とんだ思惑はずれだったというわけだ」

伊八郎はおかしげに笑った。

「笑いごとではあるまい。国東派の後を継いだ山辺監物《やまべけんもつ》様と、もとから国東派と争っていた三岡政右衛門《みつおかまさえもん》様の争いは激しくなる一方だというではないか。うっかりするとお主は派閥の争いに巻き込まれるぞ」

「もう、巻き込まれているのだ」

伊八郎は苦々しげに言った。

武左衛門は隠居したとき、派閥を嫡男の彦右衛門《ひこえもん》には譲らなかった。彦右衛門が病弱で激しい派閥争いには耐えられないと思ったからだ。その見通し通り、彦右衛門はこの春、病没した。

彦右衛門には子がなかったため、国東家では新たに養子を迎える算段を始めた。ところが、その時になって、武左衛門が、突然、

「山倉兵蔵の五男はわしが妾に産ませた息子だ。あの者を取り戻して国東家を継がせる」

と言い出したのだという。しかも、武左衛門はかつての自らの派閥が三岡派に押され気味なのを腹立たしく思っていたらしく、

「派閥もわしの子に継がせる」

と言い出したのだという。

「それからが大変だ。山倉の父はわしを国東家に戻せば、自分は無理でも長男が恩恵に浴することになると思ったらしい。さっそく武左衛門に承諾の返事をしたが、おさまり

がつかぬ者がたんと出た」

わかるか、と伊八郎に言われて清吾は首をひねった。藩内の争いは清吾にはややこしすぎてよくわからない。

伊八郎は、しょうがない奴だと言いたそうな笑いを浮かべた。

「まず国東家ではわしさえ戻ってこなければ親戚から養子を取ったのにというひとたちがおるのだ。その者たちにとって、わしは邪魔者だ。せっかく自分のものにした派閥をわしのために取り上げられようとしている山辺監物様は面白くなかろう。あるいは、わしを亡き者にしたいと思うのではないか。さらに言えば、武左衛門と永年争ってきた三岡派は後一歩のところで、わしが出てくるのは嫌だろう」

まあ、ざっとこれだけの人間が、わしが国東家に戻っては迷惑するわけだ、と伊八郎は嘯《うそぶ》くように言った。

「なるほど、ではあきらめるのか」

清吾は先ほどから伊八郎が国東武左衛門を、

――武左衛門

と呼び捨てにしているのが気になった。仮にも実の父と息子だとわかったからには、もっと礼があって然《しか》るべきではないだろうか。

清吾がそのことを言おうと、膝を正すと、伊八郎は待て、と言うように両手をあげて制した。

「お主の言おうとしていることはわかっている。わしの物言いが気に食わないのだろう。しかし、わしはこれから、とんでもない争いの真っただ中に行くのだぞ。些細《ささい》なことに構っている暇はないのだ」

「では、国東家に戻るというのか」

清吾はあらためて伊八郎の顔を見つめた。伊八郎は緊張した面持ちでうなずいた。

「当たり前だ。わしはお主と同じ部屋住みの身だぞ。このままでは虚しく朽ち果ててしまう。それよりも一《いち》か八《ばち》か藩の真っただ中に乗り込んで暴れてやろうと思う」

「そうか——」

伊八郎の気迫に押されて清吾は言葉を飲んだ。日頃、放埓に過ごしていた伊八郎の性根がこれほど確かなものだとは知らなかった。

伊八郎を見直すとともに、少し、羨《うらや》ましい気もした。

「わかった。もはや、何も言わぬ。頑張ってくれ」

清吾が淡々と言うと、伊八郎は目を光らせながら膝を乗り出した。

「おい、何を悟ったようなことを言っているのだ。さようなことを言う前に、わしを手伝え」

「手伝うといっても、わたしには何もできない」

清吾がおびえたように顔をそむけると伊八郎はにやりと笑った。

「お主には片山流の秘技〈磯之波〉があるではないか」

「どうしろというのだ」

清吾は困惑した目を伊八郎に向けた。伊八郎は唇を舌で湿らせてから口を開いた。

「わしはこれから、何人もの刺客に狙われることになる。お主はわしの用心棒になれ。わしが筆頭家老の座につくまで命を守るのだ。さすれば、お主を藩の剣術指南役に取り立て、百石ぐらいはやれるぞ」

伊八郎は声を低めて言った。

清吾はあわてて頭を横に振った。

「たとえ〈磯之波〉を伝授されているとはいっても、さように大勢の刺客を相手にしてはとても無理だ」

伊八郎は清吾を見据えて、どすの利いた声を出した。

「いいのか、それで」

「しかたがあるまい」

清吾は目を伏せた。伊八郎はなおも顔を近づけると、

「たとえ、お主はそれでよくても、女房殿はどうかな」

「なんだと」

清吾ははっとして伊八郎を見返した。伊八郎は粘りつくように言葉を継いだ。

「お主は部屋住みだ。子供を持つことは許されておらん。しかし、女房殿は子供を欲しがっておるであろう」

言われてみれば、みつは口にこそしないが、子供を持ちたいと願っているのはわかっていた。

伊八郎は清吾がぐらついたのを見て、ここぞとばかりに口説いた。

「わしを助ければ藩の指南役となり、堂々と子供が持てるのだぞ。どうだ、女房殿のためにここはひと働きしてはどうだ」

なだめすかすような伊八郎の言葉には説得力があった。清吾はごくりと生唾《なまつば》を飲みこんだ。

「剣術指南役は間違いないいか」

「間違いない。約束するぞ」

伊八郎は大きくうなずいてみせた。

「では子供もできるのだな」

清吾が念を押すように言うと、伊八郎は大声で笑った。

「馬鹿め、子ができるかどうかは、夫婦の頑張りしだいだ。わしに訊いてどうする。わしが言っておるのは、子を持って育てるだけの家禄《かろく》を遣ろうというのだ」

ああ、そうだった、と清吾はいつの間にか額に浮いていた汗をぬぐった。そのときには、伊八郎の申し出を引き受けようと決意していた。

耳もとで昨夜、聞いた草雲雀の、

りり

りり

という鳴き声がしていた。

四

清吾は夜になって屋敷に戻ると、居室で夕餉《ゆうげ》をとりつつ、みつに伊八郎から用心棒を頼まれたという話をした。

「おどろいたことに、伊八郎の実父は元家老の国東武左衛門様なのだそうだ。国東様は家督を譲った嫡男の彦右衛門様がこの春に亡くなられたゆえ、妾腹《しょうふく》の伊八郎を引き取り、家督を継がせると言い出されたそうだ」

みつは目を丸くした。

「では山倉様が国東家を継がれるのでございますか」

「まあ、そういうことになるが、簡単な話ではない。伊八郎の話では国東家を継げば命を狙われるだろうということだ」

清吾は茶づけをかきこみながら、低い声で重々しく言った。これまで、道場で師範代を務めているぐらいしかみつに話すことができなかっただけに、藩の政《まつりごと》にも関わることが話題にできるのが嬉しかった。

みつは真剣な表情で清吾の話に聞き入っている。

「国東武左衛門様はこれまで派閥を作られ、藩政を動かしてきたお方だ。嫡男の彦右衛門様が蒲柳《ほりゅう》の質であったゆえ、派閥を引き継ぐことをあきらめておられた。しかし、伊八郎に家督を譲るなら、派閥も譲ろうと考えられたようだ。さらに国東様と相容《あいい》れぬ政敵ともいうべき、三岡政右衛門様の派閥がある」

「それでは、まわりは敵だらけではありませんか」

「そういうことだ。いきなり妾腹の伊八郎が家督を継ぐことを親戚筋で喜ばぬひとは多いらしい。さらに国東様からいったん派閥を譲られていた山辺監物様にとっては青天の霹靂《へきれき》ともいうべき、思いがけない話だ。せっかく派閥を持ちながら、これを戻せと言われれば、さぞや腹が立つことだろう。さらに国東様と永年、派閥争いをしてきた三岡様にとってる伊八郎はとんだ邪魔者ということになる。伊八郎には三方に敵ができた」

清吾は茶碗《ちゃわん》を置いて、みつが茶を出すのを待ちながら、伊八郎を取り巻く敵の多さをあらためて思った。

これほどの敵に囲まれた伊八郎の用心棒を引き受けて、はたしてよかったのだろうか、とためらう気持が湧いてきた。

みつは、そんな清吾の胸中を察したのか、茶を出しながら、

「さように危うい山倉様の用心棒をされて大丈夫なのでしょうか」

と恐る恐る口にした。清吾は、一瞬、口ごもりかけたものの、思い切って、

「大丈夫だ。わたしには片山流の秘技、〈磯之波〉がある」

と力んで言った。みつは、少し疑わしげな面持ちになった。

「旦那様がお強いのは承知しておりますが、山倉様の敵は多いのですから、一度に襲われたら、おひとりではかなわないのではありませんか」

百姓の娘に生まれたみつは剣術を知らないだけに、秘技という言葉に惑わされず、まっとうなことを言った。

「それは、そうだな――」

清吾はどう答えたものか、と考えた。考えれば考えるほど、伊八郎の用心棒を引き受けるのは無謀なことに思えてきた。

茶をひと口飲んで、いっそ、断ろうかとも思ったが、伊八郎の真剣な表情を思い浮かべるとそれもできかねる気がした。伊八郎にしてもすべてがうまくいくという自信はないに違いない。

しかし、部屋住みの身で終わるか、家老にまで上り詰めて藩政を動かす立場になるかでは、天と地の開きがある。伊八郎は言うならば、命を懸けて出世の階《きざはし》に上ろうと考えているのだ。

それは自分も同じことではないか、と清吾は思った。十にひとつ、いや、百にひとつのことかもしれないが、うまくいけばいまのみじめな境遇から脱け出せるのだ。やってみる値打ちはある、とあらためて思いつつ茶を飲み干した。

「伊八郎は家老になった暁には、わたしを藩の剣術指南役にしてくれる。そうなれば百石ぐらいはもらえるぞ」

清吾が言うと、みつは嬉しげに訊いた。

「まことでございますか」

「そうなれば分家をしてこの屋敷を出ることになる。そして子も持つことができるぞ」

子を持つことができるという清吾の言葉にみつは目を輝かせた。だが、そのために清吾が命懸けの用心棒をしなければならないのだ、ということに思いいたったのか、表情を曇らせた。

「ですが、山倉様の用心棒というのは、危ないことなのでございましょう」

「まあ、危なくなければ誰も用心棒など頼むまい」

清吾は眉をひそめて言った。

「もし、旦那様のお身に何かありましたら、わたしは悲しいです」

みつは目に涙を浮かべて言った。

「しかし、うまくいけば、子供が持てるのだぞ。いまのままでは子ができてもすぐに里子に出されてしまうのだ」

清吾がため息をつくと、みつはうつむいて肩を震わせた。清吾に命懸けの仕事をしてくれとは言えないが、やはり子が欲しいという心持ちとの板挟みになったみつの目から涙があふれた。

清吾はみつをいとおしむ思いが募るとともに、伊八郎の用心棒は引き受けようと腹を固めた。

(なんとしてもみつが子を持てるようにするのだ)

清吾は黙ってうなずいた。

庭先に放した草雲雀が鳴く声が響いてきた。その哀切な鳴き声が却《かえ》って清吾の思いをかきたてた。

翌日、若杉道場に行ってみると、久しぶりに伊八郎が来ていた。道場で形ばかり、年少の門人たちに稽古をつけた伊八郎は、師範代席にいた清吾に近づいて声を低くして言った。

「おい、先生には話しておいた。きょう、国東家を訪ねるゆえ、ついてきてくれ」

「きょうだと、それは急なことだな」

清吾は緊張した。伊八郎は笑って応じる。

「兵は拙速を尊《たっと》ぶというぞ。国東家を訪ねるとあらかじめ決めておくと、どんな罠《わな》が待ち受けておらぬとも限るまい。なに、武左衛門は隠居の身だ。いつでも屋敷におるはずだ」

「武左衛門と呼び捨てにするのはやめぬか。日頃から、そんな話し方をしていると、何かのおりに口にしてしまうぞ」

清吾が眉をひそめて言うと、伊八郎はにやりと笑った。

「もっともだな。では、これからは父上様と呼ぶか。妾に産ませた子ゆえ、顔も見ずに里子に出した薄情な父親だがな」

「家にはそれぞれ事情というものがある。国東様にもそうせざるを得なかったわけがあるかもしれぬぞ」

伊八郎は清吾の顔をじっくり見つめてから、ぷっと噴き出した。

「まことにお主はひとがよいな。さように善人で、はたしてわしの用心棒が務まるのか心配になるぞ」

「嫌ならやめてもよいぞ。わたしにしても、お主のために命を張るのは気が進まぬ」

清吾がふくれると、伊八郎は笑いながら、清吾の肩を叩いた。

「怒るな。冗談ではないか。わしには他《ほか》に頼む者がおらんのはわかっておろう」

馴《な》れ馴《な》れしい伊八郎の物言いにうんざりしながらも清吾はうなずいた。

「わかっている」

みつとの間に子を生《な》すためにはやむを得ないのだ、と清吾は自分に言い聞かせた。

道場での稽古が終わると清吾は伊八郎とともに国東屋敷へ向かった。

武左衛門の屋敷は堀端そばの大身の屋敷が並ぶ一角にあった。あたりはいずれも立派な門構えの大きな屋敷ばかりで清吾は気後れするものを感じた。

国東屋敷の門前に立った清吾は思わず、傍らの伊八郎に言った。

「すごいな、伊八郎はこんな屋敷の主《あるじ》になるのか」

「屋敷の大きさに驚いている暇はないぞ。この門をくぐれば、血腥《ちなまぐさ》い戦いが待っていると覚悟しなければならぬ」

伊八郎は厳しい声音で言うと、ゆっくり足を門内に踏み入れた。伊八郎の背に緊張した気配が漂っている。

清吾は黙って伊八郎に随《したが》った。

玄関先に立った伊八郎は大声で訪いを告げた。間無しに家士《かし》が出てきて式台に跪いた。

「それがし山倉伊八郎と申す。国東様にお目にかかりたい。名を伝えていただけば、用事はおわかりのはずだ」

五十すぎと思《おぼ》しい小太りの家士は驚いた様子もなく、

「山倉様のことなら、主人より申しつかっております。お見えになられたら、いつでもお会いになられるとのことでございます。お上がりくださいませ」

武左衛門は伊八郎が訪れるであろうと察していたようだ。さすがに辣腕で知られた元家老だと清吾は感心した。しかし、伊八郎は表情を変えずに、

「さようか」

とひと声発しただけで、遠慮なく式台に上がった。清吾が頭を下げて続くと、家士はじろりと睨んだが、何も言わなかった。

家士に案内されて、ふたりは廊下を進み、中庭に面した奥の部屋に向かった。中庭は松の老木と苔《こけ》むした庭石だけの簡素なものだった。

家士は縁側に跪いて障子越しに、

「山倉様がお見えになりました」

と声をかけた。部屋から、落ち着いた声が応じた。

「入れ――」

家士は恭《うやうや》しく障子を開けた。伊八郎は縁側でいったん膝をついて、

「ご免」

と声をかけた後、部屋に入った。清吾は遠慮して縁側に控える。

部屋は武左衛門の書斎らしく、床の間に掛け軸がかけられ、文机《ふづくえ》のまわりには書物が山積みされている。

武左衛門は鶴のように痩せて髷《まげ》と眉が真っ白だった。碁盤に向かって石を並べていたようだ。その様をちらりと見た清吾は、

――雲中白鶴《うんちゅうはつかく》
という言葉を思い浮かべたが、藩政を牛耳《ぎゅうじ》り、派閥争いの暗闘に勝ち抜いてきた武左衛門がそのように高潔な人物だとは思えなかった。

伊八郎が部屋に入っても武左衛門は碁盤に向かったままで顔を上げず、

「もう少し、早く参るかと思ったが、腰の重い男だな。それとも、国東家を継ぐのは自分には荷が重すぎると思って腰が引けたか」

とつぶやくように言いながら白石を取り、ぴしりと置いた。定石を打ち、囲碁のひとり稽古をしているらしい。

伊八郎は平然と答える。

「いや、荷が重いとは思いませんでしたが、それなりに備えをいたさねば、お受けできぬ話ゆえ、いささか時がかかりました」

「備えだと。青二才が生意気なことを言う」

武左衛門は薄く笑った。伊八郎は表情を変えずに碁盤ににじり寄った。ちらりと盤上の形勢を見て、

「父上は、どうやらへぼ碁のようでござるな」

と言ってのけるなり、黒石を取ってぴしりと碁盤に打った。

「かようにされたらいかがなさいますか」

武左衛門は碁盤に鋭い目を注いだが、不意に手をのばして石をさらった。

「つまらぬ。やめよう」

平然と言ってのけた武左衛門は伊八郎につめたい視線を注いだ。

「そなたは礼というものを知らぬな。山倉は育て方を間違えたようだ」

「さて、わが子が生まれても顔も見ようとしなかった方にさようなことを言われたくはありませんな」

伊八郎は武左衛門を睨み返した。

「ほう、顔を見て欲しかったのか。ならば、いま見ておるゆえ、これで気がすんだであろう」

武左衛門は嘲《あざけ》るように言った。

「なるほど、ひとの情けなどかけらも持ち合わさぬおひとだ。いや、ひとではなくて化け物でござるかな」

「ならば、そなたは化け物の子ということになるぞ。なるほど化け物の子らしい不遜《ふそん》な口の利き方だな」

武左衛門は容赦のない言葉を浴びせた。さすがに伊八郎が閉口して黙ると、武左衛門は縁側の清吾に目を向けた。

「その男は何者だ」

伊八郎はにやにやと笑った。

「いましがた申しました、それがしの備えでございます。若杉道場にて師範代を務める栗屋清吾でございます。片山流の秘太刀〈磯之波〉を若杉先生から伝授されておりますれば家中にても勝る者はまずおらぬかと存じます」

自慢げに伊八郎は話したが、武左衛門は清吾の片山流の腕前には関心を示さなかった。

「栗屋と言えば、馬廻り役の栗屋嘉一郎の弟か。だとすれば、いずれは厄介叔父となる部屋住みだな」

決めつけるような武左衛門の言い方に清吾は心外な思いを抱いたが、元家老が相手だけに怒るわけにもいかず、頭を下げて挨拶した。

「さようでございます」

武左衛門は清吾の顔をじろりと見て言い添えた。

「栗屋嘉一郎なら、三岡派に近いな。それなのに伊八郎とくっつくとは、兄をないがしろにした振舞いだな」

武左衛門があてこするように言うと、伊八郎は思わず声を荒げた。

「父上こそ無礼ではありませんか。栗屋はわたしの友でございます。さような雑言はお控えくだされ」

武左衛門はにやりと笑った。

「ほう、怒ったか。初めての父子《おやこ》喧嘩《げんか》だな。どうやらこれで、まことに親子らしくなったようだな」

したたかな武左衛門の言葉に伊八郎と清吾はぼう然とした。

五

この日、清吾は山倉屋敷まで伊八郎を送り届けた。

武左衛門に翻弄《ほんろう》された伊八郎は憮然《ぶぜん》としていたが、居室に入るとすぐに女中に言いつけて酒を運ばせた。

「きょうの慰労だ」

清吾に酒を勧めながら、伊八郎は手酌で何杯も飲んだ。そして人心地《ひとごこち》がついたのか、

「しかし、参ったな」

と吐息をついて言った。清吾は杯《さかずき》を干してからつぶやいた。

「国東様はさすがに老獪《ろうかい》だな」

「ひとの情というものを持っておらんのだ。だから、あのように傲岸《ごうがん》な物言いができるのだ」

伊八郎は口をゆがめて罵《ののし》った。清吾は首をかしげて伊八郎を見た。

「国東様も言われていたが、お主は親の情けを求めておったのか。日頃のお主らしくもないな」

伊八郎はまた杯を口に運んだ。

「なに、武左衛門に親らしい人情があれば、つけこんでやろうか、と思っておったが、そんな隙《すき》を見せなかったと思っただけだ」

「それで、がっかりしたのか」

「がっかりなどはせん。しかし、実の親がこれまで藩政を動かしてきた武左衛門だと知

って、少しばかり夢を見た気はするな」

「ほう、夢か――」

清吾は庭に目を遣《や》った。伊八郎の夢がどんなものか知らないが、自分の夢はみつと子を生すことだと思った。男としてはいささか小さい夢のような気もするが、かなえられたら、それで十分に幸せだ、と思った。

伊八郎は酔った目で清吾を見据えた。

「わしはいままで部屋住みとして生きてきた。だからこそ、時おり夢を見たものだ。いまの自分はまことの自分ではない。まことの自分はもっと違う生き方ができるはずだとな」

「なるほど、わかる気はするが」

清吾は真面目《まじめ》な表情になって伊八郎に顔を向けた。

「正直に言えば、実の父が武左衛門だと知らされたとき、わしは小躍りした。これでいままでとは違う生き方ができると思った。山倉の父上や母上に育てられた恩も忘れてな」

「だからこそ、国東様はあのような物言いをされたのではないか」

清吾は考えながら口にした。

「なんだと」

「いままでお主を育てた山倉様のことを思えば、いまさら実の父親らしい顔をするのを憚《はばか》られたのではないか」

　伊八郎は鼻先で嗤《わら》った。

「馬鹿な、あの非情な男がそんなことを思うものか」

「そうかな。お主がいつ訪ねてきても会えるように家士に話しておいてくださったのは、親の情があったからではないか」

　伊八郎はからからと笑って手を振った。

「甘い、甘い。そんなことではわしの用心棒は務まらぬぞ」

「なるほどな」

　清吾がさりげなく答えると、伊八郎は杯を膳に置いた。

「そんなことより、これからの段取りを話しておく」

「聞こうか」

　清吾は膝に両手を置いて身構えた。

「わしは来月には国東屋敷に入る。それから殿へのお目見えがあって、親戚筋への披露があって、最後に派閥の会合に出ることになる」

「ふむ、どこで狙われることになるのかな」

「わからぬが城から下がるおりや、親戚筋に挨拶に出向くおり、さらには派閥の会合の前後が危うかろう」

「派閥の会合ならこの屋敷で行うのであろう。それなら狙われることはないのではないか」

「いや、この会合は山辺監物殿の屋敷で行うそうだ。武左衛門としてはすぐにもわしに派閥を継がせたいのだろうが、山辺殿もそう簡単には引き下がるまい。しばらくは山辺殿の顔を立てなくてはならぬ」

伊八郎は思案顔で言った。

「だとすると、派閥を引き継ぐときが一番、危ないな」

「そうだ。仮にも派閥を手にしてしまえば、わしを狙った者に報復することができる。だが、それまでは味方はお主ひとりだけということになる」

伊八郎の言葉を聞いて、清吾はあらためて心細い気がした。少し考えてから膝を乗り出した。

「とても、わたしひとりでは手が足りぬぞ。国東様の助けは得られぬのか」

「きょう、会ってみてわかったであろう。あの狸親父《たぬきおやじ》はわしが生き抜けるかどうかを試す気なのだ」

「試す？」

「ああ、体《てい》よく言えば獅子《しし》はわが子を千尋《せんじん》の谷に突き落とすという奴《やつ》だな。谷底から這《は》い上がってきた者が跡継ぎにふさわしいわが子というわけだ」

「なるほど、厳しいものだな」

清吾はあらためて鶴のように痩せた武左衛門の風貌を思い浮かべた。痩身《そうしん》ながらも武左衛門には芯《しん》の強い、たくましさを感じさせるところがあった。

「そうでなければ藩政を司《つかさど》ることはできぬかもしれぬな」

清吾が感心したように言うと、伊八郎はひややかに笑った。

「なに、わしがしくじったとき、巻き添えを食いたくないだけのことだろう。まあ、家老の座を狙おうというのだ。ひとがお膳立てしてくれるのを待つような性根ではどうしようもあるまい」

あきらめたように言った伊八郎は、不意に真顔になった。

「おい、わしは何としても家老になって、武左衛門の鼻をあかしてやるぞ」

伊八郎の言葉にはただならない闘志がこもっていた。清吾はうなずきつつ、伊八郎が権勢への執念を抱き始めたのを感じて、やはり、武左衛門の子だと思った。


数日後――

この日、道場には行かず、屋敷にいた清吾は、夕刻になって下城した嘉一郎から広間に呼ばれた。

清吾が広間に行くと嘉一郎はすでに裃《かみしも》を脱ぎ、着流し姿で待っていた。

「兄上、何事でございましょうか」

清吾がかしこまって座ると、嘉一郎はうかがうような目を向けてきた。清吾が黙っていると、嘉一郎はようやく口を開いた。

「実は今日、城中で側用人《そばようにん》の三岡様に声をかけられた。わしは三岡様から直《じか》に声をかけられたことなどなかったから驚いたぞ。しかも話というのが、そなたのことであった」

「わたしのことですか」

清吾が驚いて訊き返すと、嘉一郎は頭を縦に大きく振った。

「そうだ。そなたと同じように若杉道場で師範代を務めている山倉伊八郎殿とはどれほどの親しさなのか、と訊かれた。それから、片山流の剣術の腕前はどれほどかということもな」

清吾は息を呑《の》んだ。先日、伊八郎とともに国東屋敷に行ったことが、もう三岡政右衛門の耳に入っているのだ。ということは、国東屋敷に三岡派に通じている者がいるに違いない。そう考えると武左衛門が伊八郎に対してつめたいあしらいをしたのも、三岡派の間者がいると知ってのことだったのかもしれない。

「なぜ、三岡様がわたしのことなど訊かれたのでしょうか」

首をかしげて清吾が訊くと嘉一郎は眉をひそめた。

「それがわかれば苦労はせぬが、ただ、三岡様は気になることを言われたのだ」

「どのようなことでございますか」

「山倉伊八郎殿が近々、国東武左衛門様の屋敷に入り、家督を継ぐことになるかもしれぬ、というのだ」

「まさか。そのような」

清吾は精一杯、驚いて見せたが、わざとらしかったかもしれない。嘉一郎は胡散臭《うさんくさ》げに清吾を見つめて話を続けた。

「どうも、伊八郎殿は国東様の妾腹の子であったらしい。生まれて間もなく山倉殿に預けられたということだ。知っての通り、国東様が家督を譲られた嫡男の彦右衛門様はこの春に亡くなられた。そこで伊八郎殿を呼び戻すことになったらしいのだ」

「それは、思いがけないことですが、伊八郎にとってはめでたいですな」

清吾が素知らぬ顔で言うと、嘉一郎は睨み据えた。

「まことに知らなかったのであるな」

「存じませんでした」

清吾がきっぱり答えると、嘉一郎はほっとした表情になった。

「ならばよし。三岡様は、伊八郎殿が家督を継げば、やがては家老となるであろうし、いまは次席家老の山辺監物様が預かっておられる派閥も引き継ぐことになるかもしれぬ、と言われたのだ。さらに、そのおりにはそなたは伊八郎殿の派閥に入るのであろうか、と訊かれた」

「とんでもないことです。たしかに伊八郎とは親しくいたして参りましたが、わたしは部屋住みの身です。派閥などはまったく無縁です。伊八郎とも友として交わっていくだけのことかと思います」

「そうであろう。わしもそう三岡様にお答えしておいた。されど――」

嘉一郎はしばらく考えてから声をひそめて言った。

「道場仲間の友がひょっとすると、家老にまで上るかもしれぬとは、運のよいことではあるな」

伊八郎が家老になったときを考えれば、清吾が親しいことが自分にとっても役立つかもしれない、と嘉一郎は考えたようだ。

清吾はここぞとばかりに膝を乗り出した。

「もしも、でございますが。今後、伊八郎から何か相談事があったりしたおりにはのってやってもよろしゅうございますか」

「無論のことだ。派閥に入るのではなく、友として交わるのは何も障りはあるまい。だが、くれぐれも派閥に入るなどいたすなよ」

嘉一郎は念を押すように言った。

「無論です。わたしは部屋住みの身であることを片時も忘れてはおりませぬ」

清吾が、何度も部屋住みだ、と繰り返して言うと、嘉一郎は責められているような気がするのか、苦い顔になった。

「わかっておればよいのだ」

嘉一郎は面倒くさげに言った。清吾は頭を下げて、さっさと居室に戻った。みつが心配げな顔で待ち受けていた。

「兄上様はお叱りになられませんでしたか」

みつが小さな声で言うと清吾は笑ってみせた。

「何の、叱られたりはせん。伊八郎がやがて家老になれば、友であるわたしにもいいことがあるかもしれぬと兄上は思っておられるようだ」

「それならばようございました」

「しかし、これから伊八郎を助けるとなると外出もせねばならぬし、あるいは国東屋敷に泊まり込むということになるかもしれん。覚悟しておいてくれ」

清吾がきっぱりと言うと、みつは心細げな表情をしながらも懸命にうなずいた。

「大丈夫です。わたしはしっかりと旦那様のお留守を守ります」

留守を守るといっても部屋住みの清吾の妻であるみつは女中と変わらず、こきつかわれて屋敷の片隅でひっそりと目立たぬように身をすくめるのだ。

そのことを思うと清吾はあらためてみつがいとおしくなった。伊八郎の警護は危険であることは十分にわかっていたが、何としてもやりとげたかった。

——みつ
清吾が肩を抱き寄せるとみつは素直に体をゆだねてきた。みつは清吾の胸に顔を寄せて、

「旦那様、一姫二太郎と申すのをご存じでございますか」

と甘えるように言った。

「初めの子は娘で、次が男子であるほうが育てやすいというのだろう。みつはそれがいいのか」

「はい」

みつは恥ずかしげに清吾の胸に顔を伏せた。清吾はみつを抱きしめながら、ふたりの子に恵まれたみつの幸せそうな様子を胸に思い描いた。

それは部屋住みとして生きてきた清吾が、いままで味わったことのない、家族の温かなふれあいのように思えた。

伊八郎はこれから、何としても家老になろうと奮闘するのだろう。自分は伊八郎を助けることでみつと子供との暮らしを得ることができる。

伊八郎と自分にとってそれは命を懸ける張り合いがあることなのだ、と清吾は胸中でつぶやいた。

みつの体のぬくもりが清吾を励ますかのようだった。

六

伊八郎が、明日、国東屋敷に移るので、前夜は山倉の家に泊まりに来てくれと、清吾に伝えてきた。

(国東屋敷に入る前からさほどに用心せねばならぬものだろうか)

清吾は訝《いぶか》しく思いながらも嘉一郎に外泊の許しを得て山倉屋敷に向かった。嘉一郎は、息を詰めた表情で、

「そうか、伊八郎殿はもう国東屋敷に移られるのか」

と言った。そして、清吾が、翌日は国東屋敷まで伊八郎を送ることになる、と言うと嘉一郎は何度も大きくうなずいた。

「それでよい。国東様に失礼のないようにな。それから何度も言うようだが、あくまで友人として付き添うのだぞ。間違っても派閥に関わるような話をしてはならぬ。いや、そなたのことゆえ、安心はならぬから、国東屋敷に参ったら頭を下げるだけで、いっさ

いしゃべるな」

無茶な注文をつけながらも伊八郎に付き添うことを嘉一郎が認めてくれたことが清吾はありがたかった。

清吾は夕餉をすませてから山倉屋敷を訪れた。玄関前に立つとすでにあたりは夕闇に沈んでいる。

明日は伊八郎の門出のはずだが、屋敷内にはさほど浮き立った様子もなく、静かで無人ではないか、と思えるほどだった。

家僕に案内されるのについていくと、いつもの伊八郎の部屋に通された。山倉屋敷での最後の日だというのに、特段、変わったことはないようだ。

伊八郎は膳を前にしてひとりで酒を飲んでいた。表情に翳《かげ》りがあるように見えるのは、明日からのことを慮《おもんぱか》っているからだろう。

清吾が前に座ると、伊八郎は軽くうなずいて、

「女中にお主の分の膳を持ってくるように言った。今夜はふたりで少し、飲もうじゃないか」

「刺客に襲われる用心はしなくともよいのか」

「それはお主の役目だ。用心したいなら、しておれ。酒はそれとは別な話だ」

伊八郎は少し酔った口調で言った。

「今宵《こよい》は山倉の家族と別れの盃《さかずき》でも酌み交わしておるのかと思ったぞ」

伊八郎は山倉家では五男にあたる。

長男の弥兵衛、次男小三郎《こさぶろう》、三男城之助《じょうのすけ》、四男吉四郎《きちしろう》という兄弟がいるはずだ。

嫡男の弥兵衛は近頃、父兵蔵から家督を継いでおり、間もなく出仕するということだった。ほかの三人はいずれも軽格ながら他家に無事に養子となったはずだ。

兄弟がそろって伊八郎の前途を祝ってもよいはずだ、と思ったが、そんな気配はないようだ。

「そんなことはせぬ。普段通りだ。お主も自分の身に引き比べてみれば、わかるだろう。部屋住みでやがて〈厄介叔父〉になるしかない者がようやく屋敷を出ていくのだ、ほっとしたというのが家族の正直な気持だろう」

「まあ、そうかもしれぬな」

清吾も杯を干しながら言った。

「それゆえ、いささか寂しい思いをいたしておるのだ」

伊八郎は正直な思いを口にした。清吾は笑った。

「なんだ。この間から、家老になって国東様の鼻をあかしてやると息巻いておったのはお主ではないか。いまさら人並みの愚痴はおかしかろう」

「まあそうだがな。ひととは寂しきものだ」

伊八郎はため息をついた。清吾はそんな伊八郎の感傷には構わず、杯を置いて話し始めた。

「実は、先日、兄上から呼ばれた」

「ほう、わしのことでか」

「そうだ。兄は城中で三岡様に声をかけられ、わたしとお主の間柄を問い質《ただ》されたそうだ」

清吾が言うと、伊八郎はきらりと目を光らせた。

「さすがに三岡政右衛門は動きが早いな、すでにわしの身辺を洗い出し始めたということか」

「そうだろうが、兄の話を聞いて、ひょっとしたら、国東屋敷の中に三岡派に通じる者がいるのではないかと思った」

「なぜだ」

伊八郎は鋭く問いかける。

「わたしはお主とともに若杉道場で師範代をしているという間柄に過ぎぬ。そのわたしがお主につくと見られたのは、一緒に国東屋敷を訪れたからだろう。三岡様の耳にそのことが入ったとすれば屋敷の中に三岡派の手が伸びているということではないか」

「なるほどな、ありうる」

伊八郎は少し考えてから言葉を継いだ。

「かつて武左衛門が家老を務め、派閥を率いていたころなら、屋敷の者が三岡派に通じることはなかっただろうが、いまは違う。わしが国東家の主となることに不満を持つ者もいるだろう。その者が三岡派に通じたのだろう」

「どうする」

清吾はうかがうように伊八郎の顔を見た。蠟燭の灯りに照らされて黄色く縁どられた伊八郎は大きく口を開けて笑った。

「どうするもこうするもあるまい。身の回りが間者だらけであるのはこれからも同じことだ。さようなものだと心していくしかあるまい」

「さて、そこでだ。国東様の先日のつめたいご様子は、屋敷の中の間者の目や耳を気遣われてのことだったとは思わぬか」

「思わぬな。それにしてもお主のひとの良さは底が知れぬな——」

伊八郎が言いかけたとき、清吾は傍らに置いた刀を手にすると、何も言わずにすっと立ち上がった。しなやかな動作で音も立てずに障子を開け、縁側に出ると片膝をついて、雨戸に耳を寄せた。

伊八郎は目を丸くすると、押し殺した声で言った。

「おい、どうした。何かあったのか」

振り向いた清吾は口に指をあてて、静かにしろ、とひそめた声で言った。なおも雨戸に耳をあてていた清吾は振り向くと猫のように足音も立てず、伊八郎のもとへ戻ってきた。

清吾は伊八郎の耳もとに口を寄せて、

「どうやら刺客のようだ、三、四人はいるな」

と囁《ささや》いた。伊八郎は杯を膳に置いてから訊いた。

「どうする」

「まだ、家人が寝静まってもいないのに襲ってくるのはよほど、腕に自信がある連中かもしれぬ。屋敷の中に踏み込まれては戦い難《にく》い。こちらから、討って出よう」

清吾が落ち着いた声音で言うと伊八郎は小声で、

「わしも出るのか」

と訊いた。清吾は頭を横にゆっくりと振った。

「お主が出れば連中は獲物が目の前に出てきたと喜ぶだけだ。家の中に残っていてもらおう」

「そうか——」

伊八郎は清吾がひとりで戦うと聞いて、露骨に安堵《あんど》の表情を浮かべた。

清吾は蠟燭の火を吹き消すと、静かに縁側に出て雨戸を一枚、音もなく開けた。雨戸が開くと、月光が差し込んできた。

清吾は素足でするりと庭に下りた。

庭には黒い頭巾《ずきん》で顔を隠した武士が四人立っている。襷《たすき》がけで袴《はかま》の股立《ももだ》ちもとっており、いますぐに斬り込むつもりだったようだが、いきなり雨戸を開けて清吾が出てきたので戸惑ったようだ。

清吾は刀を腰に差し、四人をうかがいながら、

「かかる夜更けにそのような異様な姿で他家の庭に忍び入るとは穏当ではありませんな。何事ですか」

武士たちは清吾の問いに答えず、それぞれ刀をすらりと抜いて構えた。月光にきらりと光る白刃を見て清吾は腰を落として居合の構えをとった。

すると、四人の中でも背の高い男が、低い声で仲間に、

「こ奴、片山流の居合を使うらしい。用心してかかれ」

と告げた。大柄で太った武士が前に出てきた。

「居合ならば、抜かせてしまえば。後は恐《こわ》くないであろう」

大柄な男は無造作に前に出てくると、

——参る
ひと声かけて、斬りかかった。清吾は腰を落とし、居合を放った。白光が走って、武

士は悲鳴をあげた。

清吾が放った居合は下から武士の帯を切り裂いていた。

帯がだらりと下がり足にからむのと同時に脇差《わきざし》の鞘《さや》が地面に落ちた。袴がもつれた武士は地面に転がったが、うずくまるようにして右足を抱えた。

清吾は帯を斬るのと同時に武士の右足の甲に刀を突き立てていた。武士はたまらず、倒れたのだ。

このときには清吾は刀を鞘に納めて、居合の構えをとっている。

「貴様――」

背の高い武士がわめくと同時に残るふたりの武士も清吾を取り囲んだ。背の高い武士が斬りかかるのに、息を合わせてほかのふたりも上段から斬りつけた。

清吾はふたたび身を沈めると、ぐるりと体をまわしながら斬りかかってくる男たちの足を居合で薙《な》いだ。

あっと声をあげて背の高い男が転倒するとほかのふたりの男も刀を投げ出してうずくまった。それぞれ膝や腿《もも》を斬られていた。

清吾は刀を鞘に納めると、残心の構えで、武士たちの様子をうかがった。だが、武士たちに反撃する力がないのを見てとると後退《あとじさ》って、縁側に近づいた。

すると手燭《てしょく》を持った伊八郎が縁側から顔を出して、

「見事だな。いまのが〈磯之波〉か」

と言った。清吾は振り向かず、地面に倒れた男たちに目を遣ったまま答えた。

「〈磯之波〉とは多数の敵を相手に居合を使うときの呼吸のことだ。決まった形などはない。相手に先んじるのではなく、打ち寄せる波に身をひそめ、波が退《ひ》く前に斬るのだ。斬り合いを長引かせず、勝ちて濁りなく退くをもってよしとするのが〈磯之波〉だ」

「なるほど、玄妙な技だな」

伊八郎は感心したように言いながら、手燭を持って庭に下りた。

「おい、そ奴らはまだ動ける。危ないぞ」

清吾が声をかけたが、伊八郎は平気な様子で倒れている背の高い武士に近づいた。

「いや、もはや危ない真似《まね》はできぬであろう。さようではござらぬか」

伊八郎は話しかけながら無造作に武士の頭巾をはぎとって、

「いかがでござる。兄上――」

と言った。

清吾ははっとした。頭巾をはがれた武士の顔は清吾も一度だけ会ったことがある長兄の山倉弥兵衛だった。

「どういうことだ」

清吾が近づくと、伊八郎は手燭の灯りで倒れている武士たちを照らしながら言った。

「先ほど、気合の声を聞いただけでわかった。今宵、わしを襲ったのは、わが山倉家の四兄弟殿というわけだ」

伊八郎の声には虚《うつ》ろな響きがあった。

「どうしてこのようなことを」

清吾は倒れている四人を見て、当惑する思いだった。伊八郎は夜空を振り仰いだ。

「わしは五男で酒は飲む、いかがわしい場所には出入りすると放埒《ほうらつ》な真似ばかりしてきて、兄弟の中でも鼻つまみ者であった。ところが、そのわしが国東家の子で、しかも実の父に引き取られて、やがては家老になるのかと思うと腹立たしく、許せぬ思いになったというところだろう」

倒れていた弥兵衛がゆっくりと体を起こした。

「いかにも、その通りだ。わしらは皆、懸命に学問や武術に励んで家督を継ぎ、他家の養子になったのだ。ところが、遊び暮らしていたお前が国東家を継ぎ、家老にまで出世するとは理不尽も甚だしい。わしらは許すことができなかったのだ」

伊八郎はちらりと弥兵衛に目を遣った。

「とはいえ、永年、兄弟として暮らして参ったのですぞ。わたしの出世を喜んでやろうという気にはなれませんでしたか」

弥兵衛は苦々しげに頭を横に振った。

「悔しいが、なれなかった。お前は幼いころからほかの兄弟を馬鹿にし、ないがしろにするところがあった。此度《こたび》の話を聞いてようやく納得がいった。お前は幼いころからわしら兄弟を見下していたのだ」

憎々しげな弥兵衛の言葉を伊八郎は黙って聞き、言葉を返そうとはしなかった。そのとき、

「伊八郎、堪《こら》えてくれ。すべてはわしが悪いのだ」

という声がした。

伊八郎が振り向くと小柄な白髪の男が縁側に立っていた。

「父上――」

伊八郎は痛ましげに声をかけた。白髪の男は山倉兵蔵だった。兵蔵はため息をついて口を開いた。

「わしはそなたを国東様からお預かりしたおり、恥ずかしいことだが、出世の糸口だと思った。それだけに、ほかの兄弟と分け隔てをして、どのような乱暴や我儘も大目に見て育てた」

伊八郎は口を閉じて兵蔵を見つめている。兵蔵はゆっくりと庭に下りて、弥兵衛たちに近づいた。

「それゆえ、そなたは奔放不羈《ほんぽうふき》な男に育ったが、弥兵衛たちの心にはわだかまりができ

た。そなたが国東家に入ると聞いて我慢ならなくなったのであろう」

　兵蔵の言葉を聞いて伊八郎は無表情に答えた。

「なるほど、言われてみれば思い当たることばかりですな。しかし、わたしは父上から手ひどく叱られる兄上たちをうらやましいと思ったものでございます。自分だけはなぜ、放っておかれるのであろう、と思い、さらに乱暴に振舞った気もいたしますぞ」

　伊八郎に言われて、兵蔵は打ちひしがれた。

「もっともなことだな。まして、明日には国東家のひとになるそなたに、弥兵衛たちは取り返しのつかぬことをしてしもうた。許してくれ」

　兵蔵は地面に跪《ひざまず》くと土下座をした。伊八郎は顔をそむけて背を向けた。弥兵衛たちがうめきながら兵蔵の傍《そば》により、

「父上、おやめくだされ」

「それがしたち、覚悟はできておりますぞ」

「すぐに腹を切れば父上にご迷惑はかからぬと思います」

「申し訳ございませぬ」

と口々に言った。

　その声を背中で聞いた伊八郎は、

「うるさい。さような愁嘆場を明日には他家の者になるわたしに見せるな。今宵は何も

起きておらぬ。わたしが清吾に所望して片山流の秘技〈磯之波〉を見せてもらっただけのことだ。その際、兄上たちがかすり傷を負われたに過ぎぬ」

と言って清吾に顔を向けた。

「清吾の技が未熟ゆえ、かようなことになったのだ。お主が謝れ」

乱暴な伊八郎の言い方に清吾は当惑したが、この場を納めるにはそれしかないとも思った。

清吾はすり足で後退って、

「方々に〈磯之波〉をあらためてお見せいたす」

と告げた。さらに言葉を添える。

「片山流では、森羅万象すべては天理に従うものゆえ、武も同様に天理に従って動き、しかもその跡をとどめぬのをよしといたしております。されば、ひとはこの世で宿縁あって親子となり、兄弟となると存ずる。天理によって親子、兄弟の縁を結んだのでございましょう。天理に間違いがあろうはずはございません。それを間違いと思うひとの心こそが天理にそぐわぬ濁りにございます。されば〈磯之波〉はさような濁りを一刀両断にいたします」

腰を沈めた清吾が放った居合は月光を斬り裂くばかりの壮絶な輝きを発した。伊八郎と兵蔵、弥兵衛ら四兄弟は息を呑んで清吾の〈磯之波〉を見つめた。

月が煌々《こうこう》と照っている。

七

翌日、清吾は伊八郎とともに国東屋敷に赴いた。

快晴で雲ひとつ無かった。

兵蔵が門まで見送っただけで家族や山倉家の奉公人たちも見送らず、清吾と家僕ひとりだけを供にした寂しい門出だった。衣類など身の回りの物は後から届けられるのだという。

羽織袴姿の伊八郎は、昂然《こうぜん》と顔をあげ、肩肘張って歩いていたが、辻を曲がって、町家筋を通り、ふたたび武家地に入ったころ、そっとため息をついた。

「寂しいであろうな」

思わず清吾が口にすると、伊八郎は歩を止めずにじろりと清吾を睨んだ。

「お主は大丈夫《だいじょうふ》たる者の心を知らぬな」

「なるほど、大丈夫か——」

伊八郎の強がりだと思いつつ、清吾は応じた。伊八郎は押しかぶせるように、

「そうだ。わしの頭の中は国東屋敷に乗り込み、さらに武左衛門の派閥を引き継ぎ、家老にまで上り詰めることでいっぱいだ。その間に講じねばならぬ、あの手この手を考えねばならぬからな。山倉家でのことはすべて忘れた。わしは振り返ったりはせん」

力強く言い切ったが、語尾はわずかに震えた。清吾はそのことに気づいたが、あえて口にはしなかった。ただ、伊八郎も小心な自分と同様、家族のことで心を痛めたりするのだ、と思った。

もっとも、伊八郎の言う通り、これから藩内の勢力争いの荒波を乗り切っていかねばならない伊八郎が情に囚《とら》われてもらっては困る。たとえ、強がりではあっても、振り返りはしない強さを持ってもらわねば、と清吾は思った。

同時に、自分はみつのことを忘れるなど、とてもできない。そのあたりが、家老になろうとする男と部屋住みの身であがいている自分との違いなのだろう、と清吾は感じた。

間もなく国東屋敷の門が見えてきた。

家僕が素早く、門内に入って伊八郎の訪れを告げた。さすがに家士や奉公人が門のあたりから、玄関まで出迎える気配がした。

伊八郎は悠然と門をくぐった。清吾も続いていく。

鷹揚《おうよう》に奉公人たちにうなずきながら玄関に入ると、先日、訪れた際にも迎えた家士が

式台に手をついている。

「お待ちいたしておりました」

家士が手をつかえ、頭を下げると伊八郎は毅然《きぜん》として言葉をかけた。

「本日より、当家の者となる。よしなに頼むぞ」

ははっ、とさらに頭を下げた家士の前を伊八郎は通り過ぎようとした。すると、家士が顔を上げて、

「大広間にて旦那様始め、皆々様がお待ちかねでございます」

と告げた。伊八郎は訝《いぶか》しげに家士に目を向けた。

「父上だけではないのか。皆様とは誰のことだ」

「ご親戚様たちでございます」

家士は当然のことのように言った。伊八郎はにやりと笑った。

「なるほど、わしが屋敷に入ったその日に出端《でばな》をくじいておこうというつもりか。油断のならぬ方たちだな」

家士はごほんと咳《せき》をしてから、

「決してさようなことではございません。皆様、伊八郎様が家督を継がれることを喜ばれ、寿《ことほ》ぎに参られたのでございます」

「寿ぎにな――」

伊八郎は薄く笑いながら奥へ向かった。家士があわてて案内する。清吾は大刀を刀置き部屋に預けようとしたが、誰も刀を受け取ろうとはしないため、やむなく刀を持ったまま伊八郎に随《したが》った。

中庭に面した大広間には武左衛門のほか、親戚が居並んでいた。武左衛門と並んだ上座にはいずれも白髪の男女が座っている。そのほかに男たちが壁や襖《ふすま》に沿って居並び、隣室には年配の女たちが控えている。

伊八郎は大刀を家士に預けてから、大広間の中央に進み、武左衛門に向かって座り、頭を下げた。清吾も背後に控える。

「伊八郎、ただいま参ってございます」

広間に響く声で伊八郎が挨拶すると、武左衛門は無表情なまま、よう参った、と言うと隣に座っている男女を、

「わしの叔父上である樋口《ひぐち》半右衛門《はんえもん》様と伯母《おば》上の住江《すみえ》様じゃ」

と告げた。半右衛門は小柄で眉が白くあごがとがった顔をしている。住江は太って丸顔で、目が細く、気難しげに口をへの字に結んでいる。

親戚で重きをなしているらしいふたりは、伊八郎につめたい視線を向けて、何も言わず、じろじろと見ている。伊八郎は頭を下げて、

「伊八郎でござる。以後、お見知りおきを」

と挨拶した。

半右衛門は片方の眉をあげて訝しげに伊八郎を見つめた。住江が何事か半右衛門に囁く。半右衛門はうなずいてから口を開いた。

「そなたは礼儀を知らぬようだな」

ひややかな半右衛門の物言いに、伊八郎はしたたかな笑顔で応じた。

「それはまた、なぜにござりましょうか。それがしも年少ではござらぬゆえ、ひと通りの礼は心得ておるつもりでございます」

「ならば、なぜ、供の者を同じ座敷に入れた」

半右衛門が睨みつけるようにして言うと、傍らの住江がそりくり返って傲然とした言葉を添えた。

「しかも、その者は刀を持っておるではないか。なぜ刀部屋に預けないのです。まさか、不穏なことを考えているわけではありますまいね」

住江の言葉を聞いて清吾は体をすくめた。刀を持って広間に入ったのは、失策だったと思うと額に汗が浮かんだ。

伊八郎はちらりと清吾を見てから、呵呵《かか》大笑した。その様を見て、武左衛門が寂《さ》びた声をかける。

「なぜ、笑うのだ。親戚の皆様に無礼ではないか」

伊八郎は膝に手を置いて頭を下げた。

「失礼いたしました。これなる者はそれがしにとっていわば用心棒でございます。警護の者が刀を持つのは当たり前のことでござる。なにゆえ、咎《とが》められるのかと思い、笑ってしまいました」

半右衛門は目を剝《む》いた。

「用心棒だと。親戚が集まり、家督を継ぐ挨拶を聞いてやろうとしておるのだぞ。なぜ、警護がいるのだ」

住江も身を乗り出して言葉を継いだ。

「そなたは名門国東家を継ぐ身ではありませんか。それが、用心棒などと下賤《げせん》な口を利いていかがしたことです。さように品がなければ、わたくしたち親戚一同はそなたが家督を継ぐことには承服できませんぞ」

伊八郎はにやりと笑った。

「さて、武士であるからには常に備えがあると申し上げておるのに、さようにお怒りになられては立つ瀬がありませぬな」

「なんですと」

住江は目を光らせた。

「わたくしが国東家の家督を継ぐのにご親戚の中にも快く思われぬ方がおられると聞い

ておりますぞ。されば、たとえこの場であろうとも、そばに腕の立つ者を置いて備えるに何の不思議がございましょうや」

ふてぶてしい伊八郎の言葉に半右衛門と住江は顔を強張《こわば》らせ、一座につらなる親戚たちもざわめいた。

伊八郎は親戚たちを眺めやりながら、言葉を継いだ。

「かように申しては何でございますが、樋口半右衛門様と住江様には、それぞれ男子の孫が三人ずつおられるそうではございませぬか。さすれば、わたくしが国東家に戻らねば、おふたりのうち、いずれかの孫が養子となり、家督を相続し、先では家老にまでなったかもしれませぬな」

半右衛門がこめかみに青筋を立てて怒鳴った。

「わしらが自分の孫かわいさに、そなたの家督相続に難癖をつけておると言いたいのか」

住江も腰を浮かして伊八郎を見据えた。

「何という無礼を申されることか。あきれ果てましたぞ」

親戚の長老ふたりに罵られても、伊八郎はどこ吹く風、とそっぽを向いた。それだけに親戚の間には殺気めいたものが漂い、伊八郎を睨みつける者もいた。

一座の空気を察して清吾はそっと刀を引き寄せた。武左衛門は清吾の動きをさりげなく目の端に見て苦い顔で口を開いた。

「伊八郎、皆様に無礼を申すな。半右衛門様、住江様に謝れ」

武左衛門の言葉を聞くなり、伊八郎は手をつかえた。

「まことにもって、父上の仰せの通りでございます。失礼申し上げました。お詫《わ》びいたす」

深々と頭を下げる伊八郎を半右衛門と住江は憎々しげに見つめていたが、不意にそろって立ち上がった。

「もはや、お暇《いとま》いたそう。伊八郎はわれらの寿ぎなど受けぬ所存と見える」

半右衛門がひややかに言うと、住江もうなずいた。

「まことにさようでございます。わたくしはこの年になるまでかように無礼な物言いをされたことはございません」

半右衛門にうながされて、ほかの親戚たちも立ち上がり、大広間から出ていく。隣室に控えていた親戚の女人たちも住江に随った。

武左衛門は特に止め立てをしようとはせず、親戚たちが出ていくのにまかせた後、くすりと笑った。

「うるさい奴らが早《はよ》うに帰ってせいせいした」

武左衛門のあけすけな言葉に伊八郎は閉口した顔になった。

「さように思われるなら、父上が追い出されればよかったではありませんか」

武左衛門は鼻で嗤《わら》った。

「わしはさように無駄なことはせぬ。わかっておるのか、そなたはきょう、親戚一同の手をはねのけたのだ。もはや、助力をあてにはできぬぞ」

「たとえ、わたくしがどのように振舞おうとも助ける気があるひとは助けましょう。その気の無い方は、どれほど媚《こ》びへつらっても助けてはくれますまい。つまりは、同じことだと存じます」

伊八郎は平然として言い切った。

「きいた風なことを申す」

武左衛門は笑った。


この日、国東屋敷では武左衛門が伊八郎に酒を飲ませて、ささやかな親子固めの宴を行った。

清吾も家士や女中たちとともに、その場に連なった。清吾は遠慮したが、伊八郎が強引に引き留めたのだ。

「遠慮するな。昨夜も世話になったし、これからも助けてもらわねばならぬ。酒ぐらい飲んでいけ」

「とはいっても、わたしは身分が違いすぎる。とても国東様の内輪の宴に加わることなどできぬ」

清吾がなおも尻込みすると、武左衛門が声をかけた。

「そなたは伊八郎の用心棒であろう。ならば、家士や女中の顔も見知っておいてもらわねば、今後の役に立たぬぞ。伊八郎を狙う者は外ばかりにおるとは限らぬ。家の中にもおるやもしれんぞ」

武左衛門に言われてみれば、伊八郎の警護をするために国東家の奉公人の顔も知っておかねばならない、と清吾は思い当たった。

やむなく清吾が席につくと、若い女中が前に来て、酌をした。目が涼しく、口元が引き締まった美しい女だった。

女中は清吾が差し出した杯が震えて酒がこぼれたのを見て目を瞠《みは》った。

「申し訳ございませぬ。不調法をいたしました」

女中は手をつかえて頭を下げた。清吾はあわてて、

「いや、不調法なのはわたしだ」

と言った。清吾の顔は赤くなっていた。伊八郎が笑いながら、からかった。

「その男は女房もちだが、妙にうぶなところがある。きれいな女の前に出るとうろたえるのだ」

かった。

「伊八郎、何を言うのだ」

清吾は言い返そうとしたが、女中に見つめられていると、なぜか口がうまくまわらなかった。

ため息をついた清吾が杯の酒を飲み干すと、女中がまた酌をして、わたくしは、しほ、と申します、お見知りおきを、と小声で囁いた。

清吾はうなずいて注《つ》がれた酒を飲んだ。みつの顔が脳裏に浮かび、何か悪いことをしているような気がして胸が塞いだ。

伊八郎はにやにやしながら清吾を見ている。

その後、武左衛門と伊八郎は酒を酌み交わすこともなく、それぞれが女中に注がせた杯を口に運び、肴《さかな》に箸《はし》をのばした。

ひと言も話さずに酒を飲むふたりの風貌がどこか似ていることに清吾は気づいた。

(やはり、実の親子だ)

とげとげしい言葉をかわしながらも、ふたりにはひどく似たところがある、と清吾は思った。

日が傾き、夜がふけたころ、清吾は国東屋敷を辞去した。女中が気をきかして、膳に並んだご馳走《ちそう》の残りを重箱に詰めてくれた。

清吾は風呂敷に包んだ重箱を持ち、酒の臭いをさせながら玄関を出て門をくぐった。

みつに土産《みやげ》を持って帰ることができるのが嬉しかった。

空を見上げると月が出ている。

何となく微笑んで歩き始めた清吾は一町ほど進んで、足を止めた。道の両側は築地塀《ついじべい》になっている。月に照らされた道の端は闇に沈んでいた。その闇に熱いものを清吾は感じた。

清吾は重箱を左手に抱えると右手を刀の柄《つか》にかけた。

闇に誰かがひそんで狙っている。

昼間、国東屋敷に来ていた親戚の中の誰かではないか、と思った。伊八郎への鬱憤《うっぷん》を清吾を斬ることではらそうとしているのかもしれない。

ゆっくりと清吾は歩き始めた。すると、斬り合いになれば、重箱は放り捨てねばならなくなり、みつへの土産がなくなることに思い当たった。

「いかん――」

つぶやくと同時に清吾は重箱を抱えて走り出した。闇の中から三人の男が飛び出し、清吾に追いすがった。

清吾はくるりと振り向いた。その瞬間、白光が走った。三人の男はうめいて刀を取り落とした。

清吾の居合でそれぞれ腕に傷を負わされていた。

「ご免、先を急ぎます」

律義に言い捨てるなり、清吾は重箱を抱えて必死で走った。

あたかも重箱を狙って襲ってきた男たちから逃げるかのように清吾は懸命に疾駆していく。

青白い月が、ぼう然として清吾を見送る男たちを照らしていた。

八

伊八郎が登城して藩主大久保眞秀に拝謁するのは、国東屋敷に入ってから十日後のことと決まっていた。

清吾にはそれまで呼び出しがかからない、ということで、連日、若杉道場に出て年少の門人たちの稽古相手になった。

いままでと変わりなく稽古をつけているつもりだったが、軽く打ち込んでも、稽古相手の門人はひっくり返り、ひどく痛そうな顔をする。

（大袈裟《おおげさ》な——）

清吾は眉をひそめて稽古を続けていたが、やがて師の若杉源左衛門に稽古を止《や》めるよう言われた。さらに奥座敷に呼ばれた清吾は源左衛門と向かい合って座った。

何か叱られるのだ、と察して清吾は緊張した。はたして、源左衛門は厳しい表情で口を開いた。

「きょうの稽古、いささか荒かったな。技に殺気がこもっておった。あれでは年少の者は怖気《おじけ》づいて稽古にはならぬぞ」

「殺気でございますか」

意外な言葉を聞いたと思って清吾は源左衛門の顔を見た。源左衛門は重々しくうなずく。

「そうだ。そなた、真剣での斬り合いをいたしたであろう。真剣で立ち合えば、相手を斬らねばおのれが死ぬということを感得する。ゆえに、たとえ竹刀《しない》の稽古であっても殺気立つのだ」

言われてみれば、山倉屋敷で伊八郎の兄たちと刃《やいば》を合わせ、国東屋敷からの帰途では何者かに襲われて、思わず居合を放った。いつの間にか真剣を振るうことに慣れてしまったのだろうか。

源左衛門はじっと清吾を見据えた。

「武士たる者、真剣で立ち合う覚悟は常にしておかねばならぬ。だが、恐ろしいのは一度真剣を振るえば、おのれがひとの命をやすやすと絶てることを知って思い上がるのだ」

「わたしが思い上がっていると仰せでございますか」

源左衛門に何かを見抜かれた気がして清吾は顔が赤らみ、額に汗が噴き出た。源左衛門はやわらかな笑みを浮かべた。

「山倉伊八郎、いや、いまは国東伊八郎か。伊八郎はこれから国東家の当主となり、派閥を率い、家老にもなるやもしれぬ。言わば修羅場を生きていくことになると聞いておる。あの男にはそれだけの図太さがあるが、そなたは剣の腕こそたつが、有体《ありてい》に言えば、正直な小心者だ。伊八郎とはおのずから生き方が違うぞ」

さすがに源左衛門は師匠として弟子たちをよく見ているものだ、と清吾は感心する思いだった。

「はい、そのことはわかっております」

清吾は正直な気持を言った。伊八郎も育ての親である山倉兵蔵の家を出る際、ふと、悩みを口にした。

だが、それを乗り越えていくのが、伊八郎の真骨頂だろうと清吾は思っている。真似したくともできないし、そもそも真似しようとは思っていなかった。

「伊八郎はそなたを身の回りに引き寄せ、護衛役を務めさせようとしているらしいな。

もはや、やり始めたことなら退くわけにはいくまいが、見切り時が肝要だぞ。そなたには伊八郎のような生き方はできまい」

嚙《か》んで含めるような源左衛門の言葉を清吾は真面目な表情で聞いた。源左衛門の言う通りだと思った。

「わかっております。わたしは伊八郎が家老になるのを見届け、約束を果たしてもらったら、伊八郎のそばには留《とど》まりません。家中の片隅でひっそりと生きて参ります」

それがよいな、と源左衛門はつぶやいた。そして、ふと気になったように清吾の顔を覗《のぞ》き込んだ。

「それで、伊八郎は何をそなたに約束したのだ。禄高《ろくだか》か役職か――」

「いえ、たいしたことではございません」

清吾はしどろもどろになった。伊八郎からは家老になったら百石の剣術指南役にしてやると言われている。だが、清吾が伊八郎の申し出を受けたのは、

――子が持てるぞ

という囁きにのったからだった。みつに子を産ませてやりたい、という思いで警護役を引き受けたのだ。しかし、さすがに源左衛門に、

「子を持ちたくて用心棒になった」

と言うわけにもいかなかった。怪訝《けげん》な目を向ける源左衛門に気づかれないよう、清吾

はできるだけ荘重な面持ちをつくった。

道場での稽古を終えた後、清吾は屋敷に戻った。

いつものように裏口から入ると、みつが待ちかまえていた。

「どうしたのだ」

清吾が訊くと、みつはあたりをうかがってから、

「きょうは玄関からお入りください。兄上様のお言いつけでございます」

と声をひそめて秘密めかしく言った。

「兄上が――」

清吾は首をひねった。父が生きていたころは、清吾も玄関から家に入っていた。だが、父が亡くなってからしばらくたったある日、清吾が夜遅く、屋敷に戻ると玄関で仁王立ちしていた嘉一郎からこっぴどく叱責された。

「今後は玄関からの出入りは許さぬ、裏口を使え」

嘉一郎の見幕に恐れをなした清吾はそれ以降、もっぱら裏口から出入りしていたのだ。それなのに、今日に限って、なぜ玄関から入れ、と言うのか。

清吾が訝しむ目を向けると、みつは低い声で答えた。

「国東武左衛門様がお見えなのです。清吾様のことでお話があるそうなので、裏口から

こそこそ帰っては外聞が悪いと兄上様は仰せでございます」

「なんだ、そんなことか」

やれやれ、という顔をして清吾はいったん裏口から出て、玄関に向かった。玄関でひと声、

「ただいま戻りました」

と声をかけると、家士が出てきて式台に膝をついた。

「お帰りなさいませ。お客様がお待ちかねでございます」

と堅苦しい言い方をした。武左衛門が訪れていることはみつに聞いて知っているだけに、客の名を訊《たず》ねる気にもならず、客間へと向かった。

客間では嘉一郎が武左衛門を上座に据えて話していた。清吾は縁側に膝をつき、嘉一郎に戻ったことを告げた。嘉一郎は、振り向いて、

「何をしておったのだ。遅いではないか。国東様がお待ちかねであったぞ」

嘉一郎は長兄の威厳を見せつけるように清吾を叱った。清吾がかしこまると、武左衛門が片手をあげて制した。

「さように申されずともよろしかろう。本日は栗屋家当主である嘉一郎殿にお話しに参ったのだ。清吾殿の顔を見れば、それがしの用事はすんだも同然でござる」

嘉一郎は、痛み入ります、と頭を下げた後、清吾を振り向いた。

「国東様はそなたが伊八郎殿の護衛を務めることについて、わざわざご挨拶に見えられたのだ。それなのに、そなたがなかなか戻らぬゆえ、困っておったのだ」

嘉一郎の言葉で武左衛門の用件はわかった。だが、元家老の武左衛門がたとえ息子の護衛を務めるにしろ、部屋住みの清吾のことで挨拶に出向くとは、随分と丁重なあつかいだな、と清吾は訝しく思った。すると、武左衛門は清吾に顔を向けて口を開いた。

「伊八郎のことで、わしが出向いたことを不審に思うているのではないか」

武左衛門に心中を見透かされて、清吾はどきりとして、

「さようなことは決して――」

小さな声で答えるのが精一杯だった。武左衛門はいかめしい顔つきで答えを継いだ。

「いや、栗屋殿がかつてのわしの派閥におられたのなら、かように挨拶まではせぬ。されど、わしとは永年の確執がある三岡政右衛門に近いと聞いておるゆえ、かように参ったというわけだ」

武左衛門の説明ではわからず、清吾がきょとんとしていると嘉一郎は苛立《いらだ》たしげに言葉を添えた。

「つまり、そなたが伊八郎殿を助けるのは、あくまで友としてで、派閥とは関わりがないということを仰せなのだ。国東様にさように言っていただければ、わしも三岡派の方々に申し開きがたつゆえ、慮《おもんぱか》りのほどありがたいかぎりじゃ」

嘉一郎がしきりにありがたがるのを黙って聞いていた武左衛門は、じろりと清吾を見据えてから、

「さて、清吾殿にも会えたゆえ、お暇つかまつろう」

と素っ気なく言った。しきりに頭を下げる嘉一郎を尻目に武左衛門はさっさと玄関に向かったが、見送る清吾にひと言だけもらした。

「伊八郎のことよしなに頼むぞ」

武左衛門の言葉には父親としての情がこめられているような気がして、清吾ははっとした。

清吾がぼう然として武左衛門の後ろ姿を見つめていると傍らに立った嘉一郎が囁くように言った。

「さすがに国東様は細かいこともおろそかにされぬな。あれでなくては藩政を司ることなどできぬのであろう」

しきりに感心する嘉一郎に清吾はさりげなく問うた。

「国東様はなぜ、わたしを訪ねて見えられたのでございましょうか」

「わからぬのか」

嘉一郎は清吾を馬鹿にしたように見てから急いで言った。

「国東様はそなたが伊八郎の警護をしても派閥には入れぬ。したがって恩賞などという

ものを出すつもりはない、と念を押しに来られたのだ。吝嗇《りんしょく》なことだが、派閥を守っていくためには、やむを得ぬのであろう」

「それではわたしはただ働きということになるのですか」

清吾が眉をひそめて訊くと、嘉一郎は大笑いして、

「そういうことだ」

と言って清吾の背中をどしんと叩《たた》いた。

嘉一郎は家老になるかもしれない伊八郎とつながりができた清吾が必ずしも厚遇されるわけではないと知って機嫌がよくなったようだ。

清吾は玄関から自分の部屋に向かいながら、伊八郎が百石、剣術指南役を約束していても、武左衛門があの様子では空手形に終わるのではないか、と不安になった。

嘉一郎の上機嫌な様子を思い出すと、さらに気が滅《め》入《い》ってくる。居室に入り、みつが持ってきた茶を飲みながら、清吾はため息をついた。

「いかがなさいました」

みつが心配げに清吾の顔を覗きこんだ。清吾は浮かぬ顔で、

「いや、兄上の話では、わたしが伊八郎の護衛をしても国東様からの恩賞は望めないだろうということだった」

「それでがっかりなさったのですか」

みつが同情するように言った。

「まあ、そういうことだな」

みつに話していると、なおのこと恩賞はもらえないような気がして、清吾は顔をしかめた。だが、みつは清吾に寄り添って、

「ですが、旦那様はお友達の伊八郎様が困っておいでだから助けてあげようとなさったのでございましょう」

と声をひそめて言った。恩賞が目当てだ、とも言いかねて清吾は不承不承、うなずいた。

「まあ、そういうことではあるが」

「だったら、たとえ恩賞が出なくても、旦那様は立派なことをなされるのですから、わたしは誇らしい気がいたします」

「そうであろうか」

清吾が頼りない返事をすると、みつはさらに励ました。

「それに、国東様は恩賞を出さないつもりでも、伊八郎様はきっと約束を守ってくださいます。旦那様のお友達なのですから」

みつはいかにも伊八郎に全幅の信頼を置いた物言いをした。清吾は、それほど伊八郎を信じる気にはならなかったが、厄介叔父の身の上から逃れるには、伊八郎の警護役に

賭《か》けるしかなかった。

「そうだな、迷わず、やるしかないか」

清吾がきっぱりと言うと、みつはにこりとした。

「旦那様の立派なご活躍をきっと子供も喜ぶと思います」

言いながら、みつは何となく帯のあたりに手を添えた。その仕草を見て、清吾はどきりとした。

「できたのか」

うかがうような清吾の顔を見て、みつは赤くなった。

「いいえ、さようではございません。ですが、わたしには、何となく生まれてくる子の気持が感じられるのです」

「そうか」

女子の心持ちだけに清吾は何とも言えなかったが、まだ見ぬわが子が期待して見守っているように思えて闘志が湧いてくるのだった。

九

伊八郎の登城を明日に控えた日、清吾は国東屋敷に赴いた。今宵は寝ずの番をして、明日の登城に備えるつもりだった。

清吾が家士に案内されて伊八郎の居室に入ると、驚いたことに伊八郎は布団に横になっていた。

「どうしたのだ。具合でも悪いのか」

清吾はあわてて枕元に座って問いかけた。伊八郎は薄目を開けて清吾を見た。

「来てくれたのか。しかし、いささか遅かったな」

伊八郎は頰《ほお》がこけて、顔色も悪く、声にもはりがなかった。

「何があった」

清吾が顔を近づけて訊くと、伊八郎はかすれた声で言った。

「三日ほど前から、食事の後で気分が悪くなり、二度ほど吐いた。どうやら、毒を盛られておるようだ」

「まさか、国東様のお屋敷でさようなことがあるとは思えぬ」

清吾は信じられない思いで言った。伊八郎は薄く笑った。

「この屋敷に三岡派に通じる者がいるかもしれぬと言ったのは、お主ではないか。だとすると、わしが殿にお目見えする前に始末しようと思っても不思議はあるまい」

「それは、そうだが――」

もし、伊八郎が毒を飼われているのだとしたら、清吾の剣では防ぎようがなかった。

「やはり奉公人の仕業か」

「おそらくな。ほかには考えられぬ。だが、食事の支度は台所でまわりが大勢いる中でするのだ。毒を入れるとしてもよほどうまくやらねば難しいだろう」

どうやっているのか、と伊八郎は考える口振りになった。

「食事の膳を家士に毒見させればいいのではないか」

食事の前に家士に食べさせれば、少なくとも毒が入っているかどうかはわかるだろう。

「毒見は父上がお許しにならぬのだ」

「なぜだ。毒で命を殺《あや》めようとする者がいるからにはやむを得ぬではないか」

「その毒で家士の誰かが死ねば、家中取り締まり不行き届きということで、わしの家老就任はなくなるだろうと武左衛門は言うのだ」

父親を武左衛門と名で呼び捨てにするのはやめろ、と清吾は言いかけたが、それよりもやはり毒飼いの下手人の方が気になった。

「奉公人をひとりひとり問い質したら、どうだ。仮にも主人に毒を飲ませようとしているのだ。糾問すれば白状するかもしれぬぞ」

「お主は甘いな」

伊八郎はあきれたように言った。清吾は何となく面目を失した気になった。

「甘いか」

「そうだとも。毒飼いなどは最も非道な者のやることだ。問われて、はい、わたしがやりました、と答えるようなお人よしはおるまい」

伊八郎はくっくっと笑った。

「そうはいっても、ほかに手はないではないか」

清吾は憤然として言った。

伊八郎を毒殺から守れなければ、せっかくの出世の機会もこれまでかと清吾が落胆すると、伊八郎は縁側に目を遣《や》ってから、

——おい、耳を貸せ
と低い声で清吾に呼びかけた。

「何だ」

清吾が顔を近づけると、伊八郎は耳もとで囁いた。伊八郎の話を聞く清吾の顔つきが

しだいに変わっていく。

「そこまでしなければならぬのか」

清吾が眉をひそめて言うと、伊八郎はどすの利いた声で応じた。

「当たり前だ。これは生きるか死ぬかの勝負の瀬戸際だぞ」

清吾は少し考えてから意を決したように、うなずいた。

「わかった。やってみよう」

清吾の返事に安心したように伊八郎は目を閉じたが、思わず声がもれた。

「それにしても疲れる」

「無茶をするからだ」

清吾はあきれたように伊八郎を見つめた。伊八郎は布団から手を出して、頬がこけた顔をゆっくりとなでた。


この日の夜、清吾は伊八郎の居室の隣室で寝ずの番をした。支度された床にはつかず、刀を抱えて柱に身を凭《もた》せ、うつらうつらしながら時がたつのを待った。

夜が更けて、丑三《うしみ》ツ刻《どき》（午前二時）になったとき、清吾はすっと立ち上がった。襖を開けて真っ暗な廊下に出る。手探りで闇の中を猫のように足音を立てずに進んで、昼間、場所を見ておいた台所へと出た。

台所は格子窓から月の光がもれて、暗いながらも物の形が見える。

清吾は納戸のそばにうずくまり、闇にひそんだ。それから、間もなくして、ひとりの女が手燭を持って台所に現れた。

女は戸棚に近づき、箱膳をひとつ下ろした。中から椀《わん》を取り出す。椀を手に土間に下りると水瓶《みずがめ》に近づき、柄杓《ひしゃく》で椀に水をすくいとった。

女はあたりの様子をうかがってから懐から小さな紙包みを出して中の粉を水にとくようにして椀にこすりつける。

女は椀をじっと見つめた。

「なるほど、そうやって、誰もいないときに、汁の椀に毒を染み込ませていたのか」

清吾が不意に言うと、女は驚いて振り向いた。

手燭の灯りに女のととのった顔立ちが浮かんだ。先日、清吾が宴に連なったとき、酌をしてくれたしほだった。

しほは闇からのそりと出てきた清吾を見据えた。口を閉じたままでひと言も発しない。

「誰に頼まれた。三岡派の者か」

清吾は板敷の端まで歩いて問い質した。しほはなおも無言だが、頭を横に振った。

「違うのか」

清吾は首をかしげた。では、国東家の親戚筋の誰かに命じられたに違いないと思ったとき、しほが言葉を発した。

「わたしの恨みでしたことです」

「そなたの恨みだと」

清吾は戸惑ってしほを見据えた。伊八郎はついこの間、国東家のひととなったばかりだ。女中に恨みを受けるほどのことがあったとは思えない。清吾がなおも問い質そうとすると、後ろから、

「どういうことかわからぬな」

と伊八郎の声がした。

暗い板敷に白い寝間着姿の伊八郎が立っていた。伊八郎を見て、しほは信じられないという顔になった。

「どうした。わしが毒で起き上がれぬほど弱っていると思ったのか」

何も言わずにしほはうかがうように伊八郎を睨み据える。伊八郎はしほの視線に閉口したのか苦笑いを浮かべながら板敷に腰を下ろした。

「わしはこれでも食い物の味にうるさいほうでな、初めて毒が入った汁を飲んだとき、舌先がしびれてすぐに吐き出したのだ」

「ではそれからは毒を口にされなかったのですか」

しほは目を瞠った。伊八郎は笑って答える。

「部屋に食膳を運ばせて、ひとりで食べた。と言うより、食べなかった。食事はすべて床下に捨てて、飲まず食わずで三日ほど過ごした。おかげで、あたかも毒にやられたかのように頬がこけたぞ」

「そして、わたしがまた毒を仕込むのを待たれたのですね」

目を閉じてしほはつぶやいた。

「そうだ。清吾が来たら台所を見張らせようと思っていた。そうしたら、案の定、お前は罠《わな》にかかったのだ」

伊八郎に睨まれてしほはうなだれた。

「いったい、わしがそなたに何をしたというのだ。不埒《ふらち》な真似をした覚えはないぞ」

「あなた様になくても、わたしにはあります」

ひややかにしほは言った。清吾は立ったまま問い重ねた。

「どういうことか言ってもらわねばわからぬぞ」

しほは伊八郎を見つめながら口を開いた。

「あなた様はお喜びになられました」

「何を喜んだというのだ」

伊八郎は首をかしげた。

「いままで赤の他人として過ごしてこられたのに、いきなり国東家を継ぎ、家老にまで出世されることをです」

「たしかに運がいいと思って喜んだ。それが悪いのか」

伊八郎はしほを見つめた。しほはきっぱりと応じる。

「悪うございます。なぜなら、国東家のご当主であられた彦右衛門様が病で亡くなられたゆえ、あなた様の運が開けたからです。ご自分が運がよいと喜ばれるのは、彦右衛門様が亡くなられたのを喜ぶのと同じです」

言いながらしほの目には涙がたまっていった。

「そうか、彦右衛門殿はわしより二つ年上であったが病弱ゆえ妻を娶《めと》っておらず、子もなかったと聞いておる。そなたは彦右衛門殿の想《おも》い女であったのか」

伊八郎は膝を叩いて言った。

彦右衛門は病弱でこそあったが、学問に優れており、親戚からしきりに縁談が持ち込まれていたはずだ。しかし、嫡男でありながら、彦右衛門がそれらの縁談に応じなかったのは、しほという想い女がいたからなのだ。

「なるほど、わしを恨みたくなる気持はわからぬではない」

しほは目から流れる涙を袖でふいた。

「彦右衛門様は病が癒えたならば、わたしを妻に迎えようと言ってくださいました」

「そうか、彦右衛門殿が亡くなられ、そなたの夢はかなわなかった。それだけに彦右衛門殿亡き後、国東家の当主に納まり、さらに家老にまでなろうとしているわしが憎かったのだな」

「はい、恨みに思いました」

しほはかすれた声で言った。しほの話を聞いていた清吾はたまらなくなり、

「伊八郎、この女子を咎めるつもりか」

と訊いた。

「さて、どうしたものかな」

伊八郎は腕を組んで考える様子だった。清吾はため息とともに言った。

「誰かが這《は》い上がろうとすることで、傷つく者がいるということだな」

苦い顔になった伊八郎は、

「それが世の中だ。嫌なら生きることを止めるしかあるまい。それとも坊主にでもなるというのか」

伊八郎はからかう口調で清吾に言いながら、しほを見据えた。

「そなた、これからもわしを恨むつもりか」

しほはゆっくり頭を横に振った。

「いいえ、わたしの恨みは毒を盛ることで晴らせました。後は彦右衛門様のもとへ参るだけでございます」

しほは言い終えるや、懐からもうひとつの薬包みを取り出して、素早く開くと白い粉を飲んだ。

「いかん、死ぬつもりだ。清吾、助けろ」

伊八郎から言われるまでもなく、清吾は土間に飛び降りてしほに飛びついた。しかし、しほはその場に頽《くずお》れた。

清吾は片膝ついてしほの体を支えつつ、伊八郎を振り向いた。

「どうしたらいいのだ」

「毒を吐かせるしかない。水をたっぷり飲ませて吐き出させろ」

清吾はしほを土間に横たえると水瓶の柄杓を取って水をすくい、しほに飲ませようとした。だが、しほは歯を食いしばって水を飲もうとはしない。

「水を飲まないぞ」

清吾は悲鳴のような声を上げた。伊八郎は土間に飛び降りると、

「あわてるな。鼻をつまんで口を開けさせ、口移しで水を飲ませるのだ」

伊八郎は言うなり、清吾の手から柄杓をひったくると水瓶の水を汲《く》んだ。清吾はしほの鼻をつまんで息が苦しくなったしほに口を開けさせた。

清吾は伊八郎が差し出した柄杓の水を一気に含んだ。そしてしほに口移しで水を飲ませた。伊八郎は間を置かずに柄杓で水を汲み、清吾に差し出す。

清吾が数回にわたって、水を口移しすると、しほは急に咳《せ》き込んだ。やがて飲まされた水を苦しそうに吐き出した。その様子を見定めた伊八郎は、しほを女中部屋に運んで寝かせろ、と清吾に言い付けると、家士に医師を呼ばせるため、奥へ入っていった。

清吾はなおも呻《うめ》くしほを担ぎ上げた。そのとき、格子窓から空が白み始めているのが見えた。

清吾は腕に抱えたしほの体の重みを悲しいものと感じた。

夜が明けるとともに、医師が呼ばれ、女中部屋に寝かされたしほを診た。しほが毒をあおったものの、すぐに大量に水を飲まされ、吐き出したと聞いて、

「それはよかったですな。おそらく助かりましょう」

と診立てを述べた。

清吾は女中部屋の隣室で医師の診療が終わるのを見守った。伊八郎は自室に戻ると、朝餉《あさげ》を運ばせてひさしぶりに腹に食物を入れた。さらに登城するため月代《さかやき》を家士に剃《そ》らせ、顔を洗って着替えると、裃《かみしも》をつけて支度した。

やがて城から開門を告げる太鼓の音が響いてきた。

伊八郎は武左衛門とともに、玄関に出てきた。清吾が出ていくと、伊八郎は、

「登城の供は家士がおるから、お主にはしてもらわなくともよい。しほの容態が落ち着いたら登城して控え所で待っていてくれ。下城の際にはしっかりと護衛してもらわねばなるまいからな」

と低い声で言った。

「わかった。だが、しほはどうするのだ。下城してから手討ちにするつもりか」

清吾が声をひそめて言うと、伊八郎はからからと笑った。

「そんな面倒なことはせぬ。あの女は彦右衛門殿の想い女のようだから、実家に帰らせて彦右衛門殿の菩提《ぼだい》を弔わせるのがよかろう」

「そうか。よい思案だ」

清吾がほっとして言うと、伊八郎はにやりと笑った。

「よい思案はほかにもあるぞ」

「何だ」

「お主が美しい女人に口移しで水を飲ませたことは、ご新造のみつ殿には黙っておいてやろう。ありがたく思え」

したり顔で伊八郎は言った。清吾はぎょっとして口を開いた。

「何を言うのだ。あれはお主がしろ、と言ったことではないか」

「まさか、まことにやるとは思わなかった」

伊八郎は感心しない、といった素振りで首を振りながら玄関の式台から土間へと降りた。まわりのひとの目を気にしながら、清吾は、

——伊八郎、それはひどいぞ

と押し殺した声で言った。だが、伊八郎は振り向きもせず、武左衛門とともに、悠然と玄関を出ていった。

清吾は裃姿の伊八郎の背中を見送るしかなかった。

十

裃姿の伊八郎は父の武左衛門とともに城の大手門をくぐった。大玄関に上がると家士は近くの供侍《ともざむらい》の間に控えた。間もなく、清吾もここにくるはずだった。

武左衛門に先導されて伊八郎は大廊下に出た。黒々と鏡のように磨き抜かれた大廊下を進みながら武左衛門は低い声で言った。

「そなたにとっては、殿にお目見えいたしてから、すべてが始まる。この城に潜む魑魅《ちみ》魍魎《もうりょう》たちと出くわすことになるぞ」

「さて、父上こそ、魑魅魍魎の総大将であったのではございませぬか。父上のごとく恐ろしき者はおりますまい」

「なんの、わしなど足元にも及ばぬ妖怪変化《ようかいへんげ》の者たちがおる。せいぜい、取って食われぬようにいたすことだな」

武左衛門は含み笑いして答えた。

「父上から派閥を譲られた山辺監物様や派閥争いの相手である三岡政右衛門様といったところが、妖怪の類《たぐい》ですかな」

伊八郎は平然と答える。

「まあ、そうだが。家中にはな、蛭《ひる》のようにひとの血を吸う者がいる。その者たちも侮れぬぞ」

「と言われますと」

「茶坊主を束ねる茶道頭《さどうがしら》の菖庵《しょうあん》、奥女中取締の梶尾《かじお》殿といった連中だ」

「茶道頭と奥女中取締をさほど恐れねばなりませぬか」

伊八郎は首をかしげて訊いた。

「こやつらは家中の些細《ささい》な噂《うわさ》でも耳に入れることができるし、噂を流すのも巧みだ。時に派閥について動くが、気に入らぬことがあれば、すぐに派閥を移る。まことは誰についておるのかわからん。侮っていると、こやつらの言葉の毒でたちまち家中で孤立することにもなる」

「いかにすれば、その口を封じられますか」

「金だな」

「金――」

さすがに伊八郎は鼻白んだ。

武左衛門はさらに言葉を継いだ。

「それから、黒錘組《くろおもりぐみ》という影目付《かげめつけ》がおる。この者たちのことは重臣であっても知る者は少ない。ただ、重職になったときから、黒錘組は身辺に目を光らせる。もし、不祥事があれば、家老であろうとも、殿の命により、ひそかに始末される」

「それはまた、厳しいものですな」

感心したように伊八郎が言うと、武左衛門は苦笑を浮かべた。

「いまごろ、気づきおったのか。馬鹿者め」

武左衛門の罵言《ばげん》を気にする様子もなく伊八郎は訊いた。

「ところで、菖庵と梶尾に渡す金はいかほどがよろしゅうございまするか」

「まあ、ひとり百両だな」

武左衛門は声をひそめた。驚いた伊八郎は、思わず、

――ひゃ、百両

と甲高い声をもらした。武左衛門はうんざりした顔で、

「慎まぬか。城中ではどこにでもひとの目と耳があることを忘れるな」

と叱責した。

伊八郎は頭に手をやって答える。

「いや、あまりの高額にびっくりいたしました。父上にはまことにご負担をおかけいたしますが、よろしくお願いいたします」

武左衛門は無表情に足を進めていく。

「何の話だ。いずれ家老になるのは、そなただぞ。わしは金を出さん。そなたが工面いたせばすむことだ」

「それがしが金を用意するのですか」

「それしきのこともできぬようでは、とても家老になどなれぬ」

武左衛門は厳しい声音で言うと大広間へと入っていった。

伊八郎はあわてて付き従う。大広間には、すでに山辺監物と三岡政右衛門が裃姿で居並んでいた。ふたりとも武左衛門に向かって丁重な辞儀をする。

武左衛門はさりげなく会釈を返しながら、着座した。伊八郎は続いて座ったが、監物や政右衛門には目もくれず、上座に向かい合ったままだ。

「これ、おふたりに挨拶せぬか」

武左衛門がたまりかねて言うと、伊八郎はあっさりと答えた。

「それがし、本日は殿に初のお目見えをいたします。ほかの方へのご挨拶を殿より先にいたしてはなるまいと思いましたが、違いましょうか」

小柄で眉が薄く、鼻も小さい、おとなしげな顔立ちの監物がくっくっと笑った。

「いや、いかにももっともじゃ。まずは殿へのお目見えが先でござろう」

傍らの痩せて骨ばった体つきで目が糸のように細く馬面の政右衛門が、鷹揚《おうよう》にうなずいて見せた。

「いかにも、殿への忠義をゆるがせにせぬ言葉じゃ。感服つかまつった」

武左衛門はふたりに軽く頭を下げてから伊八郎を振り向いた。

「おふたりに、かようにやさしく言っていただき、ありがたく思え。ただし、返礼は必ずあろうゆえ、覚悟しておくことだな」

武左衛門に向かって伊八郎は頭を下げた。

「覚悟いたしております」

武左衛門はそっぽを向いてつぶやいた。

「生意気な奴だ」

監物が、またくっくっと笑い、伊八郎を見つめる政右衛門の細い目が針のようにきらりと光った。

間もなく、ご出座、と小姓の声がして、藩主大久保眞秀が上段に出てきた。眞秀は三十になったばかりで色白のととのった顔立ちをしている。行儀よく着座すると、平伏した武左衛門たちに、

——面《おもて》をあげい

と声をかけた。男にしては透き通った甲高い声だった。

武左衛門が手をつかえたまま頭をあげて、

「本日はそれがしの嫡子にて家督を譲りましたる伊八郎のお目通りを願わしゅう、召し連れましてございます」

と言上した。眞秀は軽くうなずいて伊八郎に目を向けた。

「そなたが伊八郎か」

伊八郎は背を伸ばして答える。

「さようにございます。本日より、お家と殿のおために忠節を尽くす覚悟にございます。物の役に立つ者と思《おぼ》し召しくださいませ」

自ら、物の役に立つと言ってのけた伊八郎に武左衛門と監物、政右衛門はそろって苦い顔をした。だが、眞秀は面白そうに言った。

「自ら、役に立つと申す者は珍しいな。ならば、そなた、いかように役に立つというのだ。申してみよ」

伊八郎はしたり顔で膝を乗り出した。

「されば、新しき政《まつりごと》でございます」

「ほう、新しき政か。武左衛門たちは、新しければよいとは限らぬ、古きものに学ぶのが政の要諦《ようてい》じゃと常々申しておるぞ。それでも新しき政をいたしたがよいと思うか」

眞秀は興味を抱いたように伊八郎に問いかけた。伊八郎はここぞとばかり、声を大きくした。

「さようにございます。たったいま、生きておる者だけのことを思えば、古き政は居心地もよろしいかと存じます。されど、世の中は移り変わるものでございます。われらの子や孫は移り変わった世で生きていかねばなりません。されば、そのときのために、新たな政を始めねば、子や孫が古沼のごとく腐り、よどみきった政に難儀いたすことになりましょう」

伊八郎が自信たっぷりに言い切ると、政右衛門が、はっはと笑った。

「国東殿のご嫡男は政をご存じないゆえ、突拍子もないことを言われる。家督を譲られるのはいささか早かったのではござらぬかな」

底意地悪く政右衛門が言うと、監物も大きく頭を縦に振った。

「さよう、何も知らずに申されているのではあろうが、考え違いは早目に正していただかねば困る」

ふたりの重臣が口々に伊八郎を非難したが、武左衛門は何も言わずに口を閉ざしたままだった。

眞秀が武左衛門に顔を向けて問うた。

「伊八郎の申すところ、余にはもっともに聞こえたが、武左衛門はいかが存じおるか。聞かせよ」

武左衛門はゆらりと体を伊八郎に向けた。

「殿はかように仰せ下されるが、それは慈悲のお心からじゃ。そなたの申すこと、一片の正しさもない。されど、いったん、口にしたことだ。武士として、取り消すことはできまい。されば、殿の仰せに従い、思うさまやってみよ。ただし、うまくいかなかったときは腹を切れ。介錯《かいしゃく》はわしがしてやろう」

「かたじけのうござる」

あっさりと伊八郎は頭を下げた。政右衛門がじろりと武左衛門の顔を見た。

「国東殿、いまの言いようはいささかおかしかろう。本日は国東家の家督相続にあたっての殿へのお目見えのはずではござらぬか。たとえ、国東家が代々、家老の家柄とは申しても、伊八郎殿が家老になると決まったわけではない」

監物も急いでうなずいた。

「さようでござるな。急《せ》いては事を仕損じると申しますぞ。何事も根回しが肝要だと存じます」

伊八郎は政右衛門と監物を見遣《みや》って、

「若輩者がかようなことを申し上げるのは、いかがかと存じますが、ご両所とも間違っておられまする」

と言い放った。武左衛門が怒っているとも思えない、のんびりとした口調で、

「無礼を申すな」

とたしなめた。政右衛門が目を怒らせて口を開く。

「われらが間違うておるとはいかなる所存だ。はっきりと申せ。得心がいかねば、ただではすまさぬぞ」

微笑んで伊八郎は答えた。

「誰を家老といたすかは殿がお決めになること。家臣たる者、主君の仰せに黙って従うのみでございましょう。されば、本日のお目見えにて殿にそれがしを用いてくださいますよう、根回しをいたしました。これ以上の根回しは無用にございます」

政右衛門と監物は鼻白み、眞秀がはっはと笑った。

「これは面白い話を聞いた。余は家督を相続して以来、家中を治めるためには、重臣との和を第一にせねばならぬと教えられてきた。余の思うままに政を行うなどあり得ぬことと思うてきたぞ」

伊八郎は膝を乗り出して言葉を継いだ。

「なるほど、家中の和は大事と存じます。されど、およそ政をなすうえでは、なそうとしたことが果たされなければ責めを負うという覚悟が肝心かと存じます。和によって政を行えば、誰もが責めを負わぬがゆえに、何事もなしえぬのではありますまいか。されば、まず、殿に自ら政を行っていただき、責めを負うていただく覚悟を定めていただかねばなりません」

伊八郎が言い切るや否や、

——馬鹿者

武左衛門が大喝した。伊八郎はぱっと手をつかえ、平伏した。

「出過ぎたことを申し上げました。お許しくださいませ」

額を畳にこすりつける伊八郎を無表情に見遣った武左衛門は、政右衛門と監物に顔を向けて、

「何分にも軽格の家にて育ちましたゆえ、物事の理非をわきまえぬところがあるようでござる。それがしが叱りおきますゆえ、今日のところはご容赦願いたい」

と丁重な口調で言った。

政右衛門は皮肉な目を武左衛門に向けた。

「氏《うじ》より育ちと申すはまことでござるな。軽格というより、まるで足軽のごとき乱暴な

口の利きようでござった。されど、どことのう昔の武左衛門殿を思い起こさせるところもある。やはり血は争えぬものでござるな」

ひややかな政右衛門の言葉にも武左衛門は表情を変えない。監物は恐る恐る、

「伊八郎殿は家中の和を求めぬようでござるが、それではついていく者も限られましょう。そのあたりのところをとくとお考えありたい」

と言葉を添えた。暗に武左衛門から引き継いだ派閥を伊八郎に渡すことに難色を示したのだ。

武左衛門が何も言わずにいると、眞秀が明るい声を発した。

「今日はなかなかに面白かったぞ。余は伊八郎に家老となる器量はあると見た。しかし、家中の和がなければ何事もなせぬも道理だ。ゆえに伊八郎は年が明けてから、家老に任ずることにいたす」

武左衛門が片方の眉をあげてつぶやいた。

「年明けとなりますと、およそ三月余り後でございますな」

眞秀はゆったりとうなずいた。

「そうだ。家老になるためには、それなりの支度もいるであろう。また、家中の者の信も得なければなるまい。菅野刑部《すがのぎょうぶ》のような例もあるからな」

眞秀が口にした菅野刑部という名を伊八郎は知らなかった。伊八郎が怪訝《けげん》な顔をして

いるのを見てとった監物が、

「菅野殿とは二十年ほど前、家老への昇格が決まりながら下城の途中、何者かに斬られて亡くなった方だ。いまもって、何者の手によって命を奪われたのかはわかっておらぬ」

と言った。政右衛門がにやりと笑った。

「菅野殿はなかなかの切れ者で、あの頃、武左衛門殿にとって代わる勢いがあった。それゆえ、武左衛門殿の手の者が殺したという噂があったな」

ぎょっとして伊八郎は武左衛門の顔を見た。

武左衛門はゆっくりと頭を横に振った。

「菅野刑部を斬ったのは、黒錘組でござろう。三岡殿とてご存じのはずだ」

「その黒錘組を使っていたのが――」

政右衛門はさらに言いかけたが、眞秀がじっと見つめているのに気づいて口をつぐんだ。

武左衛門は微笑を浮かべた。

十一

この日、伊八郎は清吾に警護されて下城した。屋敷に戻って部屋に入るなり、清吾を呼び込んで、

「おい、大変だぞ」

と言いながら裃を脱ぎ捨て胡坐《あぐら》をかいた。清吾は伊八郎の前に謹直な様子で座った。

「何が大変なのだ」

「わしは年が明けたら家老に任じられる」

家老になると言われて、清吾は口をぽかんと開けた。国東家を継いだからには、いずれ家老に登用されるとは思っていたが、わずか数カ月先になるとは思ってもいなかった。

清吾は手をつかえて、

「祝着至極《しゅうちゃくしごく》に存じます」

と言いながら、頭を下げた。伊八郎は苛々《いらいら》とした様子で、

「そんな挨拶などはどうでもよいのだ。今日は城中で、武左衛門から散々に脅かされた

ぞ」

「国東様から？」

「そうだ。まず、金がいる。それも二百両だ」

あごをなでながら伊八郎は言った。

「何のために」

「茶道頭の菖庵と奥女中取締の梶尾に金をつかませねば何事もうまくいかぬらしい。武左衛門は一銭も出さぬから自分で工面しろ、と言いおった」

「それは大変だな」

清吾がのんびりした声を出すと、伊八郎は大仰に頭を抱えて見せた。

「やれやれ、わしはこれから家老となって藩を背負っていかねばならぬというのに、手助けするのが、お主のような呑気者《のんき》しかおらぬとはなあ」

むっとして清吾は口を開いた。

「わたしは何事も人並みだと思っている。格別、呑気なわけではない」

「では金の工面をどうするのだ」

伊八郎はうかがうように清吾を見た。

「わからぬ」

「だから、呑気と言うのだ。わしの将来だけではない。お主の子がどうなるかもかかっておるのだ。真剣に考えろ」

押し付けるように言われて考えた末、清吾はふと思いついて口にした。

「白木屋《しらき》はどうであろうか」

城下の白木屋は酒造と金貸しを営んでいる大店《おおだな》だった。白木屋と聞いて伊八郎の目が光った。

「白木屋に伝手《つて》があるのか」

「わたしの父が白木屋の先代主人と俳句仲間で親しかったそうだ。その縁で兄が手元不如意のおり、借金している様子だ。それに、わたしの妻のみつは白木屋の遠縁で、そのためわが屋敷に女中奉公するようになったということだ」

「それだ――」

伊八郎は清吾に飛びつくようにして肩に手を置いた。

「白木屋から金を借り出せ。それで、最初の関門は越えることができる」

「それは無理だ。兄が何度も金を借りているのだぞ。部屋住みの弟のわたしが行っても相手にされまい」

「わしが添え状を書く」

「添え状だと。借りるのはお主ではないのか」

清吾はあきれて伊八郎を見つめた。

「わしは間もなく家老になる身だ。迂闊《うかつ》に商人から借金などすれば足をすくわれかねんではないか」

「お主のために、わたしが借金するなど理屈に合わん」

「理屈は聞いておらん。わしらの将来のためにいる金を都合しようと言っているのだ」

伊八郎はなおも押し付けるように言った。清吾は困り果てて、

「お主と違ってわたしは口下手《くちべた》だ。借金の申し込みなどできぬ」

と正直なところを言った。伊八郎は少し考えてから膝を手で叩いた。

「みつ殿は白木屋の遠縁だと申したな。ならばみつ殿と一緒に白木屋に行け。わしの添え状を出し、若夫婦がそろって頭を下げれば何とかなるに違いない」

「そううまくいくかな」

「やってみねばわからん。ともあれ、わしらは、もはや後へは退《ひ》けんのだ」

伊八郎はどしんと清吾の背中を叩いた。清吾がやむなくうなずくと、伊八郎は安堵《あんど》した顔になった。

清吾は、ため息をついて、

「では、金の工面さえできればお主は家老になれるのだな」

と念を押すように言った。

「命があればな」

伊八郎は腕組みをして天井を眺めた。そして天井を見上げたまま、

――うーむ
とうなり声をあげた。清吾は不安になって訊いた。

「どうした。山辺監物様や三岡政右衛門様はそれほど手強《てごわ》そうか」

「それはまだわからぬが、今日は妙な話を聞いた」

「妙な話とは何だ」

清吾は声を低めた。伊八郎は部屋の外の様子をうかがってから言った。

「二十年ほど前に家老への昇格が決まっていた菅野刑部というひとが殺されたらしい」

「そんなことがあったのか」

清吾は首をひねった。二十年前と言えば、清吾も八歳にはなっていたが、重臣が暗殺されたなど聞いたことがなかった。

「わしも知らなかったが、武左衛門たちの話では、殺したのは影目付の黒錘組らしい。黒錘組について知っているか」

「いや、初耳だ」

お主は何も知らんな、と伊八郎は馬鹿にしたような目で清吾を見た。

「お主だって知らなかったであろう」

「まあ、それはそうだがな」

伊八郎は清吾の抗議を意に介する様子もなく話を続けた。

「三岡は、武左衛門が黒錘組を操って菅野刑部を殺したのではないか、と言いおった。もし、いまも重臣の中に黒錘組を使う者がいるとすれば、手強いことになるやもしれんぞ」

伊八郎は脅すように言った。清吾はしばらく考えてから、ふと思い出したことを口にした。

「そう言えば八年ほど前に若杉先生から、腕の立つ者が求められている。推挙してもいいがどうか、と言われたことがある。何でも城下の道場で部屋住みの身ながら席次が一、二番の者を推挙するということだった。黒錘組という名は聞かなかったが、あれが影目付のことであったかもしれぬな」

伊八郎は目を剝《む》いた。

「若杉先生はわしにはさような話はしなかったぞ」

「席次が一番か二番かと言ったではないか。お主はあのころ、七、八番だったのではないか」

清吾にあっさりと言われて、伊八郎はごほん、と咳払いした。清吾はなおも言葉を重ねる。

「先生の言葉通りだとすると、あのころ、他の道場で席次は一、二番でいまも身分が部屋住みのままという者の中には、無外《むがい》流の樋口鉄太郎《ひぐちてつたろう》、矢野新助《やのしんすけ》、一刀流の花田昇平《はなだしょうへい》などがいる。もし、樋口や矢野、花田といった面々が黒鍾組だとすると、手強いどころの話ではないな」

「勝てぬか」

鋭い目になって伊八郎は訊いた。

「ひとりずつ、尋常な立ち合いをするのならわからぬが、数人がかりで不意打ちをされたら、危ないな」

淡々と清吾は言った。伊八郎は、またもや、うーむ、とうなり声をあげたが、やがてあきらめたように笑みを浮かべた。

「たしかに容易ならぬ敵かもしれぬが、正体もわからぬのに、取り越し苦労しても始まらぬな。それに各道場の腕利きを求めたのが黒鍾組とは限らぬ。国東派や三岡派がひそかに刺客を抱えていたという話もあるからな」

「そう言われれば、若杉先生も一度、応じれば藩士としての出世は望めぬ影の仕事だと言われていた」

清吾はあのおりの若杉源左衛門の顔を思い浮かべた。部屋住みで婿養子の口も決まらない清吾を憐《あわ》れんで推挙しようとしたのかもしれない。だが、清吾が断ると源左衛門はほっとした表情を浮かべていた。

「そんなことより、まずは金だ。明日にでもさっそく行ってくれ」

伊八郎にうながされて、清吾は渋々うなずいた。用心棒のはずが、借金までしなければならないのは、どういうわけなのだ、と気が重かった。


翌日の昼下がり、清吾はみつを伴って、白木屋へと出かけた。昨夜、みつに白木屋へ行くことを話すと、みつは頭を横に振った。

「白木屋様の親戚と申しても、父が死んだ後、わたしの母親が嫁いだ農家が縁続きだというだけで、連れ子のわたしは血のつながりもありません。連れ子のわたしが邪魔になって、白木屋様の伝手で栗屋家に女中奉公に出たのです。とても借金を申し込めるような間柄ではありません」

みつが言うのを聞いてもっともだと清吾は思ったが、それでも自分ひとりで白木屋に掛け合いに行くよりはましだろう、と思った。

清吾が、どうしても仕方がないのだ、と言うとみつは困惑しながらも白木屋に行くことを承知した。

翌朝、清吾は兄の嘉一郎に、伊八郎に頼まれて白木屋に赴くことになったと告げた。

すでに登城の支度を終えた嘉一郎は、清吾が白木屋に借金を申し込むと聞いて苦笑した。

「たとえ、国東様の代理とはいえ、それは無理な話だ」

「なぜでございましょうか」

清吾は首をかしげた。

「商人というものは、命より金を大事にするのだ。国東様が家老になってからならともかく、いまのようにあやふやな身の上では金を出すまい」

「しかし、どうあっても入用な金だということですので」

清吾がなおも言うと、嘉一郎は面倒くさげに答えた。

「そこまで言うなら行けばいい。だが、白木屋殿はしたたかだ。すんなりと金を貸してはくれぬと覚悟しておけ」

嘉一郎は言い捨てて、屋敷を出ていった。清吾は嘉一郎の後ろ姿を見送りながら、

(当たってくだけろだ、何とかなるだろう)

と思った。だが、実際に白木屋の前に立ち、立派な店構えを前にすると気後れがした。ふたりとも質素な身なりだけに、店に入って案内を請うのもためらわれる気がした。

やがて、小僧が出てきて、店の前に水を打ち始めた。それでも清吾が声をかけられずにいると、みつが進み出て、

――もし、お頼み申します
とか細い声で言った。

小僧は訝《いぶか》しげな顔を向けたが、みつが清吾の名を告げ、さらに国東伊八郎の名代で来たと話すと、すぐに奥へ知らせに入った。間もなく手代が出てくると、清吾たちを奥へ案内した。

商家とはいえ、白木屋は藩にも金を貸しているほどの豪商だけに奥座敷の造りも贅沢《ぜいたく》なものだった。

清吾とみつが肩を寄せ合うようにして座っていると、主人らしい四十過ぎの男が入ってきた。眉が太く鼻が高い威厳のある顔つきで、座るなり、

「お待たせいたしました。白木屋四郎兵衛《しろべえ》でございます」

と言って頭を下げた。一応、相手が武家だから頭を下げただけだ、と言わんばかりの素っ気ない態度だった。

清吾は懐から、伊八郎が書いた添え状を出して、四郎兵衛の前に置いた。書状を無造作に開いて四郎兵衛は読み進め、

「なるほど、ご事情はわかりました。しかし、三百両とは大金でございますな」

とつぶやくように言った。

清吾は息を呑《の》んだ。

「三百両ですと。わたしは入用なのは二百両と聞きましたが」

「たしかに、入用は二百両だが、ほかにも金がいるだろうから、三百両を借り受けたい

と書いてございますよ」

四郎兵衛は薄く笑いながら言った。清吾はやむなく、

「さようか」

と小声で言った。四郎兵衛はそんな清吾に馬鹿にしたような目を向けた。

「たしかに国東様から添え状は頂戴《ちょうだい》いたしましたが、借金の名義人は栗屋様になるのでございますよ。いくら借りるかもわかっておられないようでは困りますな」

ひややかな四郎兵衛の言葉に清吾が言い返せないでいると、みつが思い切ったように口を開いた。

「旦那様はお武家ですから、お金の勘定はなさいません。それがお侍の心得というものだ、とうかがっています」

四郎兵衛はみつに顔を向けた。

「あなたはみつさんと言われましたな。わが家の縁戚らしいが、女中の分際で口出しするのは感心しませんな」

女中と決めつけられて、みつは顔を伏せた。清吾は思わず、声を高くした。

「白木屋殿、みつはわたしの妻です。言葉には気をつけていただきたい」

四郎兵衛は清吾の顔を見て、

「さて、兄上の栗屋嘉一郎様からはさようにはうかがっておりませんな。部屋住みの弟

が女中を妾《めかけ》にして困っているとの仰せだったように思いますが」

と冷淡に言ってのけた。

「なんですと」

清吾がかっとなって片膝を立てようとすると、みつはあわてて清吾の袖を引いた。

「申し訳ございません。女中の身でありながら、白木屋様と縁続きだと申してお供をいたしたのでございます。失礼をお許しください」

みつが懸命に言うと、四郎兵衛の目がやわらいだ。

「なるほど、あなたは主人思いの女中のようだ。その心がけを忘れないことです」

四郎兵衛の尊大な言葉に清吾はなおも憤りを感じたが、せっかく取り成してくれたみつの思いを無にはできないと堪《こら》えて座り直した。

なおもみつをしげしげと熱心に見つめていた四郎兵衛は、ふむ、とうなずいてから、

「ともあれ、お金はお貸しいたしましょう。ただし、わたくしは商人でございますから、金をお貸しするからには、担保が欲しゅうございます」

「国東伊八郎からの添え状が担保にはなりませぬか」

当惑して言う清吾に向かって、四郎兵衛はゆっくりと頭を横に振って見せた。

「たしかに国東様が家老になられた暁には、添え状だけで担保になります。しかし、それは先の話でございます。それまでの間の担保をいただかねばお貸しすることはできま

せんな」

「そう言われても、わたしには担保になるような物がありませんが」

清吾がため息をつくと、四郎兵衛は薄く笑った。

「あるではございませんか。栗屋様に忠節を尽くされている、そのお女中です」

四郎兵衛の言葉に清吾はぎょっとなった。

「みつを――」

「何も取って食おうというのではございません。国東様がご家老になられるまでの間、当家にて住み込みの女中奉公をしていただけばよろしいのでございます」

「それは――」

清吾は困惑してみつに顔を向けた。みつははっきりとした声で言った。

「旦那様、わたしがこちらで働くことでお金が借りられるならよいではありませんか。国東様のご出世のためにお役に立てればわたしも嬉しいです」

けなげなみつの言葉に清吾の胸は熱くなった。四郎兵衛はそんなみつをじっと見つめている。

十二

白木屋から三百両が清吾のもとに届けられたのは十日後のことだった。清吾は持ち慣れない大金に緊張しながら、伊八郎のもとに運んだ。

伊八郎は居室で金子《きんす》をあらためてから、にこりとして、

「ご苦労――」

とねぎらった。清吾はじろりと伊八郎を見た。

「礼はそれだけか」

伊八郎は目を丸くした。

「なんだ。もっと礼を言えというのか」

「みつが今日から借金の形《かた》として白木屋に女中奉公に出た」

「ああ、そのことか」

伊八郎はぼんのくぼに手を遣った。みつは今朝方、わずかな手荷物だけを持って、白木屋に赴いた。玄関先で挨拶するとき、みつはさすがに涙ぐんでいた。

清吾は力強く、

「三カ月余りの辛抱だ。必ず迎えに行くからな」

と励ましたが、何となくみつを借金の形に質屋に入れるような心持ちになった。

「お待ちしております」

みつは心細げに言って、白木屋に向かった。その後ろ姿を思い出すと、清吾は胸がかきむしられるようだった。

「もし、みつに何かあったら、どうしてくれる」

恨みがましく清吾は言った。考えてみれば、伊八郎が家老になった暁には剣術指南役に取り立てられるという約束だけをあてに三百両もの借金を背負い、妻を女中奉公に出してしまったのだ。

あるいは取り返しのつかぬことをしたのではないか、と清吾は不安になっていた。だが、伊八郎はあきれたような顔をして言葉を返した。

「女中奉公に出ただけだ。白木屋は大店だ、人買いにさらわれたわけではないのだから、何事もないだろう」

「まことに、そう思うか」

清吾は疑わしげに伊八郎の顔を見た。

「当たり前だ」

馬鹿馬鹿しい、と伊八郎は言って、話柄《わへい》を変えた。

「さて、この金だが、奥女中取締の梶尾殿に渡すには、ちと手間がかかる。まず、茶道頭の菖庵の屋敷に持ってまいるゆえ、一緒に来てくれ」

「菖庵の屋敷はどこにあるのだ」

「鷹匠町《たかじょう》だ。鷹匠の拝領屋敷がある武家地だが、菖庵は二軒の屋敷をぶち抜いて広々と暮らしておるそうな」

「ほう、茶道頭とは贅沢なものだな」

「家禄は五十石ほどだが、茶道の弟子も多いし、金まわりがいいのだろう」

伊八郎は少しうらやましげに言うのだった。


三日後の昼下がり、伊八郎と清吾は菖庵の屋敷を訪ねた。

築地塀をめぐらした屋敷はとても五十石の身分とは思えない広さで大きな庭木が塀の上にのぞいている。

さすがに身分をはばかって、小さい門構えをくぐって玄関先まで入った伊八郎が声をかけると、すぐに菖庵の弟子と思しき坊主頭で羽織をつけた若い男が出てきた。

「国東伊八郎だ。菖庵殿にお目にかかりたい」

伊八郎がやや尊大な口調で告げると、若い男は、お約束がおありでしょうか、と訊い

てきた。伊八郎がむっとして、

「約束などはない。菖庵殿が本日は非番だと聞いて参ったのだ」

と言うと、若い男はやわらかな所作で頭を下げ、

「ただいま、お取次ぎいたします」

と答えて、奥へ入っていった。しばらくして戻ってきた若い男は、手をつかえて言った。

「主人はただいま、茶の稽古をいたしております。恐れ入りますが、茶室へお通りください」

伊八郎が何も言わずにいると、若い男は玄関先に下りて下駄《げた》を履き、そのまま玄関脇から中庭に伊八郎と清吾を案内した。

茶室は屋敷の裏手にあり、中庭を通っていくと、茅葺《かやぶき》の庵《いおり》が見えた。若い男はにじり口から、お連れいたしました、と声をかけた。

伊八郎と清吾は刀を左手で鞘《さや》ごと腰から抜いて右手に持ち、にじり口から入った。中は思ったよりも広く六畳二間と四畳半が続き部屋になっている。

菖庵は床の間がある四畳半の釜の傍らで手をつかえ、頭を下げて待っていた。伊八郎は菖庵の前にどかりと座ると、刀を左側に置いて、

「菖庵殿か」

と言った。武士はひとを訪ねた場合、玄関先で刀を預けるが、茶道頭の菖庵に対して伊八郎はそのような礼をとらなかった。

刀を持って着座した場合、とっさに抜くことができないよう、右側に大刀を置くのが普通だが、目下の者や警戒する相手に対しては左側に置くのだ。

清吾は伊八郎のやや後ろに控えて座った。大刀を後ろに置く。菖庵はゆっくりと顔をあげた。

小柄な菖庵は目鼻立ちがととのい、柔和な表情を浮かべているが、あごがはって、口元が引き締まり、油断の無い気配があった。

「国東様にはようお越しくださいました」

菖庵は女人のようなやさしげな声で言った。伊八郎はうなずいて口を開く。

「面倒な挨拶は抜きにしよう。わしは国東家の家督を継いだ。間もなくお城に上がり、役職に就くことになろう。それゆえ、菖庵殿にご挨拶に参った」

伊八郎はさりげなく懐から袱紗《ふくさ》の包みを取り出すと、これは手土産でござる、と言いながら菖庵の膝前に置いた。

菖庵はとぼけた表情で、

「これは何でございましょうか」

と訊いた。伊八郎は眉をひそめて答えた。

「引き回してもらう礼金だ。百両あるが、少なかろうか」

露骨な伊八郎の言葉に菖庵は苦笑した。

「皆様、わたくしに会われるおりは、茶を喫されるだけで、かようなお土産は供の方がひそかに置いていかれます。自らお出しになられたのはあなた様が初めてでございます」

菖庵がちらりと、清吾に目を遣ると、ははは、と伊八郎は笑った。

「ほかの重役方はそうかもしれんが、わしは回りくどいことは嫌いだ。それにわしの供をしている栗屋清吾が出すのは山吹色の小判ではなく、抜けば玉散る氷の刃だぞ。そちらの方がお好みであれば、見せもするが」

威嚇する伊八郎の言葉に菖庵は笑みをひそめ、目を鋭くした。

「国東様はわたくしを弄《なぶ》られまするか」

「弄ってなどおらん。今日より、味方になっていただこうと思っているのだ」

伊八郎はにやりと笑った。

「さて――」

菖庵が考え込んだとき、天井裏でかさこそという音がした。伊八郎は天井を見上げて、

「珍しいな、かような茶室の天井に鼠《ねずみ》がおるのか」

とつぶやいた。すると、清吾が天井を見上げず、畳に目を落としたまま緊張した声で

言った。

「鼠はどこにでもおる」

伊八郎は清吾を振り向いた。清吾はそろりと後ろの刀を手にとり、うかがうように伊八郎を見た。

目と目を見交わして、何事か察した伊八郎は押し殺した声で、

——斬れ
と言葉短く言った。

自分が斬られるのか、と菖庵が驚きの表情を見せた刹那、清吾は滑るように畳の上を動き、ひらりと跳んで隣の六畳間に入った。畳に足がついた瞬間、清吾は刀を逆手に持って引き抜いた。

清吾の刀は吸い込まれるように畳に刺さり、深々と床下まで突き抜けた。清吾はさっと刀を抜いて刃をあらためた。

「どうした。逃したか」

伊八郎が訊くと、清吾はなおも刃を見つめながら答えた。

「手ごたえはあったが。とっさに血をぬぐって逃げたようだ。忍びの心得のある者だろうな」

清吾は刀を鞘に納めた。菖庵は青ざめた顔を伊八郎に向けた。

「何事でございますか」

「何者かが床下に潜んでおった。おそらくわしが菖庵殿を何のために訪ねたのか探ろうといたしたのであろう」

菖庵はぶるっと震えた。額に汗が浮かんでいる。やがて膝前に置いてある袱紗の包みを伊八郎に押し戻した。

「国東様、申し訳ございませぬが、これはお戻しいたします」

「なんだと、わしの味方にはなれぬと申すのか」

伊八郎は菖庵を睨《にら》み据えた。菖庵はあわてて首を横に振った。

「いえ、決してさようなことではございません。ただ、いましがた床下に潜んでいたのは、おそらく黒錘組だと存じます。あなた様はいま黒錘組に手傷を負わせ、敵にまわしたのでございます。さような方から金子を頂戴すれば、わたくしもどのような目にあうかわかりません。それゆえ、お返しいたすのでございます」

「ふむ、だが、いったん受け取ったことに変わりはないぞ。少なくともわしの敵にはまわらぬと約束いたせ。さもなくば、この金子は置いていく。さらに家中に菖庵殿に金を渡したと言いふらすぞ」

伊八郎が強い口調で言うと、菖庵は大きくため息をついた。

「わかりましてございます。わたくしは決して国東様の敵とはなりませぬ」

それならばよい、と言うと伊八郎はあっさり、袱紗の包みを懐に入れた。そして、立ち上がるなり、

「邪魔をいたした。茶はいずれ馳走《ちそう》になるとして、今日はこれにて帰ろう」

と言った。菖庵は憮然《ぶぜん》として黙っている。

にじり口から腰をかがめて出る伊八郎に清吾も続いた。中庭を通り、玄関先に出て門をくぐったとき、清吾は、

「先ほどの鼠、まことに黒錘組だろうか」

と、ぽつりと言った。伊八郎は振り向かずに、

「さてな、それはわからぬが、菖庵があのようにおびえるところを見ると、黒錘組とはよほどに恐ろしいもののようだな」

「そのような者に手傷を負わせたのは浅慮に過ぎたかもしれん」

清吾はうつむき加減になって歩きながら言った。

「まったく、お主は常に浅慮で困ったものだ」

伊八郎は平気な顔で言う。清吾はややむっとした。

「斬れと言ったのはお主ではないか」

「菖庵が配下の者を潜ませておるのではないか、と思ったのだ。さような無礼な振舞いは許さぬと強く出たのだが、見当違いだったかもしれんな」

伊八郎は呵呵大笑しながら歩いていく。その方角が国東屋敷に戻る道とは違うのを清吾は訝しんだ。

「屋敷には戻らぬのか」

清吾に訊かれて伊八郎は懐を押さえた。

「せっかく百両もの大金をやろうと言ったのに菖庵め、断りおった。ひとにやろうと思っていた金が戻ってきたのだ、柳《やなぎ》町で昼遊びでもいたそう。おごってやるぞ」

気持よさげに言って伊八郎は歩みを止めない。

柳町は城下の料理屋や居酒屋が立ち並ぶ一角で、金次第で客をとる女がそろった店もある。

「年が明けたら、家老になる身が昼間から遊んではまずいのではないか」

清吾が案じるように言うと、伊八郎は振り向いた。

「お主はさように気の小さいことを言っているから、将来が望めぬのだ。もっと、大胆になれ。柳町で遊ぶのは言うならば下情《かじよう》視察だ。一藩を背負う者にとって避けられぬ責務である」

言い捨てて、伊八郎は背を向けると、さらに歩いていく。昼遊びにも理屈はつくものだな、と思いつつ清吾は後に随《したが》った。

それにしても伊八郎が昼間から遊んでいれば、刺客が狙うには絶好の機会ではないか、とふと思った。

そのことを告げようか、という気になったが、案外、伊八郎は隙《すき》を見せることで、刺客を誘い出そうとしているのではないか、と思い直した。

（もし、そうだとしたら、おびき出された刺客と戦わねばならないのは、わたしだぞ）

清吾はうんざりしたが、いずれにしても伊八郎はどこかで狙われるに違いない、だとすると夜中に襲われるより、昼間の方が防ぎやすいと考えた。それにしてもただひとりで護衛して刺客と戦うのは難事に違いない。

清吾は伊八郎の背を見て歩きつつ、

「まことに危険千万だな」

と思わず、口からもらした。伊八郎はその言葉を耳にしたらしく、

「わかりきったことをいまさら言うな。狙われているわしの身にもなってみろ」

と小声で言い返した。

もっともだ、と思って清吾はそれ以上は言わなかった。伊八郎にしても自分の立場はわかっているのだ。それなのに、あえて刺客の前に隙をさらそうとするのは、豪胆な振舞いとみるべきなのだろう。

やがて、ふたりは柳町の辻《つじ》を曲がって小料理屋が立ち並ぶあたりに入った。そのとき、見え隠れに伊八郎と清吾の後をつけるふたりの武士の姿があった。

十三

伊八郎が迷いもせずに入った小料理屋は入り口に大きな瓢箪《ひょうたん》がぶら下がり、〈ひさご〉と墨で書かれた小さな看板がかけられた店だった。

馴染《なじ》み客らしく、伊八郎が、

——おう
と声をかけると、笑顔の女中が奥へと案内した。奥の小間に入るとすぐに酒器と肴《さかな》をのせた膳がふたつ運ばれてきた。

伊八郎はさっそく手酌で飲み始めたが、清吾は杯を手に取らない。伊八郎が訝しげに清吾を見て問いかけた。

「おい、どうした。飲まないでいると、燗《かん》が冷めるぞ」

「用心のためだ」

清吾は無愛想に答える。伊八郎は平気な顔で杯を口にした。

「用心だと？」

「屋敷に戻らず、柳町で遊ぶのはつけ狙う刺客《しかく》をおびき寄せようという策ではないのか。だとすると刺客を防がねばならぬわたしが酒を飲むわけにはいかんだろう」

清吾が言うと、伊八郎はからからと笑った。

「なるほど、店に入るまでわしもそう思っておった。しかし、一杯飲んだら、気が変わったのだ」

「気が変わっただと？」

「そうだ。考えてもみろ、この年になって実の父親がわかり、重臣の家を継いで、家老になると言えば、ひとはうらやましがるだろうが、実際には鬱陶《うっとう》しいことばかりだ」

また、手酌で酒を注《つ》ぎながら言った伊八郎はぐい、と杯をあおった。清吾はうんざりした顔で話を継いだ。

「この間までは、何としても家老になると意気込んでいたではないか。そのために金を工面したのであろう」

「そうだ。しかし、その金を菖庵は受け取ろうとせず、しかたなくわしはここで酒を飲んでいる。そう思うとな、わが身が情けなくなってくるぞ」

伊八郎は大袈裟にため息をついた。

「まことだろうな」

清吾は伊八郎に疑いの目を向けた。なんとかかんとか言いながら、伊八郎は酒を飲んで、日頃の緊張をほぐしたくなっただけではないのか、と思った。

考えてみれば、いままでの部屋住みの身からがらりと境遇が変わり、家老になれるかもしれぬという幸運に目が眩《くら》んでひた走ってきたものの、ここらで骨休みしたくなったのかもしれない。

同情すべきかとも思えるが、横着な本性が出ただけではないか。

清吾が胡散臭《うさんくさ》げに見つめていると、伊八郎は不意に銚子《ちょうし》を手にした。おい、とうながされて清吾はしかたなく杯を手にした。

酒を注ぎながら伊八郎は、しみじみとした声で言った。

「お主には苦労をかけておる。すまんと思っているのだぞ」

「何を言う。お主が家老になった暁には剣術指南役にしてくれるというから、やっているのだ。約束さえ守ってくれれば、それでいい」

清吾は一杯だけならいいだろうと思って杯を口に運んだ。すかさず、伊八郎が注いでくる。

「しかしな、金の工面のため、お主の女房殿を白木屋に女中奉公させてしまった。それが、わしは申し訳ないのだ」

伊八郎に言われて、清吾ははっとした。考えてみれば、こうして酒を飲んでいるのも菖庵が百両の金を受け取らなかったからだ。ならば、百両を白木屋に返せば、みつはそれだけ早く清吾のもとに戻ってこられるではないか。

清吾は杯を膳に置いて身を乗り出した。

「おい、菖庵が受け取らなかった百両は、すぐに白木屋に返してくれるのだろうな」

伊八郎は黙って、ゆっくりと手酌で酒を飲み、

「それはできぬ」

ときっぱり言った。清吾はむっとした。

「なぜだ。かように酒を飲んで使ってしまうぐらいなら、借金を減らしたほうがよいではないか」

「家老になるまでこれから何があるかわからんのだぞ。そのための軍資金ではないか。いますぐに返すなど論外だ」

「軍資金ならば、酒などに使ってはいかんだろう」

「これは戦に備えて英気を養っておるのだ」

「詭弁《きべん》だ」

清吾が睨《にら》みつけると、伊八郎は片手をゆるやかに振った。

「お主は戦を知らんな。緩急自在でなければ戦には勝てぬ」

「金は然《しか》るべく使うべきだという話が、なぜ戦を知らぬということになるのだ」

清吾がうんざりした顔で言うと、伊八郎はまた清吾の杯に酒を注いだ。

「そう言うな。かように酒を飲み、お主の女房殿の苦労をしのぶのも大事だぞ。みつ殿もお主が案じてくれていると思うからこそ、白木屋の女中奉公に耐えられるのだ」

清吾は伊八郎が、みつの名を口にしたことに驚いた。

「お主、わたしの妻の名を知っているのか？」

首をかしげて訊《き》くと、伊八郎は杯を干しながら面倒くさげに答えた。

「当たり前ではないか。招かれて、ご新造の手料理を馳走になった。名はそのときに聞いておる。それにしても、みつ殿の煮物は味がよかったが、汁は薄味に過ぎるのではないか。今度、言ってやったほうがいいぞ」

招いたのではない、勝手に押しかけてきたのではなかったかと清吾は、すでに酔いがまわって顔が赤くなってきた伊八郎を見たが、同時に、みつが、伊八郎だけがご新造と呼んでくれた、と喜んでいたことを思い出した。

清吾はため息をついて酒を飲むと、さらに手酌で杯に注いだ。

「みつはお主からご新造と呼ばれて喜んでおった」

「ご新造をご新造と呼んで喜ばれるのか。それはありがたいが、みつ殿はなかなか慎み深い人柄のようだな」

伊八郎はさほど考える様子もなく、また酒を飲んだ。清吾はさらに酒を飲みつつ、

「そうだ。みつは慎み深い女子《おなご》だ。いつか、草雲雀《くさひばり》を村の者が持ってきたことがあった。

わたしが気が鬱々《うつうつ》していると思い、虫の鳴き声で慰めようと思ったのだ」

「そうか、草雲雀をな」

伊八郎は興味がなさそうに気のない口調で返事をしながら酒を飲んでいる。

「草雲雀は、ひと晩中、りり、りりと哀切に鳴くのだ。あれは雄が雌を恋い慕い、相手を求めて鳴くらしい」

おお、そうか、そうかと言いながら、伊八郎は煮物を箸でつまんで食べると、

「おう、これよりはみつ殿の煮物の方が味がよいぞ」

と呑気な調子で言った。

清吾はまた、酒をあおった。

「さように慎み深いみつを、わたしは商人の家に女中奉公に出してしまった。何ということだ」

涙ぐみながら酔った口調で言う清吾に伊八郎は顔を向け、さらに煮物を食べながら調子を合わせる。

「そうだ、まったく、何ということなのだ」

清吾はじろりと伊八郎を見て、杯を口に運んだ。

「お主、まことにみつの辛《つら》さがわかっているのか」

「わかっているとも、甲斐性《かいしょう》のない男と夫婦になった女子ほど哀れな者はない。それゆ

え、わしはいまだに娶《めと》らんのだ」

ははは、と伊八郎は笑った。すでに酔っている。

「なんだと」

清吾は杯を膳に叩《たた》きつけるように置いた。伊八郎は顔をしかめ、

「なんだ。冗談ではないか、怒るな。それより、お主、少し、飲み過ぎではないのか」

「飲めと言ったのはお主だ」

手酌で杯に酒を満たしながら、清吾はつぶやくように言った。伊八郎は呂律《ろれつ》がまわらぬ言葉つきで、

「そうは言ったが、まさかそれほど、酔うとは思わなかった。もし、刺客に襲われたらどうするのだ」

と言った。清吾はゆっくりと頭《かぶり》を振る。

「無理だな。酔ってしまっては、剣は振るえぬ」

「それでは困るぞ」

「お主がみつのことなど言うからだ。みつには申し訳ないことをしているのだ。それを思えば飲まずにおられるか」

「そうか、ならばしかたないな、飲め。もし、刺客が来たら、ふたりそろってあの世に行くまでだ」

伊八郎はにやにや笑った。体が前後に揺れている。

「いや、わたしにはみつがいる。死ぬわけにはいかぬ。刺客が来たら、お主だけ死んでくれ」

清吾はともに死ぬのはご免だ、というように大きく手を振った。

「ひとりであの世に行くのか、それは寂しいぞ」

「しかたがないではないか」

「ならば、お主とみつ殿も一緒に三人で逝《い》くというのではどうだ」

伊八郎は熟柿《じゅくし》臭い息を吹きかけながら清吾の顔をうかがい見た。清吾は目をとろんとさせ、腕組みしてしばらく考えたが、

「駄目だ。みつはわたしの子を生《な》すのだ」

とはっきり言って、ゆらりと横倒しに畳に倒れた。その様を見ながら、伊八郎はくっくっと笑った。

「なんだ、だらしがない。もう酔いつぶれたか」

そう言った伊八郎の首が、がくりと前に倒れると手にしていた杯が畳に落ちた。

夜が更けていった。

清吾と伊八郎が女中に見送られながら〈ひさご〉を出たのは一刻（約二時間）後だっ

た。ふたりとも酔って、足元がふらついていた。

心配した女中がふたりに、

「大丈夫でございますか。駕籠《かご》を呼びましょうか」

と声をかけたが、伊八郎は手を振って大きな声で断った。

「大丈夫だ、だーいじょうぶ」

泥酔した口調で言ってのけた伊八郎は、傍らの清吾の背中をぽんと叩いて、

「おい、帰るぞ」

とうながして外へ出た。清吾は店で借りた提灯《ちょうちん》を手にしているが、酔っているためか、提灯の灯《あか》りがぶらりぶらりと揺れた。

「清吾、しっかりしろ」

伊八郎は叱《しか》りつけるようにして前を歩いたが、その袖を清吾が引っ張った。

「道が違う。逆方向ではないか」

清吾がうんざりしたように言った。なに、逆だと、とつぶやいて振り向いた伊八郎は今度は反対の方角に向かって、ずんずん歩き始めた。

清吾が提灯を揺らしながらついていく。両脇に武家屋敷の築地塀が続く道に出たとき、伊八郎の足がぴたりと止まった。

前方にふたりの武士が立っているのが、月明かりで見えた。

十四

伊八郎と清吾が立ち止まっていると、ふたりの武士が近づいてきた。

提灯を片手に持った清吾がさりげなく前に出る。

ふたりは恐れげもなく提灯の灯りが届くところまで近づいてきた。ふたりの顔が黄色く灯りに照らされた。

ひとりは四角張ったごつい顔で眉が太く、団栗眼《どんぐりまなこ》をしている。もうひとりは細面《ほそおもて》で目が細く鼻が高く、あごがとがっている。狐《きつね》を思わせる顔だ。

清吾がうめくようにつぶやいた。

「無外流、樋口鉄太郎、矢野新助――」

四角張った顔の男が樋口鉄太郎、狐のような細面の男が矢野新助だった。城下の無外流道場で一位と二位の席次の男たちだ。部屋住みの身分であることは清吾と変わらない。

鉄太郎がにやりと笑った。

「さすがだな、栗屋清吾。わしらの顔を知っておったか」

新助が続いて言葉を発した。

「そうならば、話は早いな。栗屋、いささか油断が過ぎよう。小料理屋の女中の話ではふたりとも泥酔しておったそうではないか」

清吾の後ろから伊八郎が意外にしっかりとした声をかけた。

「お主たち、黒錘組か？」

鉄太郎が首をひねりながら答える。

「なぜ、黒錘組だなどと思うのだ。わしらは部屋住みの身ながら山辺監物様の派閥に加えられておる。山辺様は国東様の派閥を継がれた方ゆえ、国東伊八郎殿の味方だと言ってもよかろう」

「味方だと？　味方が夜中にかようなところで待ち伏せなどはすまい。お主たちは、わしに派閥を戻さねばならなくなった山辺監物から放たれた刺客であろう」

伊八郎が決めつけると、新助が嘲《あざけ》るような笑みを浮かべた。

「こちらも話が早いようだ。いかにもわしらは山辺様より、お主らを斬《き》るよう、命じられた」

伊八郎はじろりと新助を睨んだ。

「いずれ、家老となるわしに向かって、部屋住みの者が大層な口の利きようだな」

「当たり前だ。お主はこの間まで同じ部屋住みの身の上だったではないか。それなのに、わずかな縁を頼りに家老になるなど片腹痛いわ」

新助が吐き捨てるように言った。

「なるほど、その妬《ねた》みから刺客を買って出たか。何とも肝っ玉の小さい話だ」

伊八郎がせせら笑うと、鉄太郎が刀の柄《つか》に手をかけ、

「肝っ玉が小さいかどうか、いまから見せてやろう。酔漢を斬るのは気が進まぬが、手数がかからぬだけあっさり、あの世へ送ってやれるというものだ」

と鋭く言い放った。

伊八郎は夜空を仰いでからからと笑った。

「馬鹿め、酔ったのは貴様らをおびき寄せるための策だ。いったん、酔ったうえで、厠《かわや》で酒を吐き、店の奥で水風呂に入って酔いをさました。酔ったわしらを容易に斬れると思わせねば、お主らは誰に命じられた刺客であるかを話しはしなかったであろう」

「ほざくな」

鉄太郎が刀を抜くのに合わせて、新助も抜き放った。

伊八郎はさっと後に下がる。

「清吾、まかせたぞ」

清吾は提灯を捨てて、腰を落として居合の構えをとった。地面に落ちた提灯が燃えてあたりを照らす。

鉄太郎は上段に振りかぶり、

「〈磯之波《いそのなみ》〉を使うつもりだろうが、お主の居合とわしの〈兜割《かぶとわ》り〉の技はいずれが早いと思う」

と低い声で言った。

〈兜割り〉は据え物斬りで使われる上段の構えから斬り下ろす技だ。鉄太郎が言葉をかけている隙に新助が清吾の横に回り、正眼に構える。

清吾は新助に目を向けず、

「上段からの〈兜割り〉は古来、居合封じの技であることは知っている」

と囁《ささや》くように言った。鉄太郎はにやりと笑った。

「ならば、すでに勝負は見えたな。覚悟いたせ」

鉄太郎が猛然と斬り込んできたとき、清吾は横に跳躍してかわすとともに、新助の間合いの外に出た。同時に抜いた刀を逆手に持った。

斬り込んで体勢が崩れた鉄太郎に逆手の刀で地から跳ねあがるようにして斬りつけた。

鉄太郎はこれをかわそうとしたが、新助が清吾に斬りつけようと駆け寄ったため、思うように動けないでいる間に太腿《ふともも》を斬られた。

うめいて転倒した鉄太郎を跳び越えて袈裟《けさ》がけに斬りかかってきた新助の刀を清吾の逆手の刀が弾《はじ》き返す。

地面に這《は》うようにして姿勢を低くした清吾が風を巻いて斬りあげると、新助はたまらず、後退《あとじさ》った。

地面に倒れた鉄太郎の胴に踵《かかと》がふれて、新助はぎょっとしたように動きを止めた。その隙を見逃さず、清吾の刀が伸びて新助の右肩を突き刺した。

うめいた新助は刀を取り落とした。その様を見て清吾はするすると後退し、伊八郎に声をかけた。

「これまでとするぞ。屋敷に戻ろう」

清吾が言うと、伊八郎は大きくうなずいた。

「よし、たとえ、刺客とはいえ、同じ藩の者だ。命まで取るにはおよばぬ」

威厳を見せて答えた伊八郎は背を向けて歩き出した。

清吾はしばらく鉄太郎と新助の動きを見ていたが、つと刀を鞘《さや》に納めると踵《きびす》を返して、伊八郎に従った。

倒れたままの鉄太郎と立ち尽くす新助を尻目に悠然と歩き去った。だが、辻《つじ》を曲がると同時に清吾が道沿いの築地塀に凭《もた》れかかり、ぐ、ぐっとうめきをもらして吐いた。顔をしかめた伊八郎が、清吾の背中を叩いて、

「大丈夫か、だらしのない奴《やつ》だ」

と声をかけたが、不意に、口を押さえ、よろよろと道の向かい側の築地塀に近寄り手

を塀について清吾と同じように吐いた。

清吾は吐いた後、二、三歩歩いたが、築地塀に背を凭せかけると、そのままずるずると地面に尻をついた。

「伊八郎、やはり駄目だ。水風呂ぐらいでは酔いは抜けていないぞ」

伊八郎はふらふらと清吾に近づき、傍らの地面に腰を下ろした。

「いや、あいつらが、酔いはさめたというわしの言葉を信じてくれてよかったな」

「まったくだ、じっくり構えられたら、とても太刀《たちう》打ちできなかった。奴らがあわてて勝負を急いでくれたので助かった」

清吾は、ぐふ、と大きく熟柿臭い息をもらした。

「それにしても、よく体が動いたな」

「無我夢中だったのだ。それに酔っているから、怖いもの知らずになっていたのかもしれぬ。素面《しらふ》なら、あのふたり相手に大胆な動きはできん。斬られずにすんで運がよかったとしか言えぬ」

「なるほど、酔っ払いとは命知らずになるもののようだな」

伊八郎は夜空を見あげて、はは、と笑った。

「笑いごとではないぞ。無外流の樋口鉄太郎と矢野新助が、山辺監物様の派閥にいたとすれば、一刀流の花田昇平は三岡派なのかもしれぬ。わたしは一度、奉納試合での立ち合いを見たが、花田は強い。今夜、出会ったのが花田だったら、かようなまぐれ勝ちはできぬ。ふたりとも斬られていたのは間違いないな」

清吾が、おえ、とうめきながら言った。

「なるほどな。だが、今夜のことで山辺監物の首根っこは抑えたぞ。なにしろかつての派閥の領袖《りょうしゅう》国東武左衛門の跡取りに刺客を放ったのだ。もはや、派閥を譲るのは嫌だなどとは言えまい」

「そういうものか」

清吾は疑わしげに伊八郎を見た。

「ああ、わしらは、また大きな障壁を乗り越えたではないか。われながら大したものだと思うぞ」

伊八郎は自慢げに言った。清吾は頭を振って口を開いた。

「いつも、命がけで戦うのはわたしではないか。割が合わんな」

「何を言う。お主は剣を使い、わしは頭を使っておる。いずれが欠けてもいかんのだ。そんなことはわかっているはずだぞ」

伊八郎がなだめるように言うが、清吾は答えない。伊八郎は少し考えてから、えへんと咳払《せきばら》いして告げた。

「さて、次は奥女中取締の梶尾殿だぞ。梶尾殿に金を渡せば、わしの陣容はととのう。

三岡派を打倒せば、晴れて家老様だ」

「そううまくいくかな」

清吾が自信無げに言うと、伊八郎は声を張り上げた。

「わしのすることだ。うまくいくに決まっておるではないか」

「そうかな」

「そうだとも」

伊八郎から肩を叩かれて、清吾はうるさげに立ち上がった。大きく深呼吸して、

「まあ、乗ってしまった舟だ。いまさら泥舟かもしれぬと文句を言ってもしかたがないということだな」

歩き出した清吾の背中に向かって、おい、泥舟は言い過ぎだぞ、と声をかけながら伊八郎は後に続いた。

月に照らされながら、ふたりは歩いていく。しばらくして、おえ、とうめいて築地塀に駆け寄ったのは、伊八郎だった。塀際にかがみこんだ伊八郎は苦しげにうめきながら、しばらく動かなかった。

その背中を月が照らしている。

翌日——

清吾は白木屋を訪れた。

伊八郎を襲った刺客を見事に退けたことを話しておこうと思ったのだが、みつがどんな暮らしをしているのだろうか、とも気になっていた。

清吾が店の土間に入ると帳場にいた五十過ぎの番頭が怪訝《けげん》な顔をした。清吾はできるだけ大きな声を出そうと思ったが、借金している身だけに、自分でもあきれるほど、おおどおどした遠慮がちな言い方になった。

「栗屋清吾だ。先日から、この店に奉公しているみつに会いに参った」

清吾が告げると、番頭は呑《の》み込み顔で大きくうなずき、

「お待ちくださいませ、ただいま主人に取り次いで参ります」

と言って立ち上がった。待つほどもなく、間もなく奥から戻ってきた番頭は清吾を奥座敷へと案内した。

先日、借金の申し込みに来たときとは違う座敷で縁側越しに小さな池が見えた。鯉《こい》でも飼っているのだろうか、と思いつつあらためて長押《なげし》や違い棚から天井にいたるまで立派な造りなのに目を瞠《みは》った。

(軽格の武士の家とは随分と違うな)

みつが女中奉公しているのだと思えば、何となく腹立たしい気もするが、贅《ぜい》を尽くした家の中にみつがいると思えば、ほっとする心持ちもあった。

「お待たせいたしました」

不意に襖《ふすま》が開いて、白木屋の主人である四郎兵衛が入ってきた。四郎兵衛は清吾と向かい合って座るなり、

「きょうは何の御用でございましょうか」

と訊いた。眉《まゆ》が太く、威厳のある顔立ちの四郎兵衛から正面切って言われると、借金の形に女中奉公させた女房に会いに来たとは言い出し難《にく》かった。それでも精一杯の勇気を振り絞って、

「ちと、伝えたいことがあって参ったのだ。妻に会わしてもらえようか」

と頼んだ。四郎兵衛はちょっと驚いた顔になった。

「おや、借金をされた方がお見えになるのは金を返すときだ、と思っておりましたが、違いましたか」

あてつけがましい言い方に清吾はむっとなったが、たしかに金を借りた相手を訪ねるからには少しでも返済の金を持ってくるべきだった。

清吾は顔をうつむけて言った。

「申し訳ない。借金はいずれ返す。国東伊八郎殿は間もなく家老になられよう。後少し、待っていただくだけでよいのだ」

「ご返済のことはわかりましたが、奉公したばかりの女中に会わせろというのは、困り

ましたな。奉公人が実家に戻るのは年に盆暮れの二回だけでございます。新参者のみつに甘くしては他の奉公人への示しがつきません」

四郎兵衛はつめたくはねつけた。みつを奉公人呼ばわりされて清吾はかっとなったが、騒ぐわけにはいかない、と思い直した。

「まことにそうではあろうが、そこを何とか願えまいか。かように、せっかくわたしが来ておるのだ。みつも会いたいであろうと思う」

「さて困りましたな」

四郎兵衛は腕を組み、あごをなでた。

「夫が妻と面会いたすのだ。当たり前のことゆえ、困ることはあるまい」

なだめるように清吾が言うと四郎兵衛はせせら笑った。

「わたしは、あなた様の兄上、栗屋嘉一郎様からみつは妾だと聞いております。妾とあらば奥方ではなくて、言わば奉公人ではございませんか。その奉公人がわたしどもの店で働くようになったからには、主人であるわたしの意向が一番でございましょう」

「それは――」

「みつは、わたしどもの店に慣れ始めたばかりのところでございます。里心がついても困りますゆえ、今日のところはお引き取りください」

きっぱりと言ってのけた四郎兵衛はさっと立ち上がった。

清吾が呼び止めるのも聞く耳を持たぬ様子で四郎兵衛はさっさと座敷を出ていった。どうすることもできず、うなだれた清吾はしばらくじっとしていたが、やがてあきめて立ち上がろうとしたとき、襖が開いて、するりとみつが入ってきた。

「白木屋殿――」

「みつ――」

清吾が喜んで声をあげるとみつは口に指をあてて、声を出すなという仕草をした。清吾は声を低くして、

「どうした。みつ、辛いことはないか」

と訊いた。みつは清吾に身を寄せて、

「辛くなんかありません。ただ、白木屋の旦那様は何か考えておられるようで、気味が悪うございます。早く連れ戻してくださいませ」

と、小声で囁いた。みつが体を寄せるとほのかにいい匂《にお》いがした。

「まかせておけ。一日でも早く、そなたを迎えに来るぞ」

「きっとでございますよ」

みつは小指を立てた手を上げ、真剣な眼差《まなざ》しで清吾の目を見つめて言った。

「約束の指切りをしてくださいませ」

「わかった。約束するぞ」

清吾は小指をみつの小指にからめた。みつは甘えた様子でかわいらしく、

——ゆび切った
と言った。ゆっくりと手を放したみつは、お会いしたら叱られますので、と言って襖を開け、素早く出ていった。

みつとの一瞬の逢瀬《おうせ》に清吾はぼう然とした。

たとえ、借金の形にみつを女中奉公に出したとは言っても同じ城下だけに会いたいときには会えるものだとばかり、思っていた。

ところが実際には四郎兵衛は清吾をみつに会わせることを拒んだ。みつを清吾から遠ざけようとしているのではないかとさえ思える。

そう考えたとき、四郎兵衛がみつを妾だと嘉一郎から聞いているとしつこく口にしたことが気になってきた。

嘉一郎はもともと清吾がみつを妻にしたことを不満に思っている。本来なら、清吾には家中の士分の家に婿養子で入ってもらいたいのだ。

それなのに、農民の娘であるみつを妻にすれば、その望みが消えてしまう。ひょっとすると、四郎兵衛は嘉一郎に頼まれて清吾とみつの間を裂こうとしているのではないだろうか。

（もしそうなら、みつとはこのまま別れ別れになってしまう）

子を生すどころの話ではなくなるのだ、と思うと清吾は不安になった。どうすればいいのか、と考えてもいい方策は浮かんでこない。

やはり、伊八郎を家老に押し上げて、剣術指南役にしてもらうしか、みつを取り戻す手段はないのだ。

(こうしてはおられぬ)

清吾はあわてて座敷を出ると、帳場から土間に下りて店を飛び出した。その後ろ姿を店の裏口から出てきたみつがひっそりと見つめている。

十五

三日後――

清吾は伊八郎の供をして、奥女中取締の梶尾が城下に休息所として拝領したという屋敷へ向かった。

梶尾の拝領屋敷は城下の武家地の奥深く、先手《さきて》組《ぐみ》の屋敷が続き二《に》十騎《じゅっき》町と呼ばれたあたりの路地の先にあった。門前に立つと築地塀の向こうに松が見えた。

門は閉じられており、屋敷の中は静まり返っているが、とても奥女中の休息所として与えられるものとは思えない広壮な構えだった。

伊八郎はあたりを見まわして考えていたが、口を開いた。

「武左衛門の話では、この屋敷は二十年前、菅野刑部が住んでいたという屋敷だ。思い出した。わしは藩校に通うころ遊び仲間と来たことがある。刑部が亡くなった後、住む者もなく荒れ屋敷になって幽霊屋敷などと呼ばれていたそうだが、いつの間に手を入れたのだろう」

「ほう、そうだったのか。二十騎町の幽霊屋敷というのは、わたしも耳にしたことがある。しかし、奥女中取締がよくそんないわくありの屋敷に住んでいるものだな」

清吾が感心したように言うと、伊八郎は声をひそめた。

「知っておるか。二十騎町の幽霊屋敷には、亡霊が出るという噂《うわさ》があったことを」

「まさか、知らんぞ、そんな話は」

清吾は気味悪げに首を横に振った。伊八郎は声をひそめる。

「菅野刑部は下城して屋敷に戻る直前、殺されたそうだ。そのため、門にはすがりついた菅野の血に染まった手形が残っていたということだ」

「この門なのか」

清吾は恐る恐る訊いた。

「そんな血の痕《あと》がついた門扉をいつまでも残しておくはずがあるまいて」

伊八郎は平気な顔で門扉を眺めたが真ん中のあたりに目を遣《や》って口をつぐんだ。清吾が見てみると、ひとの手のひらぐらいの大きさで黒ずんだところがある。

清吾は思わず手を伸ばして黒ずんだあたりをさわった。その手を伊八郎があわてて押さえた。

「よさぬか。もし、本物なら祟《たた》りがあるかもしれんぞ」

「お主、菅野刑部の幽霊話を信じているのか」

あらためて清吾は伊八郎を見つめた。伊八郎は具合悪そうに、ごほん、と咳払いした。

「信じているわけではないが、念のためだ」

「ほれ見ろ、やはり信じているではないか」

清吾が言うと、伊八郎は素知らぬ顔で門に向かって、

「お頼み申す。国東伊八郎でござる。奥女中取締梶尾様にお願いの儀があって参上仕《つかまつ》った。開門願いたい」

と声を張り上げた。伊八郎が言い終わらぬうちに、ぎぎっと門が少しずつ開いた。中から若い女が顔を出し、

「お静かに願います。この屋敷は梶尾様の休息所でございます。おくつろぎの妨げになります」

と厳しい口調で言った。

伊八郎は大きくうなずいた。

「それは失礼いたした。だが、せっかく門を開けていただいたのだ。梶尾様にお会いできるようおとりはからい願おうか」

親しげな笑みを浮かべて言う伊八郎に若い女は苦笑して答えた。

「ご案内いたします。お入りくださいませ」

伊八郎はすぐに門をくぐった。清吾も続いて敷地内に入った。

若い女は、ふたりを玄関に案内した。そこには黒い筒袖に伊賀袴《いがばかま》姿の瘦《や》せた老僕が待っている。伊八郎と清吾が玄関を上がると、老僕が、

「お刀を」

と短く言った。門を開けた若い女ともうひとり、女中が出てきて伊八郎と清吾の大刀を受け取った。

老僕が能面のような無表情な顔で、

「脇差をお預けください」

とうながした。やむなく、ふたりは脇差も預けた。清吾は丸腰になると、何となくうそ寒い気がした。誰かが物陰から見つめているのが感じられる。

――こちらへ

と老僕は奥に続く廊下へ案内した。伊八郎と清吾は薄暗い廊下を通って奥へ向かう。

清吾は進みつつ、ひやりとしたものを背中に感じた。

清吾は伊八郎に近づき、囁《ささや》いた。

「気をつけたほうがいい。屋敷の中にただならぬ殺気がある」

伊八郎も殺気を感じていたらしい、ふむ、とだけうなずいた。清吾はすっと後ろに下がり、まわりに目を遣りながら伊八郎に付き従った。

やがて老僕はふたりを奥まった座敷に連れていった。

「お見えでございます」

老僕が声をかけると、中から女の声が応じた。

「入りなされ」

襖《ふすま》が開いて、香の匂いが漂った。部屋の床の間を背に打掛けを着た女人が書見台に向かっているのが見えた。

「失礼いたす」

伊八郎は悪びれることなく、堂々と座敷に入り、女人に向かい合って座った。清吾は伊八郎の後ろに控える。

老僕は頭を下げ襖を閉めた。

梶尾と思われる女人は思ったよりも若く、二十七、八歳ではないかと思えた。色白の瓜実顔《うりざね》で、目が涼しく、口元がひきしまっているのが、若いだけに色香があった。

伊八郎は手をつかえて、

「初めて御意を得申す、国東武左衛門の一子、伊八郎にございます」

梶尾は、ほほ、と手を口にあてて笑った。

「さように鯱《しやちほこ》ばった挨拶は無用にございます。国東様の家督を継がれ、お役につかれるからには、わたくしにとりまして上司ともなられる方ではございませんか」

伊八郎はゆっくりと顔をあげ、満面に笑みを浮かべた。

「滅相もござらぬ。これからお役につくとは言っても、まだ産毛も生えそろわぬ、ひよっこでござる。梶尾様のお引き立てがなくばとても務まりますまい」

梶尾は書見台を脇に置きながら、お口のうまい、と微笑《ほほえ》んで言った。伊八郎は大仰に手を振って見せた。

「いや、口先で申しておるのではございませんぞ。それゆえ、かようなご挨拶を持参いたしました。何とぞお納めくださいませ」

懐から取り出した袱紗の包みを伊八郎は梶尾の膝《ひざ》前に差し出した。梶尾は手をさしのべて袱紗を白い指先でわずかに横に動かした。金子の重さを確かめたらしく、

「百両でございますね」

とつぶやくように言った。

露骨な梶尾の言葉にさすがに鼻白んだ伊八郎だが、すぐに笑顔を取り戻し、恭しく頭を下げて見せた。

「さようでござる。何とぞお納め願いたい」

梶尾はひややかに伊八郎を見据えた。

「菖庵殿は百両を受け取らなかったようですね。だとすると、わたくしにもう百両、上乗せされてもよかったのではありませんか」

梶尾の言葉に伊八郎と清吾はぎょっとした。

持参した百両だけでなく、さらに百両を求められたことだけではなく、菖庵が百両を受け取らなかったことを梶尾が知っていることに驚愕《きょうがく》したのだ。

ふたりが押し黙っていると襖が開いて、門で会った若い女が女中とともに茶を持ってきた。

伊八郎と清吾の前に茶が置かれるのを見計らって、梶尾は女に声をかけた。

「小萩《こはぎ》、国東殿は菖庵殿が百両を受け取らなかったと、わたくしが知っていることに驚いておられるご様子じゃ」

「それはいささか口惜しゅうございます」

小萩と呼ばれた女は答えた。眉が細くととのった顔立ちの女だ。

「口惜しいとはいかなることでございますかな」

伊八郎が平然と口を挟んだ。小萩は梶尾の顔をうかがった。梶尾がかすかにうなずくのを見て、小萩は伊八郎に笑いかけた。

「あのおりは不覚にも手傷を負わされました。それをご承知でこの屋敷に見えられたと思っておりましたのに、ご存じなかったのが口惜しいのでございます」

伊八郎ははっとした。

「なんと、それでは菖庵殿の茶室の床下に忍んでいたのはそなただというのか」

「はい」

小萩がうなずくと、伊八郎の後ろに控えた清吾が声をかけた。

「傷を負われたのは右手だと見ましたが、違いますか」

小萩は清吾に顔を向けてにこりとすると、右手の袖をまくって見せた。二の腕に白い布が巻いてある。

「やはりな」

「どうして気づかれました」

興味深げに小萩は訊いた。

「門を開けられたとき、右手をかばう素振りがあった。しかし、いま茶を持ってこられたときには、かばっておられなかった。傷を負ったのを覚《さと》られまいとされたのでしょう」

清吾が答えると、梶尾がくっくと笑った。

「国東殿の護衛はなかなかの腕前と聞いておりましたが、まことのようですね。しかし、若い女子の肌に傷を負わせたのです。もう百両、求めても強欲とは申せますまい」

伊八郎はぴしゃりと膝を叩いた。

「いかにもさようでござる。あらためて百両はお持ちいたしましょう。されど、梶尾様には百両が欲しくてさようなことを仰せとは思えぬ。何が狙いでござる」

梶尾は首をかしげて伊八郎を見つめた。

「国東様はよう父上に似ておいでじゃ。豪胆でしかも頭が鋭い。まさに藩の切り盛りができる器でございますな」

「世辞はよろしゅうござる。それがしは、おのれの器の大きさも小ささも知っております。ひとから教えられるまでもござらん」

「ほう、おのれを知っておられるとは、まさに器量人ですね」

梶尾の言葉に嘲弄《ちょうろう》の気配があるのを感じて伊八郎は黙した。代わって清吾が控え目な言葉遣いで口を挟んだ。

「それがし、護衛としてひとつだけお訊きいたしたいことがございますがよろしゅうござろうか」

梶尾は答えずに小萩に顔を向けた。小萩はわかりました、というように梶尾に向かって頭を下げてから、清吾を見た。

「わたくしから答えましょう。なんなりとお訊きください」

「されば、われらは玄関先にて両刀を預け、無腰にございます。それなのに、先ほどからわれらへ向ける殺気が消えません。ここにてお討ち取りになるご所存でしょうか」

清吾はうかがうように小萩の顔を見た。

「さて、わたくしどもがあなた様方を討ち取らねばならぬわけがございましょうか」

小萩が答えると、清吾は鋭い目になった。

「わけなど護衛にとって知る必要はございません。ただいまのお返事でおよそのことはわかりました」

清吾はゆっくりと片膝を立てた。小萩ははっと緊張して帯に差した懐剣に手を伸ばした。だが、清吾には懐剣を恐れる様子はない。素手で戦うつもりのようだ。

そのとき、伊八郎が大声を出した。

「待て、待て。さように喧嘩腰《けんかごし》ではまとまる話もまとまらんぞ。まずは梶尾様の話を聞かねばならぬ。梶尾様もひとをからかって遊ぶのは大概にされよ。栗屋清吾は冗談のわからぬ男でござるぞ」

梶尾は苦笑した。

「たしかにさようでございますね。ならば、まことのお話をいたしましょう。わたくしどもは、これにございます」

梶尾は懐から取り出したものを伊八郎に見せた。紫の紐《ひも》の先に黒い木の実のような形をした鉄の塊がついている。

伊八郎はうめいた。

「黒鍾組――」

「さようにございます。わたくしは黒鍾組の頭領、小萩は小頭《こがしら》です。これはわたくしどもの鑑札にて持つ者は城内のいかなるところにでも入れます」

梶尾はさりげなく言った。伊八郎は大きく息を吸ってから問うた。

「その黒鍾組がなぜ、それがしたちを探っておられるのです」

「わたくしどもはこれまで、国東武左衛門様の指図を仰いで参りました。されど、国東様の跡を継がれたからといって、伊八郎様の指図を仰がねばならぬわけではございません。それゆえ、いかなるおひとかを探っておったのです」

梶尾は落ち着いて答える。

「それで、わしはおめがねにかないましたかな」

「まだ、わかりません」

梶尾は笑みを含んであっさりと言った。

「わからぬ――」

伊八郎は憮然《ぶぜん》とした。

「さようです。ただし、伊八郎様は黒錘組を指図するにふさわしい血を受けておられるのでございます」

「どういうことです」

伊八郎は眉をひそめた。梶尾は伊八郎を見つめて言葉を継ぐ。

「黒錘組はもともとご嫡男の若君様をお守りするために作られました。それゆえ、頭領は代々、乳母の家柄の者が務めます。ただし、黒錘組の頭領であるからには、ひとの妻となることはできません。それゆえ、黒錘組を差配する方の女子として子を生して参ったのです」

「なんと、まさか、わが母は――」

「黒錘組の頭領のおひとりでした。それゆえ、国東様の側妾《そばめ》としてあなたを生されたのでございます」

「それで、わしは母を亡くした後、養子に出されたというわけか」

伊八郎は暗い目つきになった。

「さようでございます。かように申せばおわかりいただけましょう。伊八郎様が、黒錘組を差配するためには、わたくしか、それとも小萩のどちらかを側妾にしていただかねばなりません」

梶尾は厳しい口調で言った。

「なるほど、うまい話だな。美女を側妾にしたうえ、黒錘組が手に入るのか。親父《おやじ》殿もさぞや喜んだであろうな」

「国東様が頭領と伊八郎様を生したころのことは、わたくしどもは存じませんから、いかなるお気持であったかはわかりかねます。ただし、菅野刑部様のことは伝え聞いております」

伊八郎はぎょっとした。

「菅野刑部も黒錘組を手に入れようとしたのか」

「はい、国東様は頭領を迎え入れられましたが、伊八郎様が生まれた後、頭領は亡くなられました。その後も黒錘組は国東様の差配を受けましたが、家中で力をつけられた菅野様が黒錘組を奪おうとされたのです」

「ほう、どうやって」

伊八郎は興味深げに訊いた。

「そのころの黒錘組の頭領を側妾とすることを殿に願い出られたのです。殿のお許しが出て、頭領は菅野様のお屋敷に入られました。ところが、菅野様は別の屋敷に側妾を囲われ、子も生されていたのです。そして頭領に子を産ませるつもりはないことがわかりました」

梶尾は淡々と言った。

「それで菅野刑部を殺したのか」

「はい、討ち取ったそうでございます。それ以降、頭領は誰の側妾となることもなく、国東様の差配を受けて参りました。しかし、頭領が先頃、亡くなられ、国東様も隠退なされたゆえ、新たな差配役に仕えることになったのでございます」

梶尾は淡々と言った。

「それで、わしに白羽の矢が立ったというわけか。しかし、待てよ。父上が隠退をした後、山辺監物殿のもとに参るという道もあったのではないか」

伊八郎が言うと、梶尾は薄く笑った。

「わたくしどもにも、殿御の好みというものがございますので」

地味な監物の顔を思い浮かべて伊八郎は呵呵《かか》大笑した。すかさず梶尾は膝を乗り出して口を開いた。

「いかがでございます。伊八郎様は、わたくしか小萩のどちらかを側妾に迎え、黒錘組を手に入れられますか」

伊八郎は腕を組んで考えたあげく、呑気な口調でぽつりと言った。

「わしは嫌だな。断る」

梶尾の目に殺気が走り、清吾は膝を立てて身構えた。

十六

「それは、わたくしも小萩もお気に召さぬということでございまするか」

梶尾はひややかに言った。伊八郎は大仰に手を振って見せた。

「とんでもござらぬ。おふたりとも見目麗しく、それがしなどにはもったいない女人でござる。されば、側妾どころか、正室にでも迎えとうござる」

「ならば、なぜ断られるのでございますか」

梶尾は伊八郎の目を見つめて問い質《ただ》した。伊八郎は、にやりと笑った。

「わしは黒錘組などに縛られて男女の営みをいたしたくはないのでござる。おふたりとも黒錘組を出て参られるというなら、この国東伊八郎、いつでもお引き受けいたしますぞ」

伊八郎はからからと笑った。すると、小萩が口を開いた。

「国東様はお口がうまい。まことは、わたくしどもを影の務めを果たす、卑しき者と蔑《さげす》んでおられるのでございましょう」

小萩に鋭い口調で言われて伊八郎はあわてた。

「いや、そんなことはないぞ。わしは、男女の仲が何やら取引めくのが嫌なだけだ」

「とは申されましても、われらも黒錘組であることを明かしたからには、このままお帰しいたすわけには参りません。生きのびるためならば、たとえ、取引であったとしても構わないのではありませんか」

なおも小萩は詰め寄った。伊八郎は頭に手をやると、清吾を振り向いた。

「おい、お主はどう思う」

清吾は膝を立て身構えたままの姿勢で油断なく控えていた。

「さようなことは、わたしにはわからない」

清吾がぶっきら棒に答えると、伊八郎は顔をしかめて問いを重ねた。

「さように申すな。わしは独り身だ。いまひとつ、男女の理がわからぬところがあるのだ。妻がいるお主の方がわかるはずだ」

「わたしにわかるのは、みつへの思いだけだ。ほかの者がどのように考えているのかは知らぬ」

清吾の答えを聞いて、梶尾が興味深げな表情になった。

「みつとはそなたの妻女の名ですか」

「いかにも」

「ならば訊《き》きましょう。そなたにとって妻女は何なのですか」

「何であるかなど、考えたこともありません。ただ、わたしはみつとともにいると、心持ちが清々として生きる勇気が湧《わ》いて参ります」

清吾はさりげなく答えた後で、ひと言、付け加えた。

「男女の仲が取引であれば、生きる勇気は湧かぬのではありませんか」

清吾の言葉に伊八郎は大きくうなずいた。

「その通りじゃ。だからこそ、わしはおふたりのいずれも側妾とはいたしませぬ」

「では、これから家老になろうとする身でありながら、黒錘組を敵にまわすと言われるのですね。それでは国東様のお命はいつ失われるやもしれませんぞ」

念を押すように梶尾が言うと、伊八郎の頬《ほお》が紅潮した。

「わしは御家を守り、国を守るために家老になろうとしているのだ。もとより、一身などは捨ててかかっておる」

押し殺した声で言う伊八郎に向かって梶尾が嘲笑《ちようしよう》を浴びせた。

「戯言《ざれごと》を申されることよ。思いがけず国東家の家督を継いで家老になる道が開けて浮かれているだけと顔に書いてありますぞ。わたくしどもを側妾にせぬというのも、増《ぞう》上慢《じようまん》ゆえであろう」

伊八郎は顔を手でなでながら、清吾に声をかけた。

「梶尾様はかように仰せになるが、お主にはわしの顔に何と書いてあると見える」

「つまらぬ話に関わるのは、ご免だ、と書いてある」

清吾がきっぱり言うと、小萩は懐剣に手をかけた。その瞬間、清吾はふわりと跳躍した。小萩の背後に降り立ち、腕をねじりあげた清吾は懐剣を奪って小萩の首筋に突きつけた。

「動くな。女子相手にこれ以上、手荒な真似《まね》はしたくない」

清吾が言うと梶尾は微笑んだ。

「なるほど、国東様の用心棒を務めるだけあって、なかなかの腕前じゃ。されど、黒錘組の屋敷でかような振舞いをして無事に出られるとお思いか」

「わしにはわからぬ。伊八郎が考えることだ」

清吾があっさり言うと、伊八郎はゆっくりと立ち上がった。

「梶尾様、きょうのところは勝負無し、ということにしませぬか。黒錘組にしても家老になろうとしているそれがしを、屋敷内で殺しては後始末が面倒でござろう。今日の話はよく承った。いずれあらためてご返事いたそう」

「考え直すおつもりが、おありなのですか」

梶尾がたしかめるように訊いたが、伊八郎は答えない。顔を清吾に向けて、

「お暇《いとま》いたすぞ」

と告げただけだ。清吾は小萩の首筋に懐剣を突きつけたまま立たせて、

「このまま門までご同行願いたい。そこでお放しいたす」

清吾は小萩の耳もとで囁くように言った。小萩は落ち着いた物腰で清吾にうながされるまま玄関に向かって歩いた。

梶尾は立とうとはせず、伊八郎と清吾を面白げに見ながら、

「さてさて、変わったおひとがそろわれたものだ。さように、理非もわからぬ命知らずではとてものことに藩政を担うことはかないますまい」

伊八郎は鼻で嗤《わら》った。

「何事もやってみねばわからぬ。案外、わしのような男が名家老と言われるようになるかもしれんぞ」

清吾が小萩を連れて部屋を出ると伊八郎も肩をそびやかして続いた。

梶尾は首をかしげ、微笑みながらふたりを見送った。

伊八郎は玄関まで来ると刀掛けの部屋を覗《のぞ》いたが、誰もおらず、ふたりの刀もなかった。

「おい、刀がないぞ」

伊八郎が当惑したように言うと、清吾は平然と答えた。

「人質をとって屋敷を出ていこうとしている者に刀を渡す馬鹿はおるまい。このまま門を出るしかない」

「門を出たら、その女はどうするのだ」

門に向かって歩きつつ、あたりをうかがいながら伊八郎は訊いた。

「門を出たら、放す。そういう約束だ」

「馬鹿な、それと同時に襲われるぞ。懐剣ひとつではどうしようもあるまい」

伊八郎はうんざりした声を出した。

「それはわかっておるが、若い女人をいつまでも連れ回すわけにはいかん」

真面目《まじめ》な顔で清吾が答えると伊八郎は、ははは、と笑った。

「読めたぞ。女人といつまでもくっついていたと、みつ殿に知られるのが恐《こわ》いのだな」

「くっついてなどおらんし、みつが恐いわけではない。みつはやさしい女子だ」

清吾は話しながら門をくぐって、外へ出た。伊八郎も続いて外に出るとあたりを胡散《うさん》臭《くさ》げに見回した。

「おい、忍びが潜んでいる殺気を感じるが、わしの気のせいか」

「いや、そんなことはない。たしかにまわりにいるようだ」

清吾はそう言いながら、懐剣を小萩の首から外した。

「迷惑をかけた。ここまでで結構だ。ただし、懐剣はお借りしたい。さすがに無腰では戦えぬゆえ」

清吾が頭を下げて言うと、背後で伊八郎がため息をついた。

「とんだ正直者だ」

小萩はにこりとした。

「懐剣はご無用にございます。わたくしどもは屋敷の門から内に結界を張っておりますゆえ結界を破って入ろうとしたひとは討ちますが、自ら出られた方は討たないのが定めでございます」

「なるほど、さようか」

清吾が小萩の言葉に得心した様子を見て、伊八郎は、おい、信じてはいかん、だまされるな、と声をかけようとした。だが、清吾はあっさりと懐剣を小萩に手渡していた。

伊八郎がため息をつくと、懐剣を受け取った小萩は清吾の顔を見つめて口を開いた。

「黒錘組は影のお役目ゆえ、家中の方は、ひとの秘密をうかがう卑しき者たちであると蔑まれます。さような黒錘組であるわたしの言葉を栗屋様はお信じになられますのか」

「さて、なぜかはわからぬが。そなたは信じてよいひとのように思える」

清吾が戸惑いながら答えると、背後の伊八郎が小声で、馬鹿だ、大馬鹿者だ、とつぶやいた。

「国東様と栗屋様のお腰のものは後で屋敷に届けさせましょう」

小萩は微笑んで頭を下げると、そのまま踵《きびす》を返して門内に入っていった。同時に門が閉じられた。

清吾はあたりの気配をうかがう。

「殺気が消えたぞ」

驚いたように清吾が言うと、伊八郎は、そうか、とつまらなそうに言ってさっさと歩き出した。

清吾はあわてて後を追いながら、

「伊八郎、いま、わたしのことを大馬鹿者だと陰口を言ったな」

「本人に聞こえるように言ったのだ。陰口ではあるまい」

伊八郎は平気な顔で歩みを進める。清吾は早足で追いすがりながら、

「わたしは馬鹿ではない」

と腹立たしげに言った。伊八郎は鼻で嗤った。

「そうかな、お主がせっかくの懐剣を戻したゆえ、わしらはかように無腰で屋敷まで戻らねばならぬのだぞ。危ういこと甚だしいではないか」

「それはそうだが」

清吾が言葉に詰まると、伊八郎はおっかぶせるように言った。

「おおかた、あの小萩という女にいいところを見せたかったのだろう。まことにあさましい奴《やつ》だ」

「さような邪念はない」

きっぱり清吾が言うと伊八郎は大袈裟《おおげさ》に頭《かぶり》を振った。

「邪念ときたか。さようなことを言うのは、心に邪《よこしま》なものがあると、自ら告げたようなものだ。小萩という女はたしかに美しかった。惚《ほ》れたなら、惚れたでよいではないか。みつ殿には黙っておいてやるから、正直に申せ」

「わたしは嘘《うそ》を言ってはおらん」

「ほう、では小萩は美しくはないのか。嘘を言わぬなら正直に言え」

からむように伊八郎に言われて清吾は眉をひそめた。

「美しいとは思うが、わたしには関わりのないことだ」

真面目腐った清吾の言葉を聞いて、伊八郎はからからと笑った。

「何という奴だ。男と女の間柄はいつ、どのような関わりができるかわからぬぞ。さように決めてかかるのは、油断というものだ」

「油断だと？」

清吾は口を引き結んで苦い顔になった。

「そうだ。わしなどは決して油断をせぬ。だから、梶尾様の話をきっぱりとはねつけたのだ」

胸を張って言う伊八郎を清吾は横目で睨《にら》んだ。

「ということは、梶尾様の話に乗りたい気持もあったのだな」

「馬鹿を言うな。そういうところが、お主は浅はかだというのだ。家老になるために男女のことを取引しては男子の沽券《こけん》に関わる。わしはさようなことは死んでもせぬ」

「ほう、見直したな。立派な覚悟だ」

清吾が感嘆すると、伊八郎はにやりとした。

「もっとも、家老となった暁には、その限りではない。梶尾様は側妾でもよいと言うておったな」

ぐふふ、と伊八郎は下品な笑いをもらした。清吾はあ然として、伊八郎の横顔を眺めたが、もはや何も言わなかった。

やがて、ふたりは国東屋敷の門前に着いた。

伊八郎はえへん、と咳払《せきばら》いして、それまでのにやけた表情から、家老の座を目指す男らしい厳《いか》めしい顔に戻った。

十七

この日、白木屋の奥座敷にふたりの客が来た。

普段は奥勤めの女中が客に茶を出すのだが、生憎《あいにく》、腹痛で寝込んでいたため、みつが、もうひとりの若い女中とともに茶を運んだ。

奥座敷には白木屋の主人、四郎兵衛がいて、中年の武士がふたり座っていた。みつが茶を持ってきたのを見て、四郎兵衛は少し驚いた顔をしたが、

「茶を召し上がってくださいませ」

とさりげなくふたりの武士にすすめた。

武士たちのひとりは痩せて骨ばった体つきで目が糸のように細く馬面だ。もうひとりは、小柄で眉が薄く、鼻も小さいおとなしげな顔立ちだった。いずれも四、五十代で貫《かん》禄《ろく》があり、藩の重臣ではないかと思えた。

みつが座敷から下がろうとしたとき、目が細い馬面の武士が、

「山辺殿とかようなところで密談いたすことになろうとはな」

と茶碗《ちゃわん》に手を伸ばしながらつぶやいた。小柄で眉の薄い武士が茶を喫しつつ、にこやかに答える。

「それは拙者が申し上げたいことでござる。まさか、三岡様とかように談合いたすことになろうとは思いませんでした」

ふたりは、声をそろえるようにして笑った。

みつにはふたりの武士が国東派と争っていた三岡政右衛門と国東派を継承した山辺監

物だと、わかった。

みつはさりげなく目を伏せ、縁側に出たが、思いがけない人物を見て、胸がどきどきした。

台所に戻ったみつは三岡政右衛門と山辺監物が国東伊八郎の敵であり、ということは夫の清吾にとっても敵なのだ、と思った。しかし、派閥の領袖は、たがいに相手を蹴落とそうと戦っているもののはずだが、ふたりが密談しているのはなぜなのだろう。

みつは気がかりだった。

清吾はいま、伊八郎を助けて奮闘しているはずだ。伊八郎が家老になった暁には清吾を剣術指南役にすると約束している。清吾が部屋住みの身でなくなれば、みつは子を生《な》すことができる。

清吾とみつにとって、子を持つことは大切な願いだった。

そのために清吾は危ない場にも出ていかねばならないだろう。そんな清吾の敵とも言える三岡と山辺がひそかに会っているのは、伊八郎と清吾にとってよくないことのような気がする。

(何を話しているのだろう)

知りたいと思ったが、奥座敷の様子をうかがいに行くわけにもいかない。どうしたものだろうか、と考えていると、奥座敷から出てきた四郎兵衛が台所に顔を出して、

「もう少ししたら、奥座敷に替えの茶を持っていくように」

と告げた。四郎兵衛は三岡と山辺の密談には同席しないらしく、そのまま店に出ていった。

みつは高鳴る胸を押さえながら、しばらく待った後、頃合いを見て、若い女中に、

「そろそろ替えのお茶をお持ちしましょう」

と声をかけた。

奥座敷では政右衛門と監物が声をひそめて話し合っていた。

「無外流の樋口鉄太郎と矢野新助に国東伊八郎を襲わせたが、しくじったというのはまことですかな」

政右衛門は監物をうかがい見つつ言った。監物は苦笑して答える。

「恥ずかしながら、まことでござる。伊八郎についておる護衛の栗屋清吾が思いのほか腕が立ったようで」

「ほう、栗屋についてはあまり耳にしたことがないが」

「伊八郎と同じ、片山流の道場仲間で、〈磯之波《いそのなみ》〉という秘技を使うそうでござる。いたって地味で小心な男という評判でござったゆえ、甘く見たのがしくじりのもとでした」

監物は無念げにため息をついた。

「なるほどな。しかし、痛い失敗でござったな。樋口と矢野は山辺殿の指図で動いておると伊八郎にもらしてしまったそうではござらんか」

政右衛門はつめたい笑みを浮かべた。苦り切って監物は口を開いた。

「さよう、伊八郎をやすやすと斬れると思い上がっていたようでござる。刺客が誰の命で動いているかを告げるなど愚かしいにもほどがあり申す」

「しかし、伊八郎に尻尾《しっぽ》をつかまれたからには、もはや、派閥を譲ることを拒むわけには参りますまい」

「さよう、それがしは進退きわまり申した」

監物はさりげなく言った。

「それゆえ、白木屋を通じて、わしに談合を申し込まれたわけだ」

政右衛門はあごをゆっくりとなでた。監物は政右衛門の顔を見据えて言葉を継ぐ。

「それがしには、恥も外聞もござらん。三岡様にお助けいただきとうござる。もし、伊八郎めに派閥を渡さずにすむなら、今後は何事も三岡様に従いまする」

監物は言うなり手をつかえて頭を下げた。政右衛門は蔑むように監物を見据えた。

「それほど、派閥を手放すのが惜しゅうござるか」

「それがしは国東武左衛門様の派閥に入って以来、粉骨砕身、働いて参った。いずれ派閥を譲ってもらえると思ったからでござる。ところが、気が変わったゆえ、隠し子の伊八郎に譲ると言われては、何のための苦労であったかわかりませぬ」

監物は憤りの色を表情に浮かべた。

「なるほど、もっともなことじゃ。わしも此度《こたび》の国東殿のなされようは我儘《わがまま》に過ぎると思うておる。麒麟《きりん》も老いぬれば駑馬《どば》に劣ると言うが、国東殿は耄碌《もうろく》されたと見える」

「さよう、たとえ派閥のこととはいえ、かかる我儘が通っては藩政が乱れましょう」

吐き捨てるように監物は言った。

「いかにもな。伊八郎という男もこれまで軽格の部屋住みであっただけに、乱暴で野卑なだけの男のようだ。そのような男に家老になられては家中の迷惑と申すべきだな」

「それでは、お力を貸してくださいますか」

「無論だ。伊八郎が派閥を継いでからでは、何かと厄介《やっかい》だ。その前に禍根を断っておかねばならん」

政右衛門はきっぱりと言った。監物は膝を乗り出した。

「では三岡様の派閥にいる一刀流の花田昇平を使っていただけますか」

頭を横に振って政右衛門は答えた。

「花田であれば、伊八郎と栗屋清吾を始末するのはたやすいことだ。しかし花田が動けば背後にわしがいるのがあからさまにわかる。いまはそれはまずかろう」

狡猾《こうかつ》な顔つきで政右衛門は笑った。監物は首をかしげる。

「それではいかにして伊八郎を亡き者にいたしまするのか」

「わしらの手を汚さぬやり方を考えておる」

「手を汚さぬとはいかなることでございましょう」

当惑した監物は眉をひそめた。

「伊八郎は家老になるため、茶坊主の菖庵や奥女中取締の梶尾に金を配って歩いたそうな」

「ほう、さような悪辣《あくらつ》なことをいたしておりますか」

いかにも憤慨にたえないように監物は言った。政右衛門は口をゆがめた。

「まあ、藩内で力を蓄えるために、わしもやってきたことだから、伊八郎をとやこうは言えぬ。だが、面白いことに伊八郎は金を配る間に黒錘組と諍《いさか》いを起こしたようだ」

監物は息を呑んだ。

「まことでございますか」

「これは藩の秘事ゆえ、他の者にもらすことは許されぬが、奥女中取締の梶尾は黒錘組の頭領なのだ」

「なんと」

口をあんぐり開けた監物を政右衛門は厳しい目で睨みつけた。

「決して他にはもらすなよ。他の者に知られれば、そこもとは黒鍾組から命を狙われることになるぞ」

政右衛門から脅されて監物は震えあがった。

「誰にももらすなどいたしません」

「梶尾が黒鍾組の頭領であることを知っておるのは、家中でも国東武左衛門とわしぐらいのものだ。そこで、伊八郎が黒鍾組と悶着《もんちゃく》を起こした腹いせに黒鍾組の秘事をふれまわっておると梶尾に告げたならどうなると思う」

政右衛門の言葉を聞いて、監物は膝をぴしゃりと叩いた。

「なるほど、黒鍾組に伊八郎を襲わせるとはまことに名案でござる」

監物が思わず声を高くし、政右衛門はからからと笑った。

みつが若い女中とともに、替えの茶を持っていったとき、座敷から笑い声が聞こえてきた。その一瞬前に、

――黒鍾組に伊八郎を襲わせるとはまことに名案でござる
という監物の言葉をみつは聞き取っていた。

(くろおもりぐみ、とは何だろう)

みつには黒鍾組が何なのかはわからない。だが、伊八郎を襲わせるという言葉ははっ

きりと耳にしただけに、大変なことを聞いたという気がした。しかも、話しているのは、三岡政右衛門と山辺監物という藩政の大立者なのだ。

伊八郎にとって大きな危難だとみつは思った。そして伊八郎の危難は、清吾の危難である。

みつは動揺して震える手で茶碗を出すと、そそくさと座敷を出た。ぎこちないみつの様子に目を止めながらも、政右衛門と監物は藩の重臣である自分たちへの恐れであろうと思っただけだ。

みつは再び、台所に戻って、どうしようかと考えた。女中の身だけに、勝手に外出するわけにはいかないが、伊八郎に危機が迫っているからには、悠長に構えてはいられない。

だが、いまはどうしようもない、と焦る気持ちを抑えるしかなかった。やがて、話が終わったらしく奥座敷から政右衛門と監物が出てくると四郎兵衛はあわてて見送りに出てきた。ふたりは別の部屋で待っていた供の中間《ちゆうげん》を従えて帰っていった。

四郎兵衛はほっとした表情になって店に入り、帳場に座った。

そのときになって、みつは少し考えてから、帳場にいる四郎兵衛のもとに行った。帳簿を見ていた四郎兵衛の傍《そば》に近づき、

——旦那様

と声をかけた。四郎兵衛は帳簿から目を離してみつを振り向いた。

「どうしたね。奥のお客様が何か忘れ物でもされたかね」

「いいえ、そうではございません」

みつは言いかけて口ごもった。四郎兵衛は思いがけないほどのやさしい目でみつを見つめた。

「では、何だね」

「申し訳ありません。あの、草雲雀《くさひばり》の――」

「草雲雀がどうした」

四郎兵衛に見つめられてみつは顔を赤くした。

「いいえ、家で飼っていた草雲雀の世話を知り合いの奥方様にお頼みしていたのですが、気になりますので見て参ってよろしいでしょうか」

「草雲雀の――」

あまりに突拍子もない話に四郎兵衛は目を丸くした。

「いけないでしょうか」

みつが真剣な眼差しを向けると、四郎兵衛は、うーん、とうなったあげく答えた。

「まあ、いいだろう。行っておいでなさい。まったくあなたというひとは、まるで子供のようだね」

そんなところが、わたしは、と言いかけて四郎兵衛はあわてて口をつぐんだ。四郎兵衛が何を言おうとしたのかわからないまま、頭を下げて自分の部屋に戻った。手早く、身繕いをすると、部屋の隅に置いている文机《ふづくえ》で、紙を取り出して筆を持ち、

しらきやで、みつおかさまとやまべさまがあわれました　くろおもりぐみにくにさきさまをおそわせるそうだんのごようすでした

とかな文字で認《したた》めた。墨を乾かし、折り畳んで懐に入れると廊下に出て、台所から裏口に向かった。

昼下がりの道に出ると、栗屋家に向かうのとは別の方角に歩き出した。

清吾は国東屋敷に泊まり込んでいるはずだ。何とかひと目会って、危険を報《しら》せたいと思った。

みつは急ぎ足で進んで、町筋を抜け、武家地に入ると、一度だけ、清吾に教えられたことのある国東屋敷の門前に立った。

門は開いており、門番の姿は見えなかった。どうしようか、と迷ううちに、家士らしい男が門前に出てきた。

みつは男に駆け寄って、

「もし、お訊《たず》ねいたします。こちらに栗屋清吾様はおられますでしょうか」

と訊ねた。

男はいきなり、若い女に声をかけられて、目を瞠《みは》ったが、咳払《せきばら》いして答えた。

「おられるが、ただいまは、ご主人様とともに他出されておる」

素っ気ない返答にみつはがっかりした。

「さようでございますか」

男はじろじろとみつを見た。

「そなたは、栗屋様の知り合いの者か」

訊《き》かれて、妻でございます、と答えようとしたみつは、自分がいま白木屋の女中として粗末な着物を着ていることに気づいて、清吾の恥になるのではないか、とためらった。それでも、はっきり言わないと自分が来たことを伝えてもらえないだろう、と思って小さな声で、

「わたくしは栗屋清吾の妻でございます」

と告げた。すると、男は驚いたように、あらためてみつを見つめた。

「ほう、栗屋様のご妻女か――」

いかにも見下げたような言い方を聞いてみつは悲しくなったが、しかたなく懐から折り畳んだ文を取り出した。

「戻られたら、これをお渡しください」

差し出された文を手にした男は胡散臭《うさんくさ》げにつぶやいた。

「これをお渡しするだけでよいのか」

「さようでございます」

みつは頭を下げると、踵を返して急ぎ足で歩き出した。男はふとわれに返ったように、

「お待ちなされ、ご妻女――」

と声をかけた。しかし、みつは振り向かずに足を速めた。粗末な身なりで訪ねて、清吾に恥をかかせたのではないか、と気になった。

(申し訳ないことをしてしまった)

そう思うにつれ、もし清吾が藩の剣術指南役になったとき、自分のような女中あがりの女子が奥方におさまっていいのだろうか、という思いが湧いてきた。

部屋住みの清吾だからこそ、自分のように身分のない女子でも妻となることができたのだ。伊八郎が家老になれば、清吾は剣術指南役どころか、もっと出世ができるかもしれない。そんなとき、自分はどうしたらいいのだろう。

そう思いながら歩いていると、みつの目には涙が滲《にじ》んできた。

十八

この日、武左衛門とともに親戚への挨拶まわりをしていた伊八郎と清吾は夜遅くになって帰ってきた。

居室で家士から留守中に女子が清吾への文を持ってきたと告げられて、伊八郎は首をひねった。

「女子だと。何者であろう」

家士から文を受け取った清吾は、うんざりした顔で言った。

「わたしを訪ねてきた女子なら、みつに決まっている」

「なるほどそうか」

伊八郎は得心したように笑った。すると家士が、うなずいて、

「やはりそうでございましたか」

と言い添えた。清吾はじろりと家士を見た。

「みつはわたしの妻だと名のらなかったのか」

「いえ、名のられましたが、なにせ、お着物があまりに――」

それ以上は言わなかったが、家士の表情には軽んじる気配があった。この男は、みつが粗末な身なりをしているのを見て、馬鹿にしたのだ、と思うと清吾は口惜しかった。

「おい――」

清吾が低い声を発したとき、伊八郎の大声が雷鳴のように響いた。

「馬鹿者め。栗屋の奥方はゆえあって貧しい身なりをいたしておるのだ。その心根はまさに武家の女子が亀鑑《きかん》といたすべきほどのものだ。事情も知らずに見た目でひとをとやこう言うとは何事だ」

伊八郎に手厳しく叱責《しっせき》されて、家士は手をつかえ、頭を下げて謝った後、這《ほ》う這《ほ》うの体《てい》で部屋を出ていった。

家士が去った後、清吾は肩を落とした。

「お主はゆえあって貧しい身なりをしていると言ってくれたが、ゆえなどない、わたしが貧しいゆえ、みつにろくな着物を着せてやれぬのだ」

しょんぼりとした清吾の肩を伊八郎がどやしつける勢いで叩いた。

「景気の悪いことを申すな。ひとは、これから、よくなっていく自分を思い浮かべて生きていくのが一番よいのだ。藩の剣術指南役となって、みつ殿に立派な着物を作らせる日のことを思え。そのときには、子供もいて、お主とみつ殿はひともうらやむほどの幸せにひたっておるのだぞ」

伊八郎に声高に言われて清吾はすがるように訊いた。

「まことにそうなるであろうな」

「間違いない。わしを信じろ」

伊八郎は胸をどんと叩いた。しかし、力をこめすぎたのか、ごほっ、ごほっ、と咳をした。

「大丈夫か」

と言いながら、清吾は何となく暗澹《あんたん》たる表情になった。咳《せ》き込んだ伊八郎はしばらくして落ち着くと顔を清吾に向けた。

「そんなことより、みつ殿の文には何と書いてあるのだ。よもや、寂しくてたまらんなどという話ではあるまいな」

うながされて清吾は文を開いたが、一行だけ記された文字を見て、

「これは——」

とつぶやいた。清吾はすぐに伊八郎に文を手渡した。

伊八郎は黙って文を読んだが、見る見る緊張した表情になった。

「容易ならんな。三岡政右衛門と山辺監物が手を組んだか。しかも黒鍾組を使うつもりのようだ」

「まことであろうか」

「みつ殿が言ってきたのだ。まことに違いなかろう。それに三岡と山辺が手を組むとはありそうなことだ」

伊八郎は眉根を寄せてつぶやいた。

「ならばどうする」

清吾が訊くと、伊八郎はしばらく考えてから口を開いた。

「お主、明日は梶尾様の屋敷に行ってくれ」

「梶尾様に会うのか？」

「いや、梶尾様は奥女中の務めがあるゆえ、お城に上っているはずだ。おそらくその間、あの屋敷は小萩殿が取り仕切っているのだろう。小萩殿に会って黒鍾組の動きを聞き出すのだ」

「わたしひとりで行くのか」

清吾は心細げに訊いた。

「当たり前だ。もし、三岡や山辺と梶尾様の間で話がついておれば、わしが屋敷に乗り込むのは飛んで火に入《い》る夏の虫だ。たちまち息の根を止められてしまう」

伊八郎は目を光らせて言った。清吾はしばらく考えてから首をかしげて訊いた。

「もし、そうだとすると、お主の用心棒であるわたしも同じように息の根を止められるのではないか」

伊八郎はよく気づいたなと言わんばかりに清吾の顔を見つめ、重々しくうなずいた。

「そうなるかもしれん。殺されるか生きて戻れるかは、まず五分と五分だな」

「そこまで危ういのであれば、わたしはわざわざ命の危険を冒して梶尾様の屋敷に赴いたりはしないぞ」

清吾が腹に力をこめて言うと、伊八郎は笑った。

「まあ、そう言うな。虎穴《こけつ》に入らずんば虎児《こじ》を得ずと言うではないか」

「そう思うなら、お主自身で行けばよいではないか」

清吾が気色ばむと伊八郎は落ち着いた声音で話した。

「いや、お主ひとりを行かせるのには、もうひとつわけがあるのだ」

「わけだと」

清吾は疑わしげに伊八郎を見た。

「そうだ。わしの見たところ、先日、梶尾様の屋敷に乗り込んだ際に、あの小萩殿はお主に惚れた気配がある」

「馬鹿な、そんなことがあるわけがない」

清吾は苦々しげな顔になって頭を横に振った。

「いや、そうなのだ。わしにはわかるぞ。あのとき、お主は小萩殿が言うままに懐剣を戻してやった。ああいうことで、男としての器量を見せて、女子の心をつかんだのだな。わしの及ばぬところだ」

伊八郎はいかにも感心したような口ぶりになった。

「あのとき、お主はわたしを大馬鹿者だと言ったではないか」

「たしかに馬鹿だ。しかし、そこに女子は魅《ひ》かれるのだ」

伊八郎は身を乗り出して、したり顔でいかにも女心を熟知しているかのように言ってのけた。

「信じられぬ」

清吾はきっぱりと言ったが、伊八郎は平気な顔で言葉を継いだ。

「大丈夫だ。小萩殿はお主を殺さぬ。それゆえ、梶尾様の屋敷をひとりで訪ねても無事に帰ることができる――」

確信ありげに言いながら、伊八郎は、最後に、

「たぶんな――」

と付け加えた。

翌日――

清吾は不安に思いながらも、昼過ぎになって梶尾の屋敷に赴いた。

門前に立ってうかがうと門は閉じられ、屋敷の中は無人ではないか、と思えるほど、しんと静まり返っている。

(誰もいないのではないか)

そうであって欲しいと思いながら、

「お頼み申す」

と声を張り上げた。すると門がゆっくり開いた。門を開けたのは、黒い筒袖を着た老僕で、清吾が訪れることがわかっていたかのように、頭を下げた。

清吾が名のろうとすると、老僕は、

「お待ちしておりました」

と言うなり、先に立って案内した。

清吾はしかたなく、後についていった。玄関から上がると、老僕は清吾を以前来た際の客間ではなく、長い縁側が続く中庭に面した広間へと連れていった。

広間の障子は開け放たれており、縁側に跪《ひざまず》いた老僕は、広間に向かって、

「栗屋様をご案内いたしました」

と告げた。

名のらずとも知られているのが不気味だなと思いつつ、清吾は縁側に座った。広間には男女ふたりが座っている。

下座に控えているのが小萩だとはひと目でわかったが、床の間を背にしている羽織袴《はかま》姿の武士は誰だろう、と思った。

きれいに月代《さかやき》を剃《そ》り、色白のととのった顔立ちながら背筋がのびた姿勢には隙がなく、凛然《りんぜん》とした様子だった。

武士は清吾に向かって軽く頭を下げた。その瞬間、清吾の頭にひらめくものがあった。

――一刀流、花田昇平
一度だけ、奉納試合で立ち合うのを見たことがあった。そのおりは稽古着《けいこぎ》姿で額に白鉢巻をしており、様子が違っていた。だが、花田昇平だと思って見据えると、立ち合いのおりの敏捷《びんしょう》な動きと裂ぱくの気合いが記憶に甦《よみがえ》ってきた。

(なぜ、ここに花田昇平がいるのか)

清吾は訝《いぶか》しく思ったが、同時に、三岡政右衛門と山辺監物が黒錘組を動かそうとしていることを探りに来たのだと思い出した。

三岡派の花田昇平が梶尾の屋敷にいるということは、少なくとも三岡派と黒錘組が手を組んでいることの何よりの証《あかし》ではないか。

(伊八郎め、何が無事に帰ることができる、だ)

もし、花田昇平がこの屋敷で清吾を襲い、黒錘組が手助けすれば、清吾はひとたまりもないだろう。

清吾が暗澹たる気持になると小萩が声をかけてきた。

「栗屋様、よくお訪ねくださいました。お入りくださいませ。わたくしどもの方からおうかがいしなければならないのではないかと思っておりました」

清吾は座敷に入って座った。

飛んで火に入る夏の虫でしたな、と清吾は言いそうになったが、小萩がなおも言葉を継いだ。

「こちらは、此度《このたび》馬廻《うままわ》り役となられた花田昇平様でございます。きょうはお役につかれたご挨拶にお見えになられました」

小萩が紹介すると、昇平はあらためて頭を下げた。

「花田昇平でござる。栗屋清吾殿の片山流〈磯之波〉の噂《うわさ》は度々、耳にいたしておりました。一度、お手合わせ願いたいと思っておりました」

清吾は応じて、頭を下げ、

「栗屋清吾です。わたしの方こそ、花田殿の腕前はかねてから聞き及んでおります。いや、一度は奉納試合のおりに花田殿の立ち合いを拝見いたした。とてもそれがしの及ぶところではないと思いました」

何をおっしゃいますか、と言いながら昇平はひとをそらさぬにこやかな笑みを浮かべた。すると小萩は嬉《うれ》しげに、

「昇平様はわたくしにとりまして、母方の従兄《いとこ》でございます。それゆえ、きょうはお役目につかれるご挨拶においでくださいました」

　と言った。

「さようでござるか」

　清吾は固い口調で答えながら、小萩の声音にはなやぎとあでやかさがあるのに気づいた。先日、伊八郎とともに、この屋敷に来たときには感じさせなかった女人めいた気配を小萩は漂わせている。

　それが昇平と相対しているからだということは、深く考えずとも察することができた。小萩の胸の内にどのような思いがあるのか、いくら朴念仁《ぼくねんじん》の清吾であってもわかることだった。

（伊八郎め――）

　清吾は歯ぎしりする思いだった。小萩は清吾に魅かれているから殺すことはない、などと訳知り顔で言っていたが、とんだ大外れではないか。

　伊八郎の言葉を疑いつつも、ひょっとしたら、と思いつつ、うかうかこの屋敷に来てしまった浅慮が悔やまれた。

　虎《とら》の穴、どころか地獄の入り口ではないか、と気持はさらに沈んだ。そんな清吾の思いを知らぬかのように、昇平は無邪気な様子で声をかけてきた。

「いかがでございましょうか。せっかくかようにお会いできたのです。この屋敷の中庭を拝借して一手、ご教授願えませぬか」

庭で立ち合おうというのだ。しかし、剣術道場でもない屋敷だけに、防具も竹刀《しない》もないだろう。どうやって立ち合うのか。

「真剣での立ち合いでござるか」

清吾が恐る恐る訊くと、昇平は笑った。

「まさか、これからお役につく身でござる。さように危ういことはできませぬ。この屋敷には家僕たちが剣の稽古をいたす木刀があるはずでござる。それにて立ち合いましょう」

昇平はあたかも清吾がすぐさま承諾したかのような言い方をした。

「さて――」

清吾が首をひねると、小萩が頰をうっすらと染めて、

「栗屋様、突然のことにて申し訳ございませんが、昇平様のお望みをかなえていただけるとわたくしも嬉しゅうございます」

と言葉を添えた。

ここまで言われては、断る理由も思いつかなかった。清吾はやむを得ないと思った。

「承知いたした」

言って、すぐに、罠《わな》にはまったな、と思ったが、後に退《ひ》くわけにはいかなかった。

(伊八郎のせいだ)

清吾は腹を立てながら、ここで、殺されたら、みつがどれほど悲しむかと思った。しかも、みつが探りだしたことを確かめようと黒錘組に乗り込んで命を失ったとあっては、身も世もない思いをするに違いない。そう考えると、ここで死ぬわけにはいかない、という思いが猛然と湧いてきた。

清吾は昇平を見据えて、

「稽古とは申せ、負けはいたしませんぞ」

と言い放った。

昇平はにこりとしてうなずいた。

清吾と昇平はそれから茶を喫し、小萩が老僕に指示して持ってこさせた木刀を手にすると、袴の股立《ももだ》ちをとって、裸足《はだし》で中庭に降り立った。

日頃から手入れが行き届いているらしい中庭の地面は平たんで小石や木の枝もなく、進退しやすかった。

小萩が縁側に座って見つめる前で、清吾と昇平は木刀を手に間合いをとって向かい合った。

昇平は木刀を持って構えると、それまでの温和な様子をかなぐり捨てて気迫が充実し、ひとまわり体が大きくなったように見えた。

ええぃ

昇平は木刀を正眼に構えて気合いを発した。

清吾は静かに受けて立つ。

昇平の気合いにも応じず、ゆっくりと木刀を上段に構えた。〈磯之波〉の居合を得意とする清吾は普段、上段の構えをとることはない。

だが、昇平と立ち合ってみると、一撃で勝負を決めるつもりでなければ、やられると感じた。

たとえ打ち返されようとも、肉を斬らせて骨を断つ覚悟で向かわなければ、昇平の敏捷な剣に屈することになるに違いない。

清吾はじりっと間合いを詰めて、

おうりゃ

と気合いを発した。その気合いに応じるように屋敷の内や中庭の隅から殺気が発せられるのを感じた。

敵は昇平だけではない。まわりに潜んでいる黒鍾組が隙を突いて刀を振るって襲ってくるに違いない。

(とんだ虎の穴だぞ)

清吾はいまごろ自分の屋敷でのんびりと昼寝でもしているに違いない伊八郎に向かって、胸中で語りかけた。

昇平の目が鋭く光った。

十九

昇平が間合いを詰めて動いた。

その瞬間、清吾には昇平の動きが見えなかった。風を感じてとっさに木刀を振り回した。手に痺《しび》れるような衝撃があり、昇平の木刀を弾《はじ》き返していた。

昇平は一撃をかわされて、すっと後ろに下がった。清吾は背中に冷や汗が流れるのを感じた。

(やはり、できる——)

この男に勝つのは至難の業ではないか。そう思ってはいけないのは、わかっているが、すでに心が萎縮《いしゅく》していた。同時に腰をかがめ、下段に構えて昇平の動きをうかがった。

〈磯之波〉には下段の構えから相手の攻めをしのぎつつ、攻撃に転じる形がある。清吾はこれをさらに工夫して、低い姿勢からの受け技に仕上げて、

——流水

と名づけていた。

流れる水の如《ごと》く、相手の攻めに逆らわず、ただし途切れることなく守りから攻めへと転じるのだ。昇平は冷静な表情でじっと清吾の構えを見ていたが、やがて木刀を下げて下段の構えをとった。

清吾は目を瞠った。

昇平の構えは、清吾の〈流水〉とまったく同じだったからだ。

（この男、相手の技を写せるのか）

だが、同じ技を使うとしても〈流水〉は受けの技だ。ふたりとも下段に構えて睨《にら》み合うだけでは勝負の決着がつかない。

どうするのか、と見ていると、昇平は下段に構えたまま、すっと前に出て間合いを詰めてきた。清吾は思わず退いた。

昇平はさらに前に出る。いったん、退いてしまった清吾は退くしかない。清吾は、しまった、と思って唇を嚙《か》んだ。〈流水〉は守りから攻めに転じる技だけに仕掛けられなければ使えない。退いてしまえば、さらに退くしかない。

留《とど》まって迎え撃とうとすれば、受けを放棄して打ち込むしかないからだ。その瞬間に〈流水〉は崩れて、ただの打ち込みになり、昇平の〈流水〉の餌食《えじき》となるだけだ。

昇平はさらに間合いを詰めようとする。追い詰められた清吾はとっさに木刀を上げて昇平ののどもとを狙って突いた。

昇平は猫のようにしなやかに動いた。突いてきた清吾の木刀を擦り上げてかわすとともに、大きく踏み込むと木刀を回して清吾の胴を狙った。清吾は横っ跳びに避けたが、足を滑らせて転倒した。素早く立ち上がろうとしたときには、昇平が迫っていた。

辛うじて身を起こしたが、片膝をついたまま木刀を構えるのが精一杯だった。間合いに入った昇平の口元に笑みが浮かんだ。

昇平はゆっくりと木刀を振り上げた。

清吾は打ち込まれるのを覚悟し、せめて昇平の懐に飛び込んで相打ちを狙うしかないと思った。そのとき、小萩の澄んだ声がした。

「勝負はそこまででございます」

昇平は木刀を構えたまま、ひややかに言った。

「止め立て無用。まだ、勝負はついておらぬ」

「いえ、すでに勝負はついております。昇平様の勝ちでございます。それ以上なされば、栗屋様が怪我《けが》をされましょう」

縁側に座った小萩は落ち着いた口調で言った。

「女子には剣の勝負はわからぬ。相手が参ったと言わぬ限り、止めるわけにはいかぬのだぞ」

「わたくしには、栗屋様の参ったという声が聞こえました」

「馬鹿な、栗屋殿は何も言っておらぬぞ」

昇平は吐き捨てるように言うと、清吾が口を開く隙を与えずに打ちかかろうとした。

だが、その動きはぴたりと止まった。

昇平はまわりをゆっくりと見回した。

「なにゆえ、わたしに殺気を放つのだ」

昇平の言葉に清吾は目を瞠った。

立ち合ったときから、まわりの殺気は感じ取っていたが、自分ではなく昇平に向けられたものだったのだろうか。

昇平に睨まれて小萩は微笑《ほほえ》んだ。

「栗屋様はわたくしにとりまして大事な御方でございます。昇平様の勝手にしていただいては困ります」

「わたしが勝手にするとはどういうことだ」

昇平は低い声で訊いた。

「昇平様は三岡派におられます。三岡様の命で栗屋様に怪我を負わせ、国東伊八郎様の警護をできなくさせるおつもりなのでしょう」

きっぱりと小萩に言われて、昇平は構えていた木刀を下ろした。

「そうか。黒錘組は国東伊八郎についたということか」

小萩は頭《かぶり》を振った。

「いえ、いまはさようなわけではございません。ただし、これからそうなるかもしれないということでございます」

淡々と小萩が答えると、昇平はうなずいた。

「黒錘組は頭か小頭が密夫にした者を助けて働くと聞いたが、さては小萩は栗屋殿に懸《け》想《そう》いたしたのか」

昇平は小萩が黒錘組であることを知っているらしく、思いがけないことを言い出した。清吾はぎょっとして小萩の顔を見た。

小萩は恥ずかしげにうつむいた。その様を見た昇平は苦笑して、

「なるほど、国東伊八郎は得難い味方を得たことになるな。栗屋殿のお手柄というべきであろうな」

と言った。清吾はあわてて立ち上がり、口を開いた。

「いや、花田殿は何か勘違いをしておられる。それがしには、妻がおりますゆえ、さよ

うな話にはなりませぬ」

昇平は意外そうな顔をして清吾を見つめた。

「なぜ、妻がいることを隠しておられた。それはいささかひとの道にはずれますぞ」

「隠すなどとんでもない。訊かれてもいないことをわざわざしゃべる者はおりますまい」

清吾はうろたえて言った。その様子を見て昇平は眉をひそめた。

「小萩はわたしにとっては幼馴染《おさななじみ》の従妹《いとこ》でござる。派閥争いのためにもてあそばれては不憫《ふびん》でござる」

「もてあそぶなどとんでもない。黒錘組と関わりがあるのはあくまで国東伊八郎でござる。苦情があるなら伊八郎に言ってもらいとうござる」

懸命に清吾が言うと、昇平はなおも顔をしかめた。

「この期におよんで、まだ言い逃れをされるか。武士として、いささか見苦しゅうはござらぬか」

底響きする昇平の声に清吾は戸惑って小萩を見た。小萩は微笑みながら口を挟んだ。

「昇平様、栗屋様のおっしゃることに嘘《うそ》偽りはございません。それに黒錘組のことは他聞をはばかります。これ以上は口にされぬようお願いいたします」

昇平はしばらく考えてから得心したように頭を大きく縦に振った。

「わかった。親戚の心安さからいらざることを申したようだ。これからは、口を慎もう。ただし――」

言葉を切って、昇平は清吾を見つめた。

「ご承知のことではあろうが、わたしは三岡派だ。いずれ三岡様の命により、国東伊八郎を斬らねばならぬやもしれぬ。そのおりには否応《いやおう》なく栗屋殿と今一度、立ち合うことになろう」

「覚悟いたしてござる」

清吾がきっぱりと答えると、昇平はにこりと笑った。

「そのおりは真剣で栗屋殿の〈磯之波〉と立ち合うことになる。木刀での立ち合いとは違うと存ずるゆえ楽しみでござる」

言い置いた昇平は縁側に上がると木刀を置いて、辞去していった。清吾は庭に立ったまま見送ったが、昇平がいなくなると大きくため息をついた。

昇平は木刀と真剣では違うと言ったが、腕前の差が変わるわけではない。真剣を持って立ち合えば斬られるのではないか、とぞっとした。

小萩は清吾に座敷に上がるように勧め、さらに女中を呼んで茶を持ってこさせた。座敷に座った清吾は茶を喫して、ほっとした気持になったが、同時に昇平が言った小萩の話を思い出して耳が赤くなるのを感じた。

小萩はそんな清吾を見て、面白そうに、

「栗屋様、いかがされました。お顔が赤《あこ》うございますが」

と訊いた。清吾はあわてて頭を振り、何でもござらん、と答えた。

小萩は鈴を転がすような声で笑った。


この日、清吾は夕方になって国東屋敷に戻った。

伊八郎の居室に入ると、奥で伊八郎は横になっている。傍らに浄瑠璃《じようるり》本が放り出されている。どうやら浄瑠璃本を読んでいて眠くなり、行儀悪く昼寝をしていたらしい。

清吾は伊八郎の傍らに座るなり、

「ただいま、戻った」

と機嫌の悪い声を出した。伊八郎は、ううむ、とうなり声を上げてから起き上がると、目をこすりながら清吾を見た。

「おお、帰ったのか。無事でよかった。わしはよほど疲れているらしいな。つい、うとうとしたようだ」

何気なく言う伊八郎を清吾は睨んだ。

「無事ではない。危うく花田昇平に打ち殺されるところだった」

「なんと。梶尾様の屋敷に花田がいたのか」

「そうだ。わたしに木刀での立ち合いを仕掛けてきた。やむなく立ち合ったが、勝負には負けた。小萩殿が止めてくれなければ命はなかっただろう」

「ほう、小萩殿が止めてくれたのか」

伊八郎は目を光らせた。

「そうだ。小萩殿にとって花田昇平は従兄にあたるらしい。花田は黒錘組のことも知っているようだ。小萩殿に止められたら、あっさりと引き下がった」

「ということは、黒錘組は三岡派に与《くみ》しないということか」

身を乗り出して伊八郎は訊いた。清吾はうんざりした顔で答える。

「まあ、そういうことだろう。もっとも黒錘組が何を考えているのかわからぬが」

「決まっておろう。梶尾様はわしを密夫にしたいのだ。生まれた子がいずれ黒錘組の頭領になるのだろうな」

伊八郎はそこまで言ってからふと腕を組み、うつむいて考え込んだ。清吾は黙り込んだ伊八郎を見て不安になった。

「おい、どうしたのだ」

伊八郎ははっとして顔をあげた。そして、まじまじと清吾の顔を見てから口を開いた。

「おい、妙だとは思わぬか」

「何がだ」

「わしはなぜ国東家に呼び戻されたのだ」

「いまさら、何を言うのだ。兄上の彦右衛門殿が亡くなられ跡取りがいなくなったからではないか」

清吾はうんざりして答えた。伊八郎はあごに手をやって考えをめぐらしながら言葉を継いだ。

「わしもそう思っていた。だが、考えてみれば、親戚から跡取りを迎えればすむことだぞ。もう三十になろうかという、とうの立った隠し子を親戚の反対を押し切って跡継ぎにするにはおよぶまい。武左衛門は冷酷な男だ。よもや、わしがかわいくて家に迎えたわけではあるまい」

「たしかにかわいくはないな」

伊八郎の顔をつくづく見た清吾は答えた。伊八郎は、あらためてかわいくはない、と言われて微妙な顔をしたが、その思いを振り切るように、

「わしを呼び戻したのは、黒錘組を味方につけるためではなかろうか」

と押し殺した声で言った。

「まさか、そのような――」

清吾は目を瞠った。伊八郎はあたりをうかがい、声をひそめた。

「いや、そうとしか考えられぬ。武左衛門は、黒錘組の頭領であったわしの母を側妾《そばめ》と

して黒錘組を握った。しかし、自分が隠退した後、山辺監物には黒錘組の差配を引き継がなかったのだ」

「それが、どうしていまになって黒錘組を味方にしようと思い立ったのだ」

「わからぬ。だが、ここはよく考えてみなければならぬところだ。此度《こたび》のことはすべて、武左衛門が血を引く子に国東家を継がせたいと思ったから起きたことだと思っていたが、あるいは、黒錘組を使わねばならなくなったゆえ、わしを呼び戻したということかもしれぬ」

伊八郎は眉根を寄せて考え込んだ。清吾は信じられないという顔で頭を振った。

「馬鹿な、わが子を跡継ぎにしたいというのはひとの情だろう。それに、隠居の身である国東様がなぜ、また黒錘組を使わねばならなくなったというのだ」

「だから、わからぬと言うておる。しかし、これは裏に何かあるぞ」

伊八郎が深刻な顔で考え始めたため、清吾は梶尾の屋敷で危うく花田昇平に殺されそうになったという恨みを言うことができなくなった。

「やれ、やれ――」

とんだくたびれ儲《もう》けだったと思って、自分の肩を叩《たた》くと、不意に伊八郎が顔を向けた。

「おい、わかったぞ。どうやら、わしらは武左衛門に利用されておるのだ」

「利用だと？」

「おそらく、武左衛門が敵としている相手との戦いにだ」

「何だ、それは。相手は三岡派ではないのか」

「いや、違うであろう。三岡派が藩政を握るだけのことなら、武左衛門はとっくに観念していたはずだ。もっと違う敵がいるのだ。その敵と戦うためには黒錘組を握らねばならないということだろう」

つぶやくように言った伊八郎は、これは面白いことになった、と言い足した。

「面白いのか」

清吾は訝《いぶか》しく思って伊八郎を見た。

「ああ、面白いとも、わしが戦わねばならない相手はどうやら武左衛門らしい」

伊八郎はにやりと笑った。

二十

翌朝──

伊八郎と清吾は武左衛門から離れの茶室に呼ばれた。

武左衛門は奥庭に面した離れを隠居所としている。隠居所といっても、贅《ぜい》を凝らした造りで渡り廊下を渡ると広間や茶室、書斎などがある立派なものだった。伊八郎は渡り廊下を進みながら、

「藩士には倹約を強いながら、おのれは贅沢な暮らしをするとは、あきれたものだな」

と大声でつぶやいた。清吾があわてて、

「武左衛門様に聞こえるぞ」

と伊八郎の袖を引っ張って言った。伊八郎は、構うものか、と言いながら茶室の前に跪いて、

——ご免
と声をかけて襖《ふすま》を開けた。

武左衛門は着流し姿で袖なし羽織を着て茶釜を置いた炉のそばに座っている。伊八郎は障子を背にどっかと座り、清吾も傍らに座るよう目でうながした。

武左衛門は松籟《しょうらい》の音を立てる茶釜に向かい、静かに点前《てまえ》を始めた。けれんみの無い所作で黒楽茶碗《くろらくぢゃわん》に濃茶を点《た》てた。

茶碗を伊八郎の膝前に置いて、

「茶の作法は心得ておるか」

と武左衛門は訊いた。

「いっこうに、存じませぬ」

伊八郎はあっさりと言うなり茶碗をわしづかみにして、ぐい、とひと飲みした。茶を半分ほど残して清吾の前にどんと置いた。

その様を横目で見ていた武左衛門が感心したように、

「ほう、作法は知らぬと言うが、荒々しい所作におのずから野趣があふれておる。まさに侘茶《わびちゃ》の真髄だな」

と低い声で言った。それを聞いて伊八郎はにんまりと笑った。

「さようなものですか。茶にはやはり人品骨柄が表れますか」

伊八郎の言葉を聞いて、武左衛門はひややかに笑った。

「馬鹿め。戯言《ざれごと》を申したのがわからぬか。そなたの茶は駕籠《かご》かき人足の雲助《くもすけ》と変わらぬ雲助茶だ。侘茶などほど遠い」

とたんに伊八郎はしらけた顔になると形《なり》をあらためて武左衛門に顔を向けた。

「父上、恐れ入りましてござる。されば、この雲助めにご用の向きをお聞かせくだされ。お目障りでしょうから、さっさとすませとうござる」

武左衛門は何も答えず、じっと清吾を見た。清吾は茶碗を手にすると作法通りに喫して畳の上に置いた。

その様を見て、武左衛門は、にこりとした。

「茶の作法は栗屋殿のほうが増しだな」

伊八郎はそっぽを向いて、ごほん、と咳払いした。武左衛門はちらりと伊八郎を蔑むように見てから、

「十日後に派閥の会合を開く。その場で山辺監物がそなたに派閥を譲る手はずとなっておる」

「ほう、やっとそうなりましたか」

伊八郎が喜んで身を乗り出すと、武左衛門は突き放すように言った。

「場所は筒井川《つついがわ》の河原のそばにある白木屋の別荘だ」

筒井川は城下を流れるただひとつの川で上流の城下はずれのあたりが広い河原となっている。大身《たいしん》の藩士の中には河原の近くに別荘を構え、夏には涼をとり、川魚の料理に舌鼓を打ったりする者もいる。

富商の白木屋が大きな別荘を持っていることは広く知られていた。

「商人の別荘で派閥の会合を開くのでござるか」

首をかしげて伊八郎が訊くと、武左衛門はゆっくりと言葉を継いだ。

「藩士の屋敷に集まれば不穏な企てをしているように見られる。商人の別荘で歌会を開き、酒宴をしたという建前にするのだ」

「なるほど」

伊八郎は感心したようにうなずいて、ぽん、と膝を叩いた。

「しかし、場所は決まっても会合は簡単ではないがな」

武左衛門はひややかに言ってのけた。

「と、申されますと」

伊八郎は鋭い目になって武左衛門をうかがい見た。

「当日は、山辺も来ることになっておるが、どれだけ派閥の者を納得させたかわからぬ。それゆえ、どれほどの人数が集まるかはわからぬ。それとともに、三岡政右衛門にとっては、そなたが派閥を引き継ぐ前に始末するのが良策ゆえ、派閥の会合があると知れば何か仕掛けてくるであろう」

淡々と武左衛門は言う。

「なるほど、さようでございましょうな。しかし、三岡派が派閥の会合のおりに仕掛けてくれれば好都合ですな」

呑気《のんき》な声で伊八郎は話した。武左衛門はじろりと伊八郎を見て、

「なぜさように思うのだ」

と問うた。伊八郎はにやりとした。

「すなわち、わたしに従おうとせぬ派閥の者と三岡派をつぶすことができれば一石二鳥ではございませんか」

「つぶすと言ってもどうやるのだ」

「決まっております。奴《やつ》らをおびき寄せて清吾が斬って斬りまくります」

「同じ家中の者を相手に斬って斬りまくるとは乱暴ではないか」

武左衛門は顔をしかめた。

「なに、それぐらいいたさねばわたしの威令は行き届きません。家老たるもの、まずは恐れられなければ何もできはいたしませんぞ」

伊八郎がからからと笑うと、傍らの清吾が袖を引いた。伊八郎はうるさそうに、清吾に顔を向けた。

「なんだ。言いたいことがあれば、はっきりと言え」

清吾はため息をついてから口を開いた。

「三岡派には花田昇平がいる。わたしは昨日立ち合って負けたばかりだ。花田が出てくれば、わたしは斬って斬りまくるどころか、最初に斬られてしまうかもしれん」

伊八郎は目を剝《む》いた。

「馬鹿に弱気なことを言うではないか」

「弱気などではない。剣の腕について、まことのことを話しているだけだ」

「そうか、それは困ったな」

伊八郎が天井を仰いで、腕を組み、うーむ、とうなると、武左衛門は苦笑した。

「伊八郎、さような小手先の駆け引きはやめておけ。乱暴なことを言って、わしから、どうすればよいか、策を引き出そうというのであろう」

伊八郎は手を膝《ひざ》に置いた。

「いかにも、父上が手立てもなく、さようなことを仰せられるとは思えませぬ。父上のお考えを承りとうござる」

武左衛門はゆっくりと伊八郎に向き直った。

「ならば言うが、取り立てて策などはない。そなたが自ら工夫しろ。ただ、わしはそなたの敵となる者たちをおびき寄せてやろうと思っているのだ。いくらわしの血を引く子だといっても、それだけで家老になれるほど甘くはない。そなたの敵となる者たちを一堂に集めてやろうというのだ。そのことを喜べ」

「ではご助勢はしていただけぬのでございますな」

伊八郎は不満げに言った。

「わしは派閥を引き継ぐお膳立てはしてやった。後はそなたの仕事ではないか。親を親とも思わぬ口を利いておりながら、おのれの都合次第で甘えるのは笑止だぞ」

厳しく決めつけるように言われて伊八郎は頭をかいた。

「それはそうかもしれませんな」

武左衛門はじろりと伊八郎を眺めた。

「なんらかの手を打つつもりかもしれぬが、派閥の者たちをひとりひとり説いて会合に出席させようとしても無駄だぞ」

伊八郎は真面目《まじめ》な顔になった。

「さすがに父上ですな。よくわたしの腹の内を読まれる。されど、無駄とはいかなることでございましょうか」

「派閥の者は大勢に従おうとするのが常だ。常にまわりの者の動きを見てから決める。もし、派閥の者を動かしたければ、まわりが動きを気にしている男を説くしかないということだ」

「ほう、それは誰のことでございますか」

伊八郎は身を乗り出した。

「書院番の菅野《すがの》新右衛門《しんえもん》だ。そなたと年は変わらぬだろう、わしが隠居いたしてから派閥に入った男だ。なかなかの出来物《できぶつ》で山辺監物の次に派閥を担うのは、菅野であろうとわしは思っていた」

「ほう、だとすると、わたしが派閥を引き継ぐことを快くは思っていないのではありませんか」

伊八郎が首をかしげると武左衛門はにやりと笑った。

「さて、どうかな。菅野は決して肚《はら》のうちをひとに覚《さと》らせぬ。案外、そなたと組んで藩政を動かすのを面白いと思うかもしれぬぞ」

武左衛門のからかうような口調に伊八郎は顔をしかめた。そのとき、清吾が身じろぎして口を開いた。

「おうかがいしたいことがございますが、よろしいでしょうか」

武左衛門はちらりと清吾を見て無言でうなずいた。清吾は武左衛門を見つめて問うた。

「家中に菅野姓は少のうございます。菅野新右衛門殿は二十年前に亡くなられた菅野刑部様と関わりのある方でしょうか」

武左衛門は莞爾《かんじ》と笑って答える。

「よう気づいたな。菅野新右衛門は死んだ刑部の息子だ。刑部の死が尋常ではなかったゆえ、菅野家は家禄《かろく》を三分の一に減らされ、新右衛門は随分と苦労して這《は》い上がってきたのだ」

伊八郎は恐《こわ》い顔をして武左衛門を睨《にら》んだ。

「父上、なぜ菅野新右衛門のことを今まで黙っておられた」

「訊《き》かれてはおらん。訊かれぬことを話さなかったからといって、文句を言われる筋合いはあるまい」

「さようですかな。おそらく黒錘組によって殺された菅野刑部の息子が派閥の中にいることは、それがしが知っておかねばならぬことでございますぞ」

伊八郎が憤りを含んだ声で言っても武左衛門は平気な顔だった。

「そうかな。気づかなかったのだが、そなたがさほどに思うのであれば、わしの慮《おもんぱか》りが足らなかったようだ。許せ――」

武左衛門はわざとらしく頭を下げてみせた。

苦々しい顔で武左衛門を見据えた伊八郎は、清吾に体を寄せると耳もとで囁《ささや》くように、

――狸親父《たぬきおやじ》め
と言った。清吾は素知らぬ様で、聞かなかったふりをした。

武左衛門はゆっくりと顔を上げた。目が細められ、鋭い光を放っている。


清吾と伊八郎は居室に戻った。

伊八郎は、部屋に入るなり、ごろりと転がって、

「臭い、臭いぞ」

とわめくように言った。

清吾は傍らに謹直な様子で座った。

「父上のことでさように乱暴な言葉遣いはいかがなものであろうか」

清吾が真面目腐って言うと、伊八郎はごろんと転がって背を向けた。伊八郎は肘枕《ひじまくら》をして、

「菅野刑部を黒錘組に殺させたのは武左衛門ではないかと三岡が言っておったな」

「父上を敵としているひとの話をまともに受け取るべきではないだろう」

清吾が冷静に言うと伊八郎はうなずいた。

「わしもそう思っていた。しかし、此度《こたび》、わしが国東家に呼び戻されたのは、ひょっとすると二十年前の刑部殺しと関わりがあるのかもしれんぞ」

「まさか――」

「いや、武左衛門が親戚の息子に跡を継がせず、わしを呼び戻したのは、黒錘組を動かすためなのかもしれん」

「なぜ、黒錘組を動かすのだ」

「二十年前の刑部殺しの秘密が誰かによって暴かれようとしているとしたらどうだ。武左衛門は自らを守るために黒錘組と組もうと考えたのだ。そして、そのためには元黒錘組頭領を母とするわしを呼び戻して家督を譲ったのだ」

「なるほど、そうかもしれんな」

清吾は腕を組んで考え込んだ。伊八郎はがばっと起き上がると清吾に顔を向けた。

「おい、菅野新右衛門を訪ねるぞ」

「訪ねてどうするのだ」

「まずは派閥の会合に顔を出すよう説得するが、新右衛門の人物を見ておくのが狙いだ」

「知ってどうするのだ」

「ひょっとすると、わしの最大の敵は三岡政右衛門や山辺監物ではなく、菅野刑部の息子である新右衛門かもしれんのだ。だとすると、敵を知っておかねば戦いようもないからな」

伊八郎はそう言いながら、にやりと笑った。清吾は眉《まゆ》をひそめた。

「どうしたのだ。馬鹿に嬉《うれ》しそうだが」

「これが喜ばずにいられるか。わしは初めて武左衛門の弱みを握ったのだぞ。これで国東家の当主として大きな顔ができるというものだ」

いまでも大きな顔をしているではないか、と清吾が言うと、伊八郎は嬉しげに清吾の背中をどしんと叩いた。

二十一

三日後——

伊八郎と清吾は菅野新右衛門の屋敷に赴いた。新右衛門は書院番百五十石で上士のほうだが、屋敷があるあたりは軽格の藩士の屋敷が多かった。

伊八郎は菅野屋敷をめざしながら、

「なるほど、親父が家老に上り詰めようとしたほどの男でも不祥事を起こせば、かようなあたりの屋敷に移らねばならぬか。不憫《ふびん》なものだな」

と感に堪えぬように言った。清吾はぷっと噴き出した。

「何を言っている。この間までこのあたりの屋敷と変わらぬところにいたではないか。まだ、上士気分は身に染みておらぬはずだぞ」

「それはそうだな。実のところをいうと、国東屋敷より、このあたりの家の方がわしには合っておる気がするよ」

伊八郎は笑いながら歩いていく。

新右衛門の非番の日を確かめ、あらかじめ訪れを告げていたため、玄関前に立つとすぐに家僕が案内した。

客間に入ると、間を置かずに新右衛門が出てきた。武左衛門がなかなかの出来物、と言っていただけにどのような人物だろうかと思われたが、小柄で丸顔の目が細くひとが良さそうな風采《ふうさい》の上がらない男だった。

着流し姿の新右衛門はにこやかな笑顔で伊八郎と初対面の挨拶をかわした。女中が茶

を持ってくると、新右衛門は茶碗を手にして、

「いや、それがしなどのところに国東様がお出《い》でになるとは恐れ多いことでござる」

と言った。伊八郎は手を振って口を開いた。

「いや、いや。おわかりでござろうが、それがし山辺監物様から派閥を譲り受けることになっており申す。近く派閥の会合を開く予定でござるが、父からひとが集まらぬであろう、と脅されました。それで、菅野殿にお出でくださるよう、かようにお願いに参ったわけでござる」

新右衛門は目を丸くした。

「お父上がさようなことを仰せになったのでございますか。さようなものでございましょうか」

「菅野殿は来ていただけますか」

「無論にございます。なにがあろうと馳《は》せ参じますぞ」

新右衛門は頼もしげに答えた。伊八郎はにこりとした。

「それをうかがって、ほっといたしした。他の方々も菅野殿と同じ心でいてくれればよいのでござるが」

新右衛門は少し首をかしげた。

「さよう、皆、来られるとは思いますが、もしためらっているひとがおられるとすれば

理由はふたつあるかと思います」

伊八郎の目が光った。

「ほう、どのようなわけがあると思われますか」

「まずは山辺様への気遣いでございましょう。ご承知の通り、山辺様はいったんお父上から譲られた派閥をあなた様に渡さねばならぬのです。さぞや無念であろうと思うひとびとは多いのではありますまいか」

新右衛門は淡々と言った。

「なるほど。ですが、会合には山辺様も来られるはず。来ないのは山辺様の顔をつぶすことになりはしませんか」

伊八郎の言葉を聞いて、新右衛門は驚いた顔をした。

「これは、国東様にはご存じないのでござるか」

「何のことです」

「山辺様は昨日より、急な病にてお屋敷で臥《ふ》せっておられます。おそらく会合に出られることはありますまい」

「なんですと」

伊八郎には初耳だった。

「山辺様が来られないとなると、出席を取りやめる者は多くなるかもしれませんな」

「どれほど減ると思われるか」

「まずは半数といったところでしょうか」

新右衛門は平然と言ってのけた。

「それは多い――」

うめくように伊八郎はつぶやいた。新右衛門はじろりと伊八郎を見て言葉を継いだ。

「さらに、残りのうち、半数は三岡派の襲撃を恐れて出席を控えるやもしれませんぞ」

「三岡派の襲撃?」

「さよう。三岡派にしてみれば派閥が譲られる前につぶすのが一番でござる。何せ、向こうには花田昇平という剣の達人がおりますからな。会合場所を襲って、何人か斬り捨てれば、派閥は壊滅いたしましょう」

新右衛門は無表情に言った。伊八郎は顔をなでてからいまいましげに言った。

「それでは会合に出るのは四分の一に過ぎぬことになる」

新右衛門はいやいや、と言うように頭を振った。

「何を仰せですか。そこまで来る者の人数が減ってしまえば、残りは、もはやこの派閥は駄目だと見切って来ないでしょう。さすれば会合場所に現れるのはそれがしひとりということになる。これは困りましたな」

からからと新右衛門は笑った。

伊八郎は落ち着いた表情で新右衛門を見つめた。

「菅野殿の父上は二十年前に不慮の最期を遂げられたとのことでござるが、まことですかな」

いきなり、父の話を持ち出されても新右衛門は驚かなかった。伊八郎を見返して、

「まことにございます。それがしが八歳のときでござった」

伊八郎は新右衛門に厳しい目を向けた。

「失礼ながら、菅野殿のご生母は正室でござったのか」

新右衛門はゆっくりと頭を振った。細い目にかすかに怒りの色が浮かんでいるようだった。

「それがしの母は側妾《そばめ》でござった。父が横死いたし、家禄も減ぜられたため、そのまま放り出されてもしかたがなかったのですが、父の正室であった方がおやさしく、それがしを子として引き取ってくださり、家督も継がせていただいたのでござる」

「なるほど、それは運がよろしゅうござったな」

伊八郎は相手の心を逆なでするような物言いをした。新右衛門はそれまでとは違う、暗い翳《かげ》りのある表情を見せた。

「運がよかったですと？　それは側妾の子でありながら国東家という大身の家を継ぎ、家老にまでなろうとしているあなたのようなお方のことでしょう」

新右衛門の言葉には棘《とげ》があった。さらに新右衛門は話を継ぐ。

「わたしは正室の方に引き取っていただいたものの、家禄を減ぜられたため、それまでの屋敷を出て、かような小さい家に住むことになりました。あの屋敷を出てくるときの屈辱はいまも忘れられませんな」

吐き捨てるように新右衛門は言った。伊八郎はつめたい表情をして話を続けた。

「しかも、かつての屋敷はいまでは黒錘組が使っている。憎んでも憎み足りないというわけですな」

新右衛門は口辺に薄い笑みを浮かべた。

「さて、何のことかわかりかねます」

「菅野刑部殿を殺したのは黒錘組です。さらに黒錘組が刑部殿を殺したのは、わたしの父の差し金だという噂《うわさ》があることを耳にしました。されば、黒錘組と父を憎んでおられるであろうと思ったしだいです」

「さようなことはわからぬと申し上げております」

新右衛門はにこやかな表情に戻って言った。

「わからぬはずはない。菅野殿はわが父への復讐《ふくしゅう》を企《たくら》んでおられるのであろう。父はその危険を察したゆえ、わたしを呼び戻し、黒錘組を味方につけようとしているのだ」

伊八郎の語気は鋭くなった。

「さて、さて、国東様は何か勘違いをなされているようだ。いまの話は聞かなかったことにいたしますゆえ、国東様もお忘れくだされ」

さりげなく新右衛門が言うと、伊八郎は、ははは、と笑った。

「なるほど、父がなかなかの出来物だということはある。決して尻尾《しっぽ》をつかませませんな」

「尻尾などもとからありませんからな」

伊八郎は苦笑して清吾を振り向いた。

「もはや、お暇《いとま》いたそう。しかし、その前に訊いておきたいことがある。お主、萱野殿を斬ることができるか」

いきなり問われて、清吾はあらためて新右衛門を見つめた。そして少し考えてから答えた。

「時と場合によっては」

伊八郎は顔をしかめた。

「どういうことだ」

「まともに立ち合ってもらえば斬ることはできる。しかし、萱野殿はさような隙《すき》を与えないおひとのようだ」

「なるほど、さようか」

　伊八郎は新右衛門に顔を向けた。

「ということのようでござる。今日のところはお暇いたしますが、わたしはひとの隙を突くのを得意としております。わたしの目と栗屋の剣があれば、菅野殿を斬ることはできましょう」

　新右衛門は何も答えず、辞去の挨拶を聞いただけのように微笑《ほほえ》んだ。


　七日後――

　伊八郎と清吾は筒井川沿いにある白木屋の別荘に向かった。伊八郎は武左衛門とともに行くつもりだったが、この日の朝になって、武左衛門は、

「わしは行かぬぞ」

　と言い出した。伊八郎が声を高くして、

「それは困りますぞ。山辺監物殿も姿を見せぬのに、父上まで来なければ、会合をどのように進めてよいかわからぬではありませんか」

　と詰め寄った。しかし、武左衛門はあっさりと言ってのけた。

「子供ではあるまいし、さようなことは何とでもなろう」

　伊八郎が二の句が継げずにいると、武左衛門は庭に出て片隅に置いてある棚の盆栽の手入れを始めた。

武左衛門の背中がそれ以上の話をするつもりはないと告げていた。やむなく、伊八郎は清吾とともに白木屋の別荘に向かったのだ。

すでに夕暮れとなっていた。

遠い山の端が夕日に赤く染まっているが、麓《ふもと》のあたりは黒く闇に沈んでいた。

歩くうちに筒井川が見えてきた。

薄暮の中、銀色の川面《かわも》があたりの暗い風景の中で浮かんでいた。しみじみともの悲しくなるような景色だった。

石がごろごろと転がる広い河原のすぐ近くに白木屋の別荘が見えた。

竹垣を周囲にめぐらせた広い屋敷で大身の藩士の屋敷に劣らない立派な造りであることが見て取れる。

「はたしてどれほど集まっておるかな」

伊八郎が歩きながら頼り無げに言った。

「まあ、菅野殿は来ているだろう」

清吾が慰めるように言うと、伊八郎は笑った。

「あの男は油断がならん敵だ。むしろ来ておらぬほうがこちらは助かるというものかもしれぬぞ」

「かもしれぬな」

清吾はそっと刀の鯉口《こいぐち》に指を添えた。近くの暗闇の中からいつ襲ってくる者があるかもしれぬと思った。

だが、別荘の入り口にたどりつくまで、何事もなかった。

伊八郎は中庭に通じる枝折戸《しおりど》のあたりの植え込みに目を遣《や》りながら、

「おい、家の中はえらく静まり返っているぞ。とても数十人がいそうにもないな」

と嘆くように言った。

「だからこそ、国東様はお見えにならなかったのだろう」

「ふむ、君子危うきに近寄らず、というわけか」

「そういうことだ」

清吾は言い捨てると玄関に立ち、

「お頼み申す」

と声を張り上げた。伊八郎は一歩下がって、あたりをうかがう。すると、奥から軽い足音がして女が出てきた。

女は式台に手をついて、

「お出でなさいませ」

と澄んだ声で言った。

清吾は女の顔を見てぎょっとした。

みつだった。

「そなたはどうしてここに」

清吾が上ずった声で言うと、みつはにこりとして答えた。

「ここは白木屋の別荘でございます。わたくしはお客様のお世話をいたすように言われて参ったのです」

「それで、いま、何人ほど来ているのだ」

清吾が訊くと、みつは何でもないことのように頭を振った。

「まだ、どなたもお見えではございません。おふたりが初めてでございます」

清吾と伊八郎は顔を見合わせた。ふたりだけとはどういうことなのか。あるいはふたりをここまで呼び寄せて斬ろうという企みがあるのだろうか。

伊八郎が眉根《まゆね》を寄せてつぶやいた。

「やはり、これは罠《わな》だ」

清吾は刀の鯉口を切って、まわりを見まわした。庭木や植え込みがあるばかりでひとの気配がないのが却《かえ》って不気味だった。

清吾ははっとした。

もし、この別荘で襲われたならば、伊八郎を守って斬り抜くだけではなく、みつもまた助けねばならない。

女人をかばいつつ、斬り合うのは至難の業だ。ひょっとしたら、みつは清吾の働きを封じるためにここに送り込まれたのかもしれない。

「おい、どうする」

伊八郎は当惑したように言った。だが、清吾にもどうしたらいいのかはわからない。

(これは危ういぞ)

清吾の額に汗が浮かんだ。

二十二

清吾と伊八郎はみつに案内されるまま奥の広間へと入った。刀は預けず、携えたままだ。

広間は縁側の障子が開け放たれ、中庭が見えた。黒い影になった庭木の向こうに夕日に赤く染まった川岸がわずかに見える。

広間にはすでに膳が二十数人分並べられているが、座っている者はひとりもいないだけに寒々としていた。

みつが、ただいま、お酒をお持ちいたします、と台所に下がると、伊八郎はどしどしと歩いて床の間を背にした真ん中に座った。

清吾がどこに座ったものかと思っていると、伊八郎は手招きした。

「おい、何をしている。ここに座れ」

伊八郎は左隣の席を指差した。

「そこは派閥のお偉方が座るところだろう」

「お偉方が来ればそうだが、どうせ誰も現れはせん。それなのにお主が離れたところに座ってもしかたがあるまい」

伊八郎はあきらめたような顔で言った。

「それもそうだな」

清吾はゆっくりと伊八郎の隣に座った。刀は傍らに置いた。みつが銚子《ちょうし》を盆にのせて持ってきた。伊八郎は、うなずいて、

「後は構わなくともいいぞ。ふたりでやるから」

とみつに言った。戸惑った顔をするみつに、清吾は、

「ここはいいから。台所にいてくれ、大きな物音がしても出てこなくともいい。隠れているのだ」

「何か危ないことがあるのでございますか」

みつがおびえた表情になると、伊八郎は大きく手を振った。

「心配いらん。今日はわしが派閥を引き継ぐ、めでたい日なのだ。危ないことなどあるはずもない。ただ酔漢が騒ぐかもしれぬので構わぬほうがいいと言っているのだ」

訝《いぶか》しげにしながらみつが広間を出ていくと伊八郎は酒器を手にした。

「まあ、一杯いけ」

清吾に杯を手にするよううながした。ちらりと清吾は伊八郎の顔を見た。

「少しは派閥の者を待ったがよくはないか。菅野新右衛門殿ぐらいは来るのではないか」

「来たときは酒どころではあるまい」

「どういうことだ」

「あの男が手引きするかどうかはわからぬが、いずれにしてもここでわしを襲う者がいるとすれば、菅野新右衛門が来たときであろうという気がする。そのとき、わしを助けようとするか、それとも斬《き》ろうとするかで、あの男の本性がわかるだろう」

「ふむ、おのれを餌《えさ》にして獣を捕《つか》えようという策か」

清吾は杯を手にして伊八郎が注ぐ酒を受けた。伊八郎は手酌で杯に酒を注ぎながら、

「虎穴に入らずんば虎児を得ずというからな」

「そうか、しかし、あれだな――」

「何だ」

「お主が国東様の家督を継ぎ、派閥も引き継いで家老になると聞いたときには、うらやましい話だと思ったが、かように危ない橋を渡らねばならぬとなると、さほどうらやましい話でもなかったな」

清吾はぐい、と酒をあおった。伊八郎は苦笑した。

「まあ、わしも少し話がうますぎるとは思ったが、これほど薄氷の上を渡らねばならぬとはな」

伊八郎はまた清吾の杯を酒で満たした。

「それに巻き込まれてここまで来たわたしはどうなるのだ。わたしはみつとの間に子が生《な》せればよかったのだ。道場の師範代として慎《つつ》ましく暮らしながら別家《べっけ》を立てることを考えたほうがよかったのかもしれぬ」

「また、それだ。お主は愚痴が多くていかん。町道場の師範代ぐらいで別家が立てられるものか。それよりは藩の剣術指南役となり、さらに町奉行か郡《こおり》奉行などの重い役目について子孫を栄えさせようという大きな気持が持てんのか」

清吾は杯を口に運んだ。

「大きな夢は破れやすい。それよりも目の前にある小さなものを大切にすべきだ」

「なんだ、それは説教か。つまらんな」

「つまろうが、つまるまいが、物の道理ではないか。現にわれらふたりはかような場所でおそらく襲ってくるであろう刺客を待っているのだぞ」

清吾はじろりと伊八郎を睨《にら》んだ。伊八郎はごほんと咳払《せきばら》いして目をそらした。

「まあ、いろいろ目算がはずれたことはたしかだがな」

「目算がはずれたなどというようなものではない。われらは、いま、目に見えぬ敵の罠に落ちたのだ」

「落ちた罠なら脱け出ることを考えろ。愚痴をいくら言っても、助かるわけではないのだぞ」

伊八郎はぐいと杯をあおった。清吾は顔を伊八郎に寄せて声をひそめた。

「助かる道があるのか」

伊八郎はぐっと顔を清吾に突きつけ、あっさりと言った。

「わからん」

わからんとは何事だ、と清吾が声を高くしようとしたとき、みつが広間に入ってきて跪《ひざまず》いた。

「お連れの方がお見えでございます」

みつに続いて入ってきた男を見て清吾と伊八郎はぎょっとした。

「花田殿――」

清吾がうめくように言った。

広間に入ってきた男は花田昇平だった。清吾はとっさに刀を引き寄せ、鯉口を切った。その様子を見ながら昇平はゆったりと末席に座った。

昇平を見た清吾と伊八郎が気色ばむのに驚きながらみつは広間を出ていった。昇平に酒を運ぶためだろう。

清吾は刀を手にしたまま言った。

「今宵《こよい》は山辺監物様の派閥が国東殿に引き継がれる集まりと聞いております。三岡派である花田殿が何ゆえ参られたのですか」

昇平は伊八郎に向かって軽く頭を下げた。

「それはおめでたいことでござる。それがしは招かれたゆえ、参ったしだいでございます。他意はありませんので、ご安心ください」

伊八郎は鼻で笑って問うた。

「安心しろと言われても素直には受け取れませんな。今宵、お招きいたしたのは山辺殿でござるか」

「いえ、国東武左衛門様でございます」

「なんと」

伊八郎は口をあんぐりと開けた。清吾が身を乗り出して訊《き》いた。

「それはいかなることでございましょうか」

「さて、いかなるわけがあるのかそれがしも存じ申さぬ。ただ、白木屋の別荘にて何が起きるかを見届けて欲しいと頼まれましたので」

昇平は淡々と答える。伊八郎は杯の酒を飲み干してから昇平を睨み据えた。

「花田殿がここに参られること、三岡殿はご承知か」

「いえ、わたくしは三岡様の派閥に属していますが、自分がどこに行こうがいちいちお指図を仰ぎはいたしません」

「では、三岡派が放ったそれがしへの刺客ではないということですな」

たしかめるように伊八郎が言うと、昇平は首をかしげて伊八郎を見つめ返した。

「もし、そうであるなら、いまごろ国東様の首は胴を離れておりましょう」

「なるほど、さようであろうな」

伊八郎はぞっとしたような顔で首筋をなでた。清吾が刀を置きながら、

「花田殿はわたしが控えておることをお忘れですか。それほどたやすく伊八郎の首を取らせはいたしませんぞ」

と言い放った。

昇平は目をそらせて薄い笑いを浮かべた。そのとき、みつがもうひとりの女中とともに、それぞれ銚子をのせた盆を捧《ささ》げ持って入ってきた。

「お連れ様がお見えでございます」盆を置いて跪いたみつが言った。みつの言葉に応じるように、菅野新右衛門が入ってきた。

新右衛門は広間ががらんとして床の間を背に伊八郎と清吾が座っているのを見て、わざとらしく、

「これは何としたこと」

と声をあげて驚いた表情をして見せた。そして末席に昇平が座っているのに気づくと、眉をひそめ怪訝《けげん》な顔になった。

みつともうひとりの女中は銚子を膳にのせると広間を出ていった。

伊八郎は胸をそらせて、

「おお、菅野殿、よくぞ参られた。まずはこちらに――」

と自分の右隣を示した。

新右衛門は少し考えてから、

「お歴々がお見えになるかどうかわかりませんな」

とつぶやいて、伊八郎の隣に座った。新右衛門も刀を手放さずに座り、そっと自分の左に置いた。

武士はひとと向かい合ったとき、抜き打ちに斬りつけることがないという証《あかし》に刀を右

側に置く。だが、新右衛門は左側に置いて、殺気を隠さなかった。

伊八郎はじろりと新右衛門を見てから酒器を手にすると、

「まずは一献——」

と酌をしようとした。しかし、新右衛門は杯を取ろうとはしない。

「酒を頂戴《ちょうだい》いたす前におうかがいいたしたいことがございます。よろしいでしょうか」

突きつけるような新右衛門の言い方に伊八郎は鼻白んで酒器を置いた。

「何でござろうか」

新右衛門はあらためて座敷を見まわしてから言った。

「今夜の様はいかがなされた」

「何のことだ」

伊八郎がむっとして睨んだが、新右衛門は平気な顔で話を続けた。

「今宵は国東様が派閥を引き継がれる大事な会合ではござらぬか。それなのに、かようにひとが集まらぬとは無様でござる」

「それは——」

伊八郎は反論しかけたが、何も言えず不快そうに口をつぐんだ。新右衛門はそんな伊八郎をひややかに見つめて、

「国東様が派閥を率いる力がないことがこの会合で明らかになったのでござる。されば

潔く、身を退《ひ》かれて派閥はいままで通り山辺様にお預けになったほうがよろしゅうございます」

「ほう、わしに退けと言われるのか」

伊八郎は苦い顔になった。新右衛門はなだめるような笑顔になった。

「何もすべてが終わったというわけではござらん。国東様が重いお役について、十年ほどいたせば、派閥を率いるにふさわしいご器量を身につけられよう。それまで、研鑽《けんさん》を積まれてはいかがかと存じます」

「十年もか」

閉口したように伊八郎は顔をしかめた。

「十年と申してもあっという間でございます。国東様はまだ、お若いのですから、焦ることはありますまい」

新右衛門がなおも諭すと、伊八郎は不意にからっと笑った。

「なるほど、そうやってわしに派閥を握らせず、その間におのれが派閥を引き継いで家老職にまで上ろうという魂胆か」

新右衛門の目がつめたく光った。

「それは邪推というものでござる」

「何が邪推だ」

伊八郎は険悪な表情で新右衛門を脅すように睨み据えた。

はっはっと新右衛門は笑い声を上げた。

「せっかく親切に助け船を出してやったのに、さように勘ぐられてはいたしかたありませんな」

新右衛門は刀に手をかけた。同時に清吾が伊八郎の背後にまわり片膝を立てて抜き打ちの姿勢を見せた。

新右衛門は刀を手にゆるやかに立ち上がる。その瞬間、清吾が刀を抜き放って新右衛門の首筋にあてた。

表情を強張《こわば》らせて新右衛門はうめいた。

「何をする。席を立とうとしただけの者に刃《やいば》を向けるとは無法だぞ」

「席を立つだけなら、かようなことはせぬ。だが、どうやら中庭にひそむ曲者《くせもの》がいるようだ。立ち上がったのは、その者たちに合図するつもりだろう」

清吾は落ち着いて言った。

「だとしたらどうする」

新右衛門は目を鋭くした。

「このまま、縁側に出てもらおうか。そして中庭にひそむ者たちに引き揚げるよう命じてもらおう」

清吾は新右衛門の背を押して縁側に向かうようにうながした。やむなく新右衛門は縁側に向かった。

新右衛門の首にぴたりと刃をつけて進む清吾の動きを昇平が、杯を口に運びながらじっと見つめている。

二十三

新右衛門は縁側に立って、

「庭にひそんだ者、出てまいれ」

とひと声かけると同時に、清吾に斬りつける暇を与えずくるりととんぼを切って庭に降り立った。

頭巾《ずきん》をかぶった武士たちが庭木の陰から縁側に駆け寄ってくる。

「しまった」

清吾がうめいたときには、新右衛門はするすると庭の暗がりに駆けこんで、

「それがしは失礼いたす。後は勝手にされよ」

と嘲《あざけ》るように言った。

「おのれ――」

清吾は刀を構えると、背後の伊八郎に向かって叫んだ。

「相手は六人。わたしが防ぐから逃げてくれ」

伊八郎は立ち上がると、迷うことなく、

――おう
と答えて玄関に向かおうとした。だが、そのときには、廊下から足音がして三人の頭巾をかぶった武士が広間に乱入してきた。

伊八郎は刀を抜き放って清吾を振り向かずに言った。

「三人増えたぞ。逃げ道を塞《ふさ》がれた」

「ならばやむを得ぬな」

清吾はすっと庭に降り立った。正眼の構えだ。

「おい、どうするのだ」

伊八郎があわてて言った。

「おたがい、斬り破って逃げる。それだけだ」

清吾が言い放ったとき、ひとりが斬りかかってきた。清吾は身を沈めて相手の胴を薙《な》いだ。武士は音を立てて地面に転がった。

伊八郎が下段に構えて口を開いた。

「清吾、ここは町人の別荘だ。死人が出ては後始末が厄介ゆえ、殺すなよ」

「心得ている」

清吾に斬られた武士は地面に倒れてうめいていたが、死んではいなかった。清吾がさらに間合いを詰めると頭巾の武士たちはじりっと退いた。

清吾は、

——おうりゃ
と気合いを発して斬り込んだ。

武士たちが応じて白刃が撃ち合う凄《すさ》まじい音が響いた。清吾はひとりの斬り込みをはずすと相手の太腿《ふともも》に斬りつけた。武士がうめいて地響きを立てて倒れる。

続けざまにふたりが両脇から清吾を襲った。清吾はゆらりとかわしてひとりの肩先に斬りつけ、もうひとりの脇腹を裂いた。

ふたりはそれぞれうめいて地面に片膝を突いた。わずかな間に四人を斬りたおした清吾の動きを座敷の昇平が冷徹な目で見つめている。

この間に伊八郎も斬り結んでひとりを倒していた。だが、ふたりにかかられるとじわじわと床の間に追い詰められていく。

「清吾、こいつらなかなか使うぞ」

伊八郎が怒鳴ると、清吾は振り向かずに、

「自分で何とかしのいでくれ。こっちを片付けたら助けに行く」

と叫んだ。

「おう――」

伊八郎が答える。

ひとりが伊八郎に斬りつけて鍔迫《つばぜ》り合いになった。そのとき、きゃあ、という女の悲鳴が上がった。

伊八郎が見ると、みつが頭巾の武士に捕えられていた。

みつは広間での物音が心配になって様子を見に来たのだ。武士は女中が斬り合いの邪魔になると思ったのか、みつを畳に倒し、のどもとに刀を擬《ぎ》した。

「清吾、みつ殿が危ない」

みつが武士から逃れようともがく様を見た伊八郎が大声を発した。

「なに――」

清吾は武士の斬り込みを防ぎつつ座敷に目を遣《や》った。みつが頭巾の武士に捕えられ刀をのどもとに突きつけられている。

「何をするか。みつを放せ」

清吾が怒鳴ると、向かい合っていた武士が声をあげた。

「その女、こ奴《やつ》と関わりがあるぞ。人質にいたすゆえ、こちらに連れてこい」

みつを捕えていた武士が、

――おう
と答えてみつを立たせようとする。みつがもがくと平手で頬《ほお》をなぐった。みつがうめくと武士は帯に手をかけて、そのまま引きずろうとした。

「おのれ、卑怯《ひきよう》な」

清吾は叫んだが目の前にふたりが立ちふさがるだけに動けない。清吾は昇平に向かって声を上げた。

「花田殿、武士の情でござる。その女子《おなご》はそれがしの大事な女房にござる。頼み申す、お助けくだされ」

なおも座り続けていた昇平は清吾から声をかけられ、一瞬、戸惑った表情になったが、すぐに、

「承知した」

とひと声発した。その時には、抜く手も見せずに抜刀すると、武士に斬りつけた。武士は背中を斬られて弾《はじ》かれたように縁側に転がり、さらに庭へ転落した。

昇平はみつを抱え起こすと背にしてかばった。刀を手に武士たちを見据える。

「かたじけない」

清吾は勇躍して、前のふたりに斬りかかった。人質を取りそこねたことに動揺したのか、ふたりは清吾の剣に圧《お》された。

斬り結ぶうちに不利を覚ったらしく、ひとりの武士が、

「退け――」

と叫んだ。その声を待ちかねたように、伊八郎と戦っていた武士も縁側に退き、庭に飛び降りた。

そのときには、庭のふたりは暗がりに駆けこんでいた。最後のひとりもあわてて後を追う。

庭と座敷には合わせて六人の血まみれの武士が倒れ、うめいていた。

伊八郎は刀を手にしたまま、座敷に倒れた男の傍らに片膝をついた。

「こ奴ら、山辺派の者だな。顔をあらためてやる」

伊八郎が頭巾に手をかけようとしたとき、

「待て、面体《めんてい》をあらためてはならぬ」

という声がした。見ると廊下に国東武左衛門が立っていた。武左衛門の後ろには、山辺監物や派閥の幹部ら数人がいた。

伊八郎はゆっくりと立ち上がり、

「父上、これはいかなることだ」

と吠《ほ》えるように言った。

武左衛門は手を上げて、伊八郎を制した。

「仔細《しさい》は後で話す。まずはこの者たちを手当して去らせることだ」

庭の清吾が声を高くした。

「それはあまりでございましょう。この者たちはたったいま、伊八郎殿を殺《あや》めようとしたのですぞ」

だが、武左衛門は平然として、派閥の者たちに、

「さっさといたせ」

と命じただけだった。

伊八郎と清吾が憤懣《ふんまん》やるかたない表情で見守るうちに、斬られた男たちは白木屋の使用人たちも手伝って、手当をされたうえで、雨戸などに乗せられ運ばれていった。

その間、武左衛門は床の間を背に座ると、みつに向かって、

「酒を持って参れ。間もなく人数がそろう」

と言いつけた。青ざめていたみつはあわてて、かしこまりました、と言って台所へ向かった。

昇平は刀を鞘《さや》に納め、武左衛門の前で片膝をついて、

「国東様、それがしはこれにて」

と頭を下げた。武左衛門はにこりとして、

「面倒をおかけした」

とねぎらった。広間から出ていこうとする昇平に清吾は庭から駆け上がって、追いすがった。

「花田殿、ただいまはみつをお助けくださり、まことにありがたく存じます。このご恩は忘れません」

と頭を下げた。昇平は笑って答えた。

「わたしと栗屋殿とはいずれ剣をとって戦わねばならぬ身でござる。それゆえ、恩などは忘れてもらったほうがありがたい。それにわたしがお内儀を助けたのは、栗屋殿の言葉を面白いと思ったからでござる」

「わたしの言葉が面白かったと言われますか」

清吾が首をひねると、昇平は笑って告げた。

「さよう、栗屋殿は大事な女房と言われた。武士たるものが、おのれの妻を大事であるなどと抜け抜け言うのをわたしは初めて耳にいたした。わたしの従妹《いとこ》の小萩が栗屋殿に魅かれたわけがわかり申した」

昇平は軽く頭を下げて広間を出ようとした。昇平とすれ違うように酒器を盆にのせたみつが戻ってきた。

昇平が去ろうとしているのを見て、みつは、申し訳ございませんでした、ありがとうございました、と何度も頭を下げた。

昇平は微笑しただけで背を向けると玄関に向かった。

清吾は大きくため息をついた。

もし、昇平と立ち合うことになったとき、自分は勝てるのだろうか、と心もとない気がした。

武左衛門が手酌で酒器を傾けて酒を飲むうちに、派閥の者たちがしだいに別荘に集まってきた。

皆、畳が血に染まっているのを見てぎょっとしたが、素知らぬ顔で席についた。

いつの間にか武左衛門が中央に座り、両脇に伊八郎と山辺監物が控え、清吾ははるか末席に座った。

ほぼ、席が埋まったころ、武左衛門は杯を膳に置いて話し始めた。

「今夜は危うく、伊八郎が何者かの手にかかって殺されるところであったが、無事であった。まずはめでたいと言うべきであろうな」

隣の伊八郎が、ごほん、と咳払いした。

「父上、それがし、何とか斬り抜けましたが、別にめでたいとは思っておりませんぞ。

それに襲った者を何者かなどと仰せでしたが、山辺監物殿の手の者に決まっておるではありませんか」

伊八郎が決めつけて言うと、監物は蒼白《そうはく》になった。

「いや、違うな。あの者たちはたしかにこの派閥に属してはおろうが、ひそかに菅野新右衛門が手なずけた者たちだ」

監物は愕然《がくぜん》となって武左衛門を振り向いた。

「それはまことでございますか」

「嘘《うそ》を言ってどうなる。新右衛門は、父である菅野刑部が黒錘組《くろおもりぐみ》に殺《あや》められたのはわしの差し金だと思い、そのために家禄を削られ、不遇の身に落ちたと恨んでおったようだ。それでわしが監物に譲った派閥に入り、虎視《こし》眈々《たんたん》と復讐《ふくしゅう》の機会をうかがっておったのだ」

武左衛門は苦々しげに言った。伊八郎が眉をひそめて訊《き》いた。

「菅野は何を狙っておったというのですか」

「いずれ派閥を乗っ取ったうえで、わしが家老であったころのことを咎《とが》め、腹を切らせるつもりだったのだろう。その前にまず、わしの息子の彦右衛門を毒殺いたしおった」

「なんですと」

伊八郎は息を呑《の》んだ。武左衛門は伊八郎を哀れむように見た。

「そなたはしほという女中に毒を仕込まれながら、あの者の言うことを真に受けて逃がしてやったようだな。何というお人よしだ。さようにひとを見る目がなくては家老は務まるまいなあ」

「まさか、信じられませぬ。あの女中は兄上に想《おも》いを寄せておりましたぞ」

「だからといって毒を飼わぬとは限るまい。おのれが命じられたことを果たしたが、それでも想いが残って、そなたに毒を飼ったのであろう」

「さようなことが――」

伊八郎は末席の清吾に顔を向けた。清吾も膝を乗り出して声を発した。

「国東様の仰せではございますが、それがしも信じられませぬ」

武左衛門は蔑《さげす》んだ目で清吾を見ると、頭《かぶり》を振って、

――阿呆《あほう》め
とつぶやいた。そして、一同を見回しながら言った。

「これは黒錘組が調べて、わしに報《しら》せたことだ。それゆえ、わしは伊八郎を呼び戻して家督を継がせ、派閥も引き渡すことにした。なぜなら、新右衛門はわしだけでなく、派閥の者すべてに祟《たた》ろうとしていた。奴はすでに三岡政右衛門と手を組んでおる。この派閥をつぶすことと引き換えにいずれ三岡の派閥を譲ってもらう約定を交わしているようだ。そうして、あの男はこの藩を一手に握ろうとしている」

武左衛門の言葉を聞いて監物が、がくりと肩を落とした。

「気づきませなんだ」

武左衛門はにやりと笑った。

「そなたは、うまうまと新右衛門に操られたのだ。今宵の会合にしても、そなたは皆がそろって出ぬようにして伊八郎に恥をかかせ、派閥を継げぬようにしようと企《たくら》んだのであろう。新右衛門はそこにつけ込んでおのれの手の者に伊八郎を殺させ、その罪をそなたになすりつけようと企んだのだ」

伊八郎が、うーむ、とうなり声をあげた。武左衛門はちらりと伊八郎を見た。

「どうした。得心がいかぬか」

「いや、すべてがわかり申した。されど、ということは、父上はわたしが襲われると睨んでおられたわけですな」

「そうだ。頃合いを見て、監物たちとともに参り、新右衛門の企みを暴いたというわけだ」

「ですが、菅野の手の者によってそれがしが討たれておったらどうされたのですか」

伊八郎は恨みがましく言った。武左衛門は甲高い声で笑った。

「つまらぬことを申すな。そなたは生き延びたではないか。これから家老となり、派閥を率いるということはかような修羅場を何度となくくぐることになるのだ。さような生ぬるい根性でしのげるほど甘くはないのだ」

武左衛門はあっさり言ってのけた後、

「それではただいまより、派閥の引き継ぎを行ってもらう。皆、これから派閥を束ねる伊八郎を一度は裏切ったのだ。二度裏切ればもはや命はない、と心得よ」

武左衛門の秋霜烈日の厳しい言葉に監物始め、居並んだ者たちは粛然となった。

伊八郎ひとりだけが釈然としない顔つきで腕を組んでいる。

二十四

数日後、清吾と伊八郎は城下から離れた山の麓《ふもと》の村里を小萩の案内で訪れた。

しほが彦右衛門に毒を盛ったという話が信じられない伊八郎と清吾は、黒錘組に真相を問い質《ただ》しに行った。すると、小萩は微笑《ほほえ》んで、

「それならば、しほという女子に直《じか》に訊くのがよろしゅうございます」

と言って、いま、しほがいる場所に案内すると言い出したのだ。

よく晴れた日だった。

村里に入り、田畑の間をたどっていくと、やがて杉林に続く道に出た。昼間でも薄暗い杉林を抜けると、小さな寺があるのが見えた。

屋根に草が生え、築地塀《ついじべい》も崩れかけて辛うじて門が残っているだけの寺だった。

先に門をくぐって案内を請うた小萩はやがて戻って、

「庵主様がお会いになるそうでございます」

と告げた。

清吾と伊八郎が本堂にあがり、阿弥陀如来《あみだにょらい》像と相対しながら待った。小萩は縁側に控えている。

しばらくして、墨染めの衣の尼僧が現れた。尼僧の顔を見て、伊八郎は目を剝いた。

「そなたは――」

尼僧はしほだった。しほは頭を下げて、

「仏門に入り、湖蓮《これん》と申しております」

と言った。伊八郎はうなずいた。

「湖蓮尼殿か、今日はちとうかがいたいことがあって参った。おそらくおわかりでござろうが」

「わたくしの罪業のことかと存じます」

目を閉じてしほは答えた。

「では、そなたがわしの兄である彦右衛門殿に毒を飼ったというのはまことか」

「まことでございます」

しほはためらわずに答えた。伊八郎がほう、とため息をついて黙り込むと、清吾が口を開いた。

「では、彦右衛門様の想い者であったというのは偽りなのだな」

しほは目を見開いた。涙があふれそうになっている。

「いいえ、お信じになられないでしょうけれども、まことのことでございます。何より、わたしは彦右衛門様をお慕いいたしておりました」

清吾は頭を振った。

「慕っている相手に毒を盛る者はいないでしょう」

「いいえ、わたくしは彦右衛門様とさような間柄になる前にすでに毒を盛っていたのです」

伊八郎がかっとなって言葉を荒げた。

「なんだと。どういうことだ」

しほはうつむいて話し始めた。

わたしは母こそ違いますが、菅野新右衛門様の妹でございます。

とは申しましても、わたしの母は菅野家に仕える女中でしたから、菅野様の血を引く娘ではありましても、生まれたときから奉公人とさして変わらない扱いでございました。父上が不慮の亡くなられ方をすると、わたしの母はすぐに暇を出され、わたしを連れて実家である村の農家に戻りました。

母はわたしを育てるため田畑で働いておりましたが、もともと体が強いほうではなく、わたしが十三歳のときに病で亡くなってしまいました。

そうなると、わたしは実家の厄介者でした。すぐに城下の呉服問屋に奉公に出されたのです。

生きていくために懸命に働きましたが、両親がなく身内と呼べるひともいないことがとても寂しいと思っておりました。

ところが三年前、わたしを新右衛門様が訪ねてこられたのです。わたしは幼いころこそ菅野家にいましたが、新右衛門様と顔を合わせるようなことはなく、兄がいるらしいとぼんやり知っていただけでした。

それなのに、新右衛門様はわたしの兄だと名のられ、苦労をかけてすまなかった、と言ってお屋敷に引き取ってくださったのです。

わたしは天にも昇る心地《ここち》でした。

もう肉親はいないと思っていたのに、突然、お武家様の屋敷に引き取られたのですからこれほど嬉《うれ》しいことはありませんでした。

それから兄はわたしに読み書きや行儀作法を教えてくれました。それは武家の娘として恥ずかしくないようにしてやろうという兄の思い遣《や》りだと思っていました。

ところが、一年ほど過ぎたとき、兄はわたしに、あることを命じたのです。

それは国東家に女中奉公に上がることでした。なぜ、そのようなことをしなければならないのか、と問いますと、兄は、

「国東武左衛門は父の仇《かたき》だ。わたしとそなたで父の仇を討つのだ」

と言ったのです。わたしはそのとき初めて、父上が殺され、その死には国東武左衛門様が関わっているのだと知りました。

わたしは兄に言われて、父の仇を討ちたいと思いました。それで、国東家への女中奉公を承知したのです。兄は城下の口入屋《くちいれや》に手をまわして、わたしを百姓の娘だという触れ込みで国東様のもとに送り込みました。

兄は国東様の屋敷で知ったことを大小もらさず話すように、わたしに言いつけました。

わたしはいつもお屋敷で兄に報せるようなことはないかと探っておりました。

わたしは家督を継がれた彦右衛門様付きの女中になったことから、彦右衛門様が体がお弱いことを知って兄に報せました。

すると、兄はわたしをこっそり呼び出して、白い紙包みを渡して、彦右衛門様の食事

に混ぜるように言ったのです。わたしは恐《こわ》くなって、これは何の薬かと訊きました。すると兄は、

「これを飲むと塞ぎこんで何もしたくなくなるのだ。国東彦右衛門がお役目を務められなくなれば、国東家の力は無くなる。それが、わたしたちの仇討ちだ」

と言ったのです。

わたしは兄の言葉を信じました。それからは少しずつ彦右衛門様の食事に薬を混ぜたのです。しばらくそれを続けると彦右衛門様はしだいに瘦《や》せ、元気を失われていきました。このままでは亡くなってしまうのではないかとわたしは段々不安になってきました。

それというのもわたしは彦右衛門様にやさしくしていただき、しだいにお慕いする気持になっていたからです。

彦右衛門様は病弱でしたが、心が美しくおやさしい方でした。

わたしになにくれとなく声をかけ、子供のころや何かの他愛《たわい》のない話に耳を傾けてくださいました。

わたしはこれほどひとの心がわかり、慈しみ深く接してくださる方と会ったことがありませんでした。

その方がしだいに瘦せ細られていくのを見てわたしはたまらなくなりました。

もうこれ以上、彦右衛門様に薬を飲ませることはできない、と思ったわたしはこっそ

り屋敷を脱け出して兄にそう告げました。ところが、兄は笑って、

「いまさら何を言うのだ。もう遅い」

と言ったのです。わたしは何のことかわからず、訊き返しました。

「何が遅いというのですか」

兄は気味の悪い笑いを浮かべて答えました。

「あれは命を奪う毒なのだ。いままで飲ませたからにはもはや助からない。後は苦しみながら死ぬだけだ。もし苦しまずに死なせたければ、残りを一度に飲ませることだな。助けようと思ってももはや手遅れだからな」

兄の言葉でわたしは恐ろしいことをしてしまったのだ、と知りました。そのことを詰《なじ》ると兄は、せせら笑いました。

「身分卑しい女中の子のお前を引き取ってやったのは何のためだと思う。わたしの仇討ちを助けさせるためではないか。恩を感じるなら残りの毒を彦右衛門に飲ませてこい」

兄がつめたく、酷《ひど》いひとだということをわたしはこのとき初めて知りました。

お屋敷に戻ったわたしはその夜、女中部屋で泣き明かしました。

翌朝、真っ赤な目をしたわたしを見て、彦右衛門様はどうしたのか、とお訊《たず》ねになりました。

わたしは何でもありません、と答えました。

彦右衛門様に悲しい思いをさせたくはありませんでしたから。わたしはその場を離れて女中部屋に戻ると紙包みを取り出して中の毒を飲もうとしました。

いっそ、このまま死んでしまおうと思ったのです。

ところが、いつの間にか女中部屋に入ってきていた彦右衛門様がわたしの手を押さえられました。驚いて泣き出したわたしから彦右衛門様はすべてを訊き出されました。そして、わたしの肩に手を置かれて、

「しほは随分と苦しんだんだね。もうこれ以上、苦しまなくともよいのだよ」

とおっしゃってくださいました。それからわたしはお医者に毒のことを話して毒消しのお薬をもらってください、とお願いしたのですが、彦右衛門様は、

「自分の体のことは自分でわかるものだよ」

とおっしゃるばかりで、お医者様に話そうとはされませんでした。

わたしをかばってくださるのだと思って、かばうのはおやめください、と申し上げたのですが、彦右衛門様は笑うばかりでした。

あるとき、わたしがお側《そば》で看病していると、彦右衛門様はぽつりとおっしゃいました。

「わたしは病勝ちで父上のお役に立つことができなかった。菅野新右衛門の恨みを父上に代わって引き受けることができれば、本望だよ。それにわたしはしほをかばいたいのだ。しほをかばえることがとても幸せなのだから」

わたしは彦右衛門様のお気持ちが嬉しく、涙が止まりませんでした。わたしの彦右衛門様への想いもはっきりとわかりました。

わたしは彦右衛門様を看病して、もし彦右衛門様が亡くなられるようなことがあったら、毒を飲んで後を追おうと思いました。

彦右衛門様はその後もしだいに衰えて、やがて痛みが続くようになり、夜も寝ることができないようになられたのです。

そして、ある夜、わたしに、囁《ささや》くように言われました。

「あの薬の残りを持ってきなさい」

「薬をどうされるのですか」

「菅野新右衛門は残りを一度に飲めば苦しまずにあの世へ逝けると言ったのだろう。どうやらそのときが来たようだ」

「そんなことはいけません」

「いや、持ってきなさい」

彦右衛門様に強く言われて、とうとうわたしは紙包みを持っていきました。わたしは震える手で紙包みを差し出しました。

彦右衛門様はあえぎながら体を起こして、にっこりとわたしに笑いかけられて、茶碗《ちゃわん》の水で毒を一気に飲まれました。そして横になると、

「毒を全部飲んだから、もうこれでしほはわたしが死んだ後を追ったりできないだろう。しほは生きておくれ。きっといいことがあるから」

と言い残されてお休みになられたのです。

彦右衛門様はそのままお亡くなりになられました。でもわたしは最後に彦右衛門様に嘘をついてしまいました。あの毒はわたしの分をまだ取っておいたのです。

後を追い、あの世でお叱《しか》りを受けよう、とわたしは思っていました。ですが、彦右衛門様のご葬儀が終わった後、わたしは耳にしたのです。

伊八郎様とおっしゃる隠し子がいらして、彦右衛門様に代わって家督を継ぐのだと。

それを聞いたとき、わたしは、

——許せない

と思いました。

しほが話し終えると、伊八郎はため息をついた。

「それで、わしに毒を盛ったというわけか」

「さようです。あのおりわたしが申したのは、まことの想いでございました」

しほは淡々と言った。

伊八郎はうなずいて、

「わかった。辛《つら》い昔話をさせて申し訳なかった」

と言いながら立ち上がった。

しほは手をついて頭を下げた。

「仏門には入りましたなれど、罪が消えるとはゆめ思っておりません。なにとぞご成敗くださいませ」

伊八郎はしほにやさしげな目を向けた。

「尼殿に何の罪があろう。もしも尼殿を斬るようなことをすれば草場の陰で兄上がどれほど悲しまれ、お怒りになるかわからん。わしにはとてもできぬことだ」

言い残して伊八郎はすたすたと本堂を出ていった。

清吾と小萩が後についていく。

寺の門をくぐり、しばらく歩いたところで伊八郎は立ち止まって空を見上げた。

「しほという娘はわしとよく似た境涯だな」

清吾は伊八郎の背に声をかけた。

「そうかもしれんな」

「日陰の子として生まれ、肉親との縁薄く生き、しかも誰かのために利用されようとしておる」

伊八郎の声には苦々しいものがあった。

「それゆえ、しほ殿を咎めることができなかったのか」

清吾はしみじみと言った。

「咎めるだと。わしが咎めたいのは菅野新右衛門だ」

「そうか」

「ひょっとすると、まことにあ奴の父を武左衛門が黒錘組に殺させたのかもしれぬ。だとすれば、仇として狙う理があるだろう。しかし、おのれの腹違いの妹を使ったやり方はわしは好かんし、許せぬ」

伊八郎は腹立たしげに言う。清吾は伊八郎にならって空を見上げた。

「それはわたしも同じだ」

伊八郎は清吾を振り向いた。

「今度、菅野新右衛門とぶつかったときは、わしが新右衛門を斬る。そう心得ておいてくれ」

「わかった。任せよう」

清吾がきっぱり答えると、伊八郎はにやりと笑って背を向けた。

肩をそびやかすようにして前を歩く伊八郎の背中を清吾は生真面目《きまじめ》な表情で見つめてついていく。

そんなふたりの後ろを歩む小萩の顔には微笑が浮かんでいた。

二十五

清吾は白木屋の別荘で菅野新右衛門の策略で襲われたとき、別荘にいたみつを屋敷に連れ戻したいと思った。しかし、みつは、

「わたくしは借金の形《かた》ですから」

と言って白木屋へ戻っていった。清吾は不安を感じたが、みつは、

「国東伊八郎様が家老になられるのは、もう間もなくのことでございましょう。そうなればわたくしも白木屋から戻れると思います」

とけなげに言った。

清吾はしかたなく伊八郎が家老になる日を待つことにしたが、その日は思いがけず、早く訪れることになった。

媛野藩では家老に就任する前に執政会議で試問を行い、そのうえで藩主に新たな家老として推すのが習わしだった。試問を十日後に行うと、国東屋敷を訪れた使番《つかいばん》からの伝達を伊八郎とともに広間で聞いた武左衛門は使番が去った後、苦笑した。

「試問は来年のことと思っていたが、三岡め、わが方の派閥が固まらぬうちにつぶしておこう、と勝負を急いだな」

「とはいえ、早く家老になれるのであれば、わたしはありがたいですぞ」

伊八郎が嬉しげに言うと、武左衛門は顔をしかめた。

「何を呑気なことを言っておる。三岡が仕掛けてきたのは、そなたをつぶす目算が立ったのだ。おそらく菅野が知恵をつけたのだろう」

「菅野が？」

伊八郎が緊張した顔になると、武左衛門は、待っておれ、と言い置いて居室に行き、広間に戻ってきたときには、書類と数冊の帳簿らしいものを手にしていた。

武左衛門は座ってから、書類と帳簿を伊八郎の膝前にどさりと置いた。

「これは何でございますか」

伊八郎が訝《いぶか》しげに訊《き》くと、武左衛門は平然と答えた。

「わしが家老を務めておったときに、受け取った賄賂《わいろ》の額、賂《まいない》をした商人の名前、さらに受け取った金の使い道が書いてある」

「なんと」

伊八郎は目を丸くした。

「おそらく、菅野はこれと同じものを手に入れたのであろう。わしが賂を受け取っていたことを試問のおりにあばいて、そなたの家老への登用を邪魔するだけでなく、わしに腹を切らせようと目論《もくろ》んでおるに違いない」

武左衛門は淡々と話した。

「なぜ、このような記録を残しておったのでございますか。賂など跡が残らぬようにしておくのが当たり前ではありませんか」

伊八郎が驚いて言うと武左衛門は鼻で笑った。

「それは素人《しろうと》考えというものだ。賄賂というものは、誰が贈り、誰がどのようにして受け取り、どう使ったかまではっきりさせておかねば、後々障るのだ」

「なぜでございます」

「なるほど、商人から内々で金をもらえば、賄賂には違いないが、わしはそのような金を一文たりとも自分の懐に入れたことはない。すべて派閥のために使い、それによってわしの目指す政《まつりごと》に家中の者たちを賛同させ、御家のためになさねばならぬ政を行ってきたのだ。これらの書類はその証《あかし》となるものだ」

「なるほど、一理ありますな」

伊八郎はあごをなでながらつぶやいた。武左衛門は伊八郎の言うことなど歯牙《しが》にもかけぬ様子で言葉を継いだ。

「それに賂を贈ってきた商人の名を記しておくのは、口封じのためでもある。もし、このことが発覚すれば、わしも腹を切らねばならぬが、贈った商人たちもことごとく闕所《けっしょ》となり、遠島ぐらいの罰は受けよう」

武左衛門の言ったことをしばらく吟味するように考えていた伊八郎が口を開いた。

「さようなことであれば三岡派がこれらの書類と同じものを手に入れたとしても、さほど恐れるに足らぬでしょう。三岡様とて、同じようなことをしているのでしょうから」

「まあ、そうだが、菅野はこれを使ってわしに止《とど》めを刺す工夫をいたしたのであろう」

武左衛門は言った。

「しかし、家老であれば、これぐらいのことは許されるはずでござる。そうつっぱねるだけのことです」

「そうはいくまい。ここに書かれていることだけなら、それでよいが、菅野は書かれていないことに気づいたのであろう」

伊八郎は息を呑んだ。

「書かれていないこととは何です」

「わしには見当がついているが、そなたには教えぬ。これらの書類を見て、とっくりと考えるがよい。菅野が何に気づいたのか、わからぬようなら執政会議での試問を乗り越えることなど到底、無理だからな」

突き放すように言われて、伊八郎はううむ、とうなった。武左衛門は、立ち上がり、

「試問まではまだ十日ある。無い知恵を絞ってみることだな」

と言い捨てた。

伊八郎が憮然《ぶぜん》としていると、広間を出ていこうとした武左衛門が振り向いた。

「試問をただの評定の場と思わぬがよいぞ。政争に敗れた者を下城させず、城内で討ち取ってしまうのは、こうした場合の常道だ」

「城内で討ち取るとは乱暴ではありませんか」

眉をひそめた伊八郎に向かって、武左衛門はつめたく言い放った。

「屋敷に戻せば家士がおって、主人を守ろうとするゆえ、騒ぎが大きくなる。城内ならば急病で死んだことにしてすべてを闇に葬れるのだ」

「なるほど、それもまた理にかなっておりますな」

うんざりしたように伊八郎は言った。

「城内での争闘にそなえて三岡は腕利きをそろえるはずだ。こちらは栗屋清吾ひとりでは心細いがやむを得ぬな」

はあ、と言って伊八郎はうなずいた。清吾は頼りになるから、大丈夫だ、とは言わなかった。伊八郎自身、心もとなく思っていたからだ。武左衛門は嘲《あざけ》るように言葉を継いだ。

「城内での斬り合いを制するには、黒錘組を味方につけることだが、そなたはすでに黒錘組との関わりをしくじっておるゆえ、助けは期待できぬな」

むっとした伊八郎は武左衛門を睨《にら》んだ。

「さようなおりに備えるため、父上は黒錘組であったわたしの母に手をつけたのですな。なるほど用心のよろしいことでございました」

皮肉な言葉を聞いて武左衛門は伊八郎を睨み据えた。

「馬鹿者が、何を言うか。わしはそなたの母をいとおしいと思ったから契ったまでだ。政のために女人との縁を結ぶようなことを――」

言いかけて大きく息を吸った武左衛門は日頃見せない生真面目な表情になって、

――せぬ
と一言だけ、絞り出すようにもらした。伊八郎はそんな武左衛門をじっと見つめたが、口を閉じたまま何も言わない。

口を引き結んだ武左衛門は、出ていきながら、

「賄賂のことは茶道頭の菖庵に訊け。永年、商人と重臣の間を取り持ってきたのはあの男だ。菅野は菖庵から賄賂の秘密を聞き出したに違いない」

と低い声で言った。

伊八郎は武左衛門が廊下を歩んでいく足音を聞きながら、

「そういうことは、もっと早く言え。狸親父め」

と悪態をつくのだった。

そういうこととは、自分の母のことか、それとも菖庵のことなのかは、伊八郎にも何となく判然としなかった。


この日、清吾は着替えなどを取りに栗屋屋敷に戻っていた。

ちょうど非番で屋敷にいた兄の嘉一郎が清吾を居室に呼んだ。兄と会うのはひさしぶりなだけに、清吾は緊張した面持ちで部屋に入った。

嘉一郎は清吾が座るなり、せわしなく話し出した。

「聞いたぞ。伊八郎殿は執政会議での試問を受けることになったそうではないか」

「それはまことですか」

執政会議の使番が訪れたのは、清吾が国東屋敷を出た後だった。清吾がぽかんとしていると、嘉一郎は大仰にため息をついた。

「なんだ。さようなことも知らぬとは、そなた、まことに伊八郎殿の警護役がしっかり務まるのか」

いつもの癖で説教を始めようとした嘉一郎だったが、さすがに思い返したのか、

「この試問をくぐり抜ければ伊八郎殿は家老だぞ」

と興奮気味に話した。清吾は実感が湧かないまま、

「まことにさようでございます」

と嘉一郎に話を合わせた。

嘉一郎は、わかっておるのか、という顔をして、

「もし、伊八郎殿が家老になれば、そなたも出世の道が開けるのだ。今までのようなわけにはいかぬのだぞ」

「いままでのようにとは、どういうことでしょうか」

嘉一郎が言っていることの意味がわからず、清吾は首をひねった。嘉一郎は、ごほん、と咳払《せきばら》いした。

「わかっておろう。いままでは部屋住みの身だからこそ剣術道場の師範代をして、女中のみつを妻同様にして放埒《ほうらつ》に暮らしてきたのだ。伊八郎殿のお引き立てで剣術指南役ともなれば分家をいたして、一戸を構えねばならぬ。これまでのようにはいかぬということは、子供にもわかる道理だ」

清吾は膝をただして嘉一郎を見つめた。

「もし、話がうまくいって剣術指南役になれば、町道場の師範代が続けられなくなるのは当然でございます。しかし、みつは妻同様ではなく、正真正銘、わたしの妻だと思っております。たとえ、出世をいたそうとも、そのことに変わりはありませんぞ」

嘉一郎は清吾が言うことなど相手にもせず、

「そなたにも言いたいことはあるのだろうが、栗屋家の当主はわしだ。一家のことはすべてわしが決める。そのことは心得ておくように」

と決めつけた。

「いや、兄上、わたしが伊八郎の警護を引き受けたのは、剣術指南役となり、分家してみつに子を持たせてやりたいと思ったがゆえです。それが果たせぬのであれば、命がけの警護の仕事など馬鹿馬鹿しくてやっておられません」

清吾はきっぱりと言った。嘉一郎は眉をひそめて清吾の顔を見つめた。そして大きく吐息をついて、

「わからん奴《やつ》だな」

とつぶやいた。わからないのは、兄上の方だ、と言いたかったが、清吾は懸命にこらえた。

嘉一郎は、腕を組んでしばらく考えた後、口を開いた。

「まあ、そのときが来ればそなたにもわかることだ。いまは何としても伊八郎殿をお守りしろ。たとえ、そなたがどういうつもりでおるとも、武家の定めを破ることはかなわぬのだからな」

重々しく言う嘉一郎に清吾は当惑した。しかし、言い返すわけにもいかず、部屋に戻ると女中が用意してくれていた着替えの風呂敷包みを持って屋敷を出た。国東屋敷に向

かう道すがら、伊八郎が家老になれたとしても、みつと子を生《な》すことを嘉一郎が認めないことになれば、あてがはずれる。

思わず、骨折り損のくたびれ儲《もう》けだな、と胸の中でつぶやいた清吾は、はっとした。そんなことになれば、みつは子を持つという夢を壊されて、どれほど嘆くことになるか。みつにそんな悲しい思いをさせてはいけない。

では、どうしたらいいのか。考えてみるのだが、方策は思い浮かばない。伊八郎ならば、何か知恵がありそうだが、いまは家老になることで頭がいっぱいで、とてもみつのことまで考えられないだろう。

清吾は肩を落として国東屋敷への道をたどるのだった。


屋敷に戻った清吾が嘉一郎に言われたことを告げても、

「よいか。十日後の試問ですべては決まるのだ。それまでにわしは菖庵をあたる。おぬしは黒錘組の小萩殿を口説け」

伊八郎は意に介することなく、これからしなければならないことを言った。

清吾は不満げに話をもとに戻した。

「これからの手立てよりも、みつとのことをしっかりしておくほうが、わたしにとっては大事だ」

伊八郎は、当然だ、と言うように大きく頭を縦に振った。

「それはそうだ。しかし、そもそもわしが家老になれなければ、女房殿と子を生すことなど夢のまた夢ではないか。まず、わしを家老にしろ。みつ殿とのことはそれからでも間に合う」

「本当にそうだろうな」

清吾が疑わしげにうかがい見ると、伊八郎はどんと胸を叩《たた》いてみせた。そのくせ、もはや話は終わったとばかりに、文机《ふづくえ》の前に座ると、武左衛門から渡された書類や帳簿に目を走らせ始めた。

その背を眺めながら清吾は、しかたがないという顔になって訊いた。

「わたしが黒錘組の小萩殿を口説くというのはどういう意味だ」

「城中での戦いになったとき、三岡派は花田昇平始め選《え》りすぐりの手練《てだ》れを出してくるに違いない。こちらはお主ひとりだ。まともに戦っては歯が立たぬであろうから、黒錘組を味方につけねばならぬ」

「それならお主が黒錘組の頭領である梶尾様を口説けばよいではないか」

「そうはいかぬ。わしは菖庵から、三岡派が何をつかんで攻めようとしているのかを探り出さねばならぬ。それに――」

伊八郎は、ちょっと口をつぐんでから、やや嬉しげに言った。

「武左衛門は黒鍾組だったわしの母と契ったのは、政のためではなく、いとおしかったからだ、と言いおった。あの狸親父がぬけぬけと言うとは笑止だが、それでもわしはいささか感じ入った。武左衛門でさえしなかったことをわしがするわけにはいかん」

「それはわたしも同じだ」

清吾が言うのを聞こうともせず、伊八郎は文机に向かって書類をめくり始めた。

清吾はため息をついて、明日は小萩を訪ねなければならないようだと覚悟を決めるしかなかった。

二十六

一睡もせずに書類を見た伊八郎は、朝早くに赤い目をこすりつつ、出仕前の菖庵を訪ねた。

菖庵は突然、訪ねてきた伊八郎を見て迷惑そうな顔をしたが、追い返すわけにもいかず、客間に通した。

「朝早くからすまぬな」

菖庵の前に座った伊八郎は機嫌をとるように言った。菖庵は仏頂面をして、何も言わない。ならば、しかたがない、と伊八郎は単刀直入に切り出した。

「そなたもわしが近く家老になるため執政会議で試問を受けることは聞いているだろう。だが、三岡派はその場でわしの父が家老であったころの収賄の件を持ち出して攻めてくるようだ。だが、家老ともなれば商人からいささか金をもらっても、政に響かねばことを荒立てて咎《とが》めるほどのことではない、とわしは思う。ひと晩かけて商人から賄賂をもらった記録をあらためて見たが、正直言って三岡派の攻め手がわからぬのだ。お主は家老への商人の賂の仲介を永年してきたそうだ。何か知っていることがあれば教えて欲しい」

伊八郎は手をつかえて頭を下げた。菖庵は苦笑して言った。

「さようなことを話して、わたくしに何の得があるのでございましょうか」

伊八郎は頭を上げて、得か、得か、と二度つぶやいてから、

「まあ、わしが家老になれば、藩の政は血の通ったものになる。それが得だ、と言うしかないな」

伊八郎の言葉を聞いて菖庵は目を瞠《みは》った。やがて、見る見る顔に朱を上らせた。

「これは驚きました。わたくしは永年、家老になられる方がお金の都合をつける手助けをして参りましたが、皆様、その労には金で報いてくださるばかりで、わたくしを引き

立て、茶道頭のほかのお役につけるなどしてくださる方はありませんでした。まして、自分が家老になれば政が血の通ったものになるなどと言われたのは初めてでございます」

意外そうな顔をして伊八郎は言葉を継いだ。

「ほう、そんなものか。皆、おのれの抱負を語って家老になろうとするのではないのか」

「いえ、いえ、皆様、ご自分の損得、利害のことばかり仰せになり、さようなまともなことを言われた方はおられません」

菖庵は皮肉な笑みを浮かべた。伊八郎は膝を乗り出した。

「おお、では三岡派の攻め手を教えてくれるのか」

菖庵はゆるゆると頭《かぶり》を振った。

「三岡様が何を考えておいでなのか、わたくしごときにはわかりませぬ」

「わからんのか」

伊八郎ががっかりした声を出すと、菖庵は声を低めた。

「三岡様のお考えはわかりませぬが、菅野新右衛門様が近頃、お調べになっていたことについてはわたくしの耳にも入っております」

「菅野は何を調べていたのだ」

伊八郎は息を呑んだ。

「国東様は賄賂の記録を調べたとのことでございましたが、その中で大金を贈っていた商人の名をご覧になりましたか」

「あった。まずは材木商の大野屋太郎兵衛《おおのやたろべえ》、それから金貸しの梅原多左衛門《うめはらたざえもん》、紙屋の田島伝兵衛《たじまでんべえ》といったところが大所《おおどころ》であったな」

「さようでございましょうな。ですが、菅野様がお調べになっていたのは記録に出てこない商人の名前なのでございます」

「記録に名がない商人だと」

はっとして伊八郎は菖庵を見据えた。

菖庵は意味ありげにうなずく。

「白木屋四郎兵衛か」

伊八郎が膝をぴしゃりと叩いて声を高くすると、菖庵はかすかに首を縦に振った。腕を組んで首をかしげた伊八郎は、普段通りの声で言った。

「帳簿を見ながら、おかしいと思っていたのだ。白木屋から季節の挨拶ぐらいの物は届いているが、大きな金を贈ってきた様子がない。白木屋のいまの身代ならば、重臣にもれなく金を配るくらいのことをしてもおかしくないはずなのに、そんな記録がないのが訝しかった」

「さようです。白木屋は目立つことを嫌いますゆえ、地味に立ち回っておりますが、いまでは藩内一の大地主であり、金貸しの金主です。材木商の大野屋太郎兵衛、金貸しの梅原多左衛門、紙屋の田島伝兵衛の金主は白木屋なのです。白木屋が賂を贈るときは、この三人を通じてするのです。決して表には立ちませんが、そのくせ、賂に相当する利益は得てきたのでございます」

「そうか。菅野はそれを攻め手とするつもりか」

伊八郎は得心したようにつぶやいた。しかし、すぐに眉根を寄せて考え込み、独り言のようにつぶやいた。

「とはいえ、白木屋のことをどう使うつもりなのだ。白木屋の贈賄を暴いて、わしの父を咎め、白木屋を闕所にしようというのであろうか」

菖庵はかすかに笑みを浮かべた。

「白木屋ほどの商人をつぶすことはお家にとって利のあることではございません。あなた様を家老にしないために、さようなことをすれば、三岡様は自分で自分の首を絞めるようなものでございます」

「だとすると、三岡派は白木屋の贈賄の一件をつかんだことを匂《にお》わせて、白木屋を脅して昔の贈賄について調べ上げたということか」

わかった、そういうことか、とうなずいた伊八郎がからりと笑った。

菖庵が真剣な表情になって訊いた。

「白木屋はあなた様より三岡様についたほうが得だと算盤《そろばん》を弾《はじ》いたのでしょう。そうなるとあなた様にとって手強《てごわ》い敵になります。白木屋が三岡様の金主となったと知れば、家中の大勢は三岡派になびきましょう」

「そうかもしれんし、そうではないかもしれん」

伊八郎は明るい表情で嘯《うそぶ》いた。

菖庵は伊八郎の顔を見つめた。

「ほう、勝算がおありですか」

「そんなものはない。ただ、敵が何を考えているかがわかれば腹を据えられる。山より大きな猪《いのしし》は出ぬ、というからな」

なんとかなるだろう、と独り言《ご》つ伊八郎を菖庵は面白げに見遣《みや》るのだった。

同じころ、清吾は小萩を訪ねていた。

小萩は笑顔で清吾を迎えた。梶尾は近頃、奥勤めが続いており、屋敷にはめったに戻らないと何気なく言った。そう話す小萩の表情がどことなく晴れやかなことに、女人にうとい清吾も気づいた。

「何かよいことがありましたか」

客間で小萩と向かい合った清吾は、用件を切り出す前の挨拶のつもりで言った。小萩は一瞬、言いよどんだが、頬を染めて言った。

「実は、わたくし縁組がととのいました」

ほう、と清吾は驚いた。

伊八郎からは、小萩を口説き落とすように言われていたが、小萩と男女の間柄になろうなどとは思っていなかった。それでも目の前にいる美しい女が誰かのもとに嫁ぐのか、と思うと残念な気がするのが不思議だった。

「どなたと祝言をあげられるのですか」

思わず、清吾が訊くと、小萩は嬉しげに答えた。

「花田昇平様です」

なんと、とつぶやいた清吾は口を開けたまま言葉が続かなかった。三岡派の剣士である昇平が小萩の従兄であり、仲がよいことは知っていた。小萩には、昇平への思いがあるのではないか、という気もしたが、まさか夫婦になるとは思わなかった。

小萩はなおも話を続ける。

「昇平様はわたくしにとって母方の従兄ではございますが、以前より親類から夫婦となることを勧められておりました。ただ、わたくしは御殿勤めの身の上で、ひとには明かせませぬが黒鍾組ゆえ、あきらめておりました」

「では、小萩殿は花田殿に嫁したいと心ひそかに思われていたのですか」

清吾はまじまじと小萩の顔を見つめた。

「はい。ですが、わたくしが嫁す相手はいずれ黒錘組を動かすひとになります。昇平様はさような道を歩まずともご出世される方ですし、黒錘組に縛られるのは望まないであろうと思っておりました」

「だが、花田殿はそれでもよいと思われたのですな」

昇平は権勢の座を得るために黒錘組を手に入れようとしたのではないか、ととっさに清吾は考えたが、すぐに打ち消した。一度、立ち合っただけだが、木刀を交えただけでも相手の気性のほどはわかる。

昇平は直《す》ぐな性格で仮にも野心のために妻《めと》を娶るような男ではない、と思えた。小萩にしてもそのことがわかっているからこそ、昇平との縁組を喜んでいるのだろう。

「おめでとうござる」

清吾は素直に頭を下げた。昇平と小萩はよき夫婦になるだろうと思った。とりあえず黒錘組を味方にする道はなくなったが、それもしかたのないことだ、と清吾は思った。

これ以上、ここにいても無駄だ、と思った清吾は挨拶をしただけで辞去しようとした。

すると、小萩は微笑んで言った。

「お待ちくださいませ。きょう、栗屋様がお見えになられたのは、国東様が執政会議で試問を受けられるからではございませんか」

「そうだが、花田殿が小萩殿と縁組されたからには、もはや、お頼みいたすのは無理だとわかり申した」

清吾があきらめたように言うと、小萩は頭を振った。

「いいえ、わたくしと花田様の婚儀は来年春のことになりましょう。それまで黒錘組は花田様の指示で動くことはございませんし、花田様も望まれぬと思います」

「さようか」

清吾は浮かしかけていた腰を下ろした。小萩は声をひそめて言った。

「執政会議はいつも本丸の評定の間で開かれますが、試問を行うときは二の丸の奥庭に面した、日頃は茶会なども開く大広間で行います。この大広間に続く廊下が〈首取り廊下〉と呼ばれていることをご存じでしょうか」

「いや知りません」

〈首取り廊下〉とは嫌な呼び名だと思いつつ、清吾は答えた。

「二の丸での評定は重臣の処分に関わることで開かれます。それで、評定で敗れた重臣はこの廊下で討ち取られるのです。それで〈首取り廊下〉と申すのだそうです」

「なるほど、ぞっとする名ですな」

清吾は苦笑した。小萩はうなずいて、

「評定の場で咎められた重臣の方を討ち取るために討手は廊下に面した控え部屋で待機いたします。対立する執政側は討手を控えさせておきますが、その人数はそれぞれひとりと定められております」

「ひとりだけですか」

清吾は控え部屋で待つ花田昇平の姿を思い浮かべた。同時に自分もまた控え部屋で討手として事態の成り行きを待つことになるだろうと思い至った。

そのうえで昇平と立ち合うことになるだろう。だが、昇平は小萩の夫になる男だ。その昇平を自分は斬ることになるかもしれない、と思うと胸が痛んだ。

「小萩殿――」

清吾はたまらなくなって頭を下げた。小萩はかすかに頭を振った。

「何も申されますな。武士なればやむを得ぬ仕儀でございます。栗屋様はご妻女がおありだとうかがいました。夫の身を案じる心は誰も同じかと存じます」

さようですな、と言いつつ、清吾は昇平に自分が斬られるかもしれないのだ、とあらためて思った。

話し終えて清吾が去ろうとするとき、小萩は念を押すかのように言った。

「もし、どうあっても黒錘組を味方にしたいときは、国東様が梶尾様にお頼みになるしかありません。いまの黒錘組の頭領は梶尾様ですから、国東様のお心しだいで黒錘組はお味方となりましょう」

「さて、それですが」

清吾は頭に手をやった。

「国東様はさようなおつもりはないのでございますね」

小萩は残念そうに言った。

「国東武左衛門様は黒錘組であった伊八郎の母親と契ったのは政のためではない、いとおしかったからだ、と言われたそうです。伊八郎はその言葉を喜んでおりました。それゆえ、政のために梶尾様を娶ることはしないでしょう」

「さようですか」

小萩の目に笑みが浮かんだ。

「あの男は野心も知恵もほどほどにあるのですが、妙なところで頑固です」

「ですが、そのお話を梶尾様は喜ばれると思います」

そうでしょうかな、と言い残して清吾は屋敷を辞去した。

結局、試問までに伊八郎と清吾ができたのは菖庵と小萩を訪ねたことだけだった。

二十七

試問の日、伊八郎は裃《かみしも》姿で清吾と家僕を供にして登城した。武左衛門は屋敷で結果を待つのだという。

玄関を出るとき、珍しく武左衛門が見送ったが、特に伊八郎に声はかけなかった。ただ、清吾に、

——頼むぞ

というひと声があった。それが父親としての伊八郎への精一杯の励ましではないか、と清吾は思った。

伊八郎は命がけの試問が始まるというのに、普段と変わらぬ様子だった。登城していったん本丸の控えの間に入って茶を飲み、刻限が来るのを待ってから二の丸へ向かった。小姓の案内で薄暗い大廊下を過ぎて奥庭に面したあたりに来ると渡り廊下があった。

「これが〈首取り廊下〉か」

伊八郎がぽつりと言った。渡り廊下の手前の両脇に控え部屋がある。その一室にはひ

との気配があった。

（花田昇平がいる）

清吾は察した。伊八郎もその控え部屋にちらりと目を走らせた後、向かい側の控え部屋に入るよう清吾をうながした。

清吾は頭を下げて控え部屋の板戸を開けて中に入った。伊八郎は何も言わずに大広間へ向かった。

清吾は薄暗い部屋に座って、刀を横たえて待つことにした。しばらくして小姓が茶を持ってきた。

「試問はもう始まったのであろうか」

清吾が訊くと小姓は黙ってうなずいた。どのような様子なのだろうかと気になったが、重ねて訊くわけにもいかない。

清吾はため息をついて茶を飲んだ。


伊八郎が大広間に入ると三岡政右衛門始め、六人の執政たちが座っていた。末座の文机に向かって、菅野新右衛門が控えていた。どうやら評定の書き役を務めるらしい。

伊八郎は素知らぬ顔で座り、執政たちに頭を下げた。

三岡は軽く会釈しただけで、さて、始めるか、とつぶやいた。すると書き役の席にいた新右衛門が書類を持って進み出て三岡の前に置いた。

三岡はぱらぱらと書類をめくったが、内容は熟知しているらしく、特に読んでいる様子はない。しばらくして、三岡は口を開いた。

「今日は国東伊八郎殿の試問だが、その前に伊八郎殿の父上国東武左衛門殿についていささかおうかがいしたいが、よろしいか」

「なんなりと」

「されば、ここにある書類だ」

三岡はぽんぽんと書類を叩いて見せた。伊八郎は平然として三岡の顔を見つめる。

「この書類は、国東武左衛門殿が商人から賂をせしめていたことを明らかにするものだ。賂の額は、驚いたことに五千両にも及んでおる。たいしたものだ」

三岡はいやらしい口調で言った。一座の執政たちからは驚きの声がもれた。三岡はにやりと笑って話を続ける。

「まあ、いまさら昔の話を蒸し返すのもいかがかと思うが、放ってもおけん。そこでこのたび、家老になる伊八郎殿にこの一件を裁いていただきたい。それが家老になるにあたっての試問代わりというわけだ」

「ははあ、さようでございますか」

伊八郎はのんびりした声で答えた。三岡の顔にわずかだが、苛立《いらだ》ちの色が見えた。

「どうなのだ。家老になりたければ、この一件を裁いてみよ。さすればすぐに家老になれるぞ」

「それはありがたき仰せにござる。されば家老としての初仕事で国東武左衛門が賄賂を受け取った件を裁いてご覧にいれます」

執政たちから思いがけないことを聞いたというざわめきが起きた。

三岡は鋭い目で伊八郎を睨んだ。

「ではどうする」

「どうもいたしません」

「なんだと」

三岡は目を剝いた。

「さようなことをいたしてはお家のためにならんのです。なぜかと申せば、五千両もの金をわが父に贈ったのは白木屋だからでござる。父の罪を問えば白木屋も闕所といたさねばなりません。それではわが藩は立ちいかなくなりましょう」

「馬鹿な、この書類には白木屋からの賂だとは書いてない。材木商の大野屋太郎兵衛、金貸しの梅原多左衛門、紙屋の田島伝兵衛などだ。闕所となるのはこれらの商人だ」

三岡がむきになって言うと、伊八郎はせせら笑った。

「なるほど、白木屋は金主でござるゆえ、表立ってはそれらの商人からということになり申す。しかし、たとえ、そうであろうとも金を受け取った者が白木屋からもらったと思っておればどうなりまするか」

「まさか、そのようなことが」

三岡は顔をこわばらせた。伊八郎は膝を乗り出して決めつける。

「三岡様もさようなことはたんと経験しておられましょう。表立っては別な商人から贈られても実は白木屋からの賄賂だと承知されていたはず」

「さようなことはない」

三岡が声を高くすると、伊八郎は懐から冊子を取り出した。

「これを何と思われる」

意味ありげに言う伊八郎に三岡は苛立った。

「わしにわかるわけがなかろう」

「父、国東武左衛門の日記でござる。これには、白木屋からの賂であるとはっきり書かれているのでござる」

伊八郎はきっぱりと言ってのけた。冊子の表には、

――管見録
と認《したた》めてあった。

三岡は額に汗を浮かべた。

「お主、何が言いたいのだ」

「賂と申すものは、もらった者が言うことが最も正しいのでござる。されば、白木屋をつぶすわけにはいかぬゆえ、わが父も処罰することはできぬのでございます」

伊八郎が諭すように言うと、書き役の席にいた新右衛門が前に進み出てきた。伊八郎の前に座ると、

「おそれながら、その日記とやらを拝読してもよろしゅうございますか」

「ほう、菅野殿はこれがご覧になりたいか」

伊八郎はからかうように言った。新右衛門はうなずいて言葉を続けた。

「さようにございます。国東様ほどの方が表立って名を出さぬ商人をわざわざ日記に記したとは思えません。その日記とやらは白紙ではないかと思います。先ほど伊八郎殿が懐から出されたおりに白紙が見えましたぞ」

「なるほど、白紙か。まるで弁慶《べんけい》の勧進帳《かんじんちょう》だな」

伊八郎はにやにやと笑った。だが、新右衛門はなおも言い重ねる。

「ごまかさずに見せていただきましょうか」

「もし、白紙ではなくまことの日記だとしたらどうする。腹を切る覚悟はあるのだろうな」

鋭い目を新右衛門に向けながら伊八郎は言った。新右衛門の目が光った。

「白紙であれば、伊八郎殿に腹を切っていただきますぞ」

新右衛門は傲然《ごうぜん》と言ってのけた。

「それならやむを得ぬな」

伊八郎が日記を新右衛門に手渡そうとしたとき、

「待て」

三岡が震え声で言った。額に汗が浮かんでいる。

清吾は控え部屋で静かに端座していた。だが、試問がどうなっているかが気になってしかたがない。

小姓が茶を替えに来たとき、

「どうだ、試問の様子は」

と訊いた。小姓はちょっと迷ったが、声を低くして、

「国東伊八郎様が何事か論じられ、執政の皆様方は黙して聞いておられる様子でございます」

「そうか」

伊八郎は頑張っているようだな、と清吾は思った。

昨夜、国東屋敷で伊八郎は清吾に試問のことについて話した。

「賂については言い逃れができぬ。それゆえ、白木屋を道連れにするぞ、と脅すしかないだろう。三岡派は白木屋を味方につけて、昔の賄賂について調べ上げたのだ。それで武左衛門に腹を切らせるつもりだろうが、そうはいかぬぞ」

伊八郎は闘志をみなぎらせた顔になった。

「だが、白木屋を道連れにすると言っても、どうやるのだ」

「武左衛門に白木屋から賂をもらっていたと認めさせればよい」

「そんなことができるのか」

「証拠となるものを作るのだ」

伊八郎はあっさりと言った。そして文机に向かって料紙をとじ合わせて冊子を作ったのだ。

できあがった冊子に、管見録と書いた伊八郎は筆を手にしたまま考え込んだ。

「待てよ。もしかして――」

しばらく考えをめぐらしていた伊八郎がようやく文机を離れたのは、深更になってからだった。

そのころには、清吾は与えられている居室で眠りについていた。

昨夜のことを思い出しつつ、清吾は試問が終わるのをひたすら待った。

向かい側の部屋では花田昇平が同じように待ち続けているのだ、と思うと油断できない。

さらに待ち続けるうちに、小姓があわただしく部屋にやってきた。

「試問が終わったようでございます」

清吾に告げた小姓はさらに向かい側の部屋にも同じように声をかけた。そうか、終わったのかと思った清吾は板戸を開けて廊下に出た。

向かい側の部屋からもやはり待機していた昇平が出てきた。昇平が手に大刀を携えているのをちらりと見ながら、清吾は会釈した。

昇平もまた会釈を返す。

ふたりが廊下に控えて待つほどに、大広間を出た伊八郎が緊張した面持ちで歩いてくるのが見えた。

伊八郎は清吾に目で合図したが、それが試問がうまくいったということなのか、三岡を斬れという意味なのか判然としない。

清吾が戸惑っていると、伊八郎の背後から新右衛門が急ぎ足でやってきた。新右衛門は昇平の姿を認めるや、

「国東伊八郎は賄賂を受けた父に連座して処分されることが決まった。ここで斬り捨てよ」

と叫んだ。

声に応じて昇平がぱっと駆け出した。伊八郎は昇平が迫ってくるのを見て、ぎょっとした表情になった。

——違う
とわめいた。

だが、その時には昇平は抜刀して踏み込んで上段から斬りつけた。伊八郎は動転したのか廊下に尻餅《しりもち》をついた。昇平に追いすがるようにして走った清吾が抜き打ちした刀で昇平の刀を弾きかえした。

昇平は跳躍して伊八郎の脇を抜けて清吾との間合いを開いた。

「邪魔をするな。もはやこの男は逃れられんぞ」

昇平は正眼に構えて清吾に声をかけた。

「まだ、わからぬ」

清吾は刀を脇に構えて言った。尻餅をついた伊八郎がわめいた。

「そうだ。試問でわしは勝った。処分されるなどというのは菅野の虚言だ。処分を受けるのは三岡と菅野だ」

昇平は新右衛門に目を走らせた。

「まことでございますか」

「出鱈目《でたらめ》に決まっておる。早く斬って捨てろ」

新右衛門は大きな声で言いながら、自らも脇差《わきざし》を抜いた。それを見て、伊八郎も脇差の柄《つか》に手をかけた。だが、昇平の剣を恐れるのか立ち上がろうとはしない。

清吾はじりじりと間合いを詰めた。

尻餅をついている伊八郎をかばって昇平を斬るつもりだった。昇平も清吾の気迫に気づいた。

「菅野様、このひとを斬らねば国東殿は斬れません。しばしお待ちくだされい」

昇平もまた、足を踏み出して進んだ。

伊八郎は座り込んだままふたりの対決に目を遣った。そして応援のつもりなのか、

「清吾、〈磯之波《いそのなみ》〉を使え。お前の〈磯之波〉は天下無敵だ」

と言った。

昇平はにこりと笑った。

「天下無敵の〈磯之波〉、それがしも拝見しとうござる」

清吾は姿勢を低くして、刀を鞘《さや》に納めた。腰を落として刀をぐいと横に突き出すように構えた。

清吾は口を開いた。

「寄せては返す磯の波、一度で終わらぬ居合が〈磯之波〉でござる。花田殿に味わってい

ただこう」

清吾は凄《すさ》まじい闘気を放ちつつ、昇平に近づいていく。

「見させてもらう」

真剣を構えたからには、立ち合えばどちらかが死ぬに違いない。清吾は脳裏に浮かんだ小萩の顔に、

――すまぬ
と詫《わ》びた。同時に踏み込んで居合を放った。昇平は後退《あとじさ》ってこれをかわした。だが、清吾の動きは終わらない。

さらに、波が打ち寄せるように、第二、第三の斬り込みを続けていく。これを昇平がぎりぎりのところでしのいでいく。

受けにまわったと見えていた昇平が、どこに隙を見出《みいだ》したのか、下段からすくいあげるように斬りつけた。

清吾の刀がこれを弾いた。だが、昇平の刀は離れない。からみつくように清吾の刀を抑え込む。

清吾が力まかせに撥《は》ね上げたとき、大きく刀を振りかぶった昇平は清吾の刀を叩きつけた。

あっと清吾の声がもれた。

清吾の刀が廊下に叩き落とされていた。昇平はその隙を見逃さない。刀をもう一度、振りかぶった。

二十八

「〈磯之波〉敗れたり――」

昇平は叫んで上段から斬りつけた。その瞬間、清吾は身をかがめ、くるっと回転しつつ昇平の足元に跳んだ。

思いがけない動きに戸惑った昇平は刀を振り上げたまま跳び下がろうとした。だが、清吾は素早く昇平に身を寄せ、からみつく。昇平が払い退《の》けようとしたとき、清吾は廊下を蹴って昇平の背後にまわった。そのときには、清吾は脇差を抜いて昇平の首筋にあてていた。

「動けば斬る」

清吾は鋭く言い放った。昇平は刀を手にしたまま額に汗を浮かべた。

「ならば、なぜすぐに斬らぬ」

昇平がうめくと、清吾は尻餅をついたままの伊八郎に目を向けた。

「試問で勝ったというのはまことか」

「おお、そうだ」

伊八郎はわめいた。

「ならば、菅野が虚言を弄《ろう》しているということではないか。なぜ、菅野を斬らぬ」

清吾が怒鳴ると、伊八郎は跳ね起きた。

「そうであった。菅野との決着はわしがつけるぞ」

伊八郎が脇差を抜いたとき、大広間から三岡政右衛門始め、執政たちが出てきた。渡り廊下で白刃を手に清吾と昇平、伊八郎と新右衛門が対峙《たいじ》しているのを見て、政右衛門は驚きの声を上げた。

「何をしておるのだ」

伊八郎は脇差を構えたまま、

「三岡様、先ほどの試問にてそれがしは勝ちました。それがしが証拠とした父の日記を菅野殿は白紙だと言われたが、何も書いていなかったのは、初めの方だけで、後にはちゃんと父の筆で白木屋より賂を得ると書いてあったゆえでござる」

と言った。三岡は不快そうにううむ、とうなった。

「なにせ、昨夜、父に無理を言って書かせたのですから、間違いのないことでござった。

数枚が白紙であったのは、それがしが仕掛けた罠であったが、菅野殿は見事にそれにひっかかりました」

伊八郎は自慢げに言ってのけた。

「そうだ。それゆえ、試問はお主の勝ちであった」

三岡は無念そうに歯ぎしりした。

伊八郎は、笑って、

「だが、それが気にくわなかったのか菅野殿が花田昇平を使ってそれがしを斬ろうとされたのでござる。これは三岡様も同意されてのことでござるか」

と訊いた。三岡は目を瞠《みは》った。

「知らぬ。菅野が勝手にやったことだ」

伊八郎はにやりと笑った。

「それはようござった。三岡様とそれがしの争いは言わば政のうえでのこと、敗れたからにはお役目を退き、しばらくおとなしくはしていただくが、命までは取りません。しかし、この菅野新右衛門はそうはいかん」

伊八郎の言葉を聞いて新右衛門はにやりと笑った。

「そうはいかぬとはどういうことだ。城中で刀を抜いたからには、お主ももはや無事ではすまんぞ」

「それが狙いだろうが、ここは〈首取り廊下〉だ。この場で決着をつければすべては闇に葬られよう」

　伊八郎は脇差を手にじわりと間合いを詰めた。新右衛門は脇差を構え、落ち着いた声音で三岡に呼びかけた。

「三岡様、お供の衆をお呼びください。こ奴《やつ》の申す通り、たとえ試問で敗れようとも、この場を去らせず、討ち取ってしまえば、われらの勝ちでございますぞ」

　新右衛門に言われて三岡の顔に迷いが浮かんだとき、

「お待ちくださいませ」

と女の声がした。渡り廊下の端にいつの間にか梶尾と小萩が来ていた。

　伊八郎はちらりと梶尾を見た。

「黒錘組はこの件で動かぬと聞いておったが、やはり強い者になびくか」

　嘲るような伊八郎の言葉に梶尾は微笑んだ。

「さようではございません。城中での警備は黒錘組の務めでございます。されば、〈首取り廊下〉での争いは、ただいまおられる方だけで決着をつけていただきとうございます。三岡様がお供の衆を呼ばれるなら、城中で騒動を起こすものとみなして、黒錘組がお相手いたしまする」

　梶尾の言葉に伊八郎はにやりと笑った。

「清吾、聞いたか。どうやらわしらに運があったようだ」

清吾がうなずくのと、新右衛門が、

「小癪《こしやく》な。死ね——」

と叫びつつ、脇差で伊八郎に斬りつけるのが同時だった。伊八郎は脇差で新右衛門の斬り込みを受け、数合、切り結んだ。

脇差の刃が撃ち合う音が、がちがち、と響いたかと思うと、伊八郎は不意に体を沈めて新右衛門のそばをすり抜けた。

新右衛門は一瞬、棒立ちになったが、やがてうめいて頽《たお》れた。脇腹から血が流れ、絶命したのが見てとれた。

伊八郎の脇差が新右衛門の脇腹を深くえぐっていたのだ。あたかも〈磯之波〉を思わせる技だった。

「見事——」

声をかけた清吾は昇平の首筋から脇差を離した。昇平も刀を鞘《さや》に納めたうえで、跪《ひざまず》いた。

「国東様、菅野殿の虚言にのり、刀を向けたことお詫《わ》びいたす。いかなる処分も受ける覚悟にございます」

伊八郎は脇差の血を懐紙でぬぐいながら、笑みを浮かべた。

「何を言われる。お主は黒錘組を動かそうと思えばできたはずだ。それをしなかったがゆえにわしは窮地を脱することができた。それなのに、お主を罰すれば黒錘組の恨みを買うに違いない。さような得にならぬことをわしがすると思うか」

昇平が安堵《あんど》の表情を浮かべると、伊八郎は三岡や執政たちに顔を向けた。

「菅野新右衛門は亡き父、菅野刑部が黒錘組に殺されたのは、それがしの父の差し金であろうと邪推しておりました。それがしを斬ろうとしたのも私怨《しえん》によるものでござる。ゆえにすべては無かったことにいたします。ご異存ござるまいな」

伊八郎がすでに家老であるかのような威厳を込めて言い放つと、三岡始め執政たちは一斉に頭を下げた。

新右衛門の遺骸《いがい》の始末などを三岡たちにまかせた伊八郎は清吾とともに下城した。城中に留《とど》まっていては、いつ三岡の家来に襲われるかわからない、と警戒したからである。

夕刻になって屋敷に着いた伊八郎は清吾とともに試問のことを武左衛門に報告した。武左衛門は苦い顔をして、

「それでは、あの偽の日記が役に立ったというわけだな」

と言った。伊八郎は平然として答える。

「偽ではございません。父上が話されたことをそれがしが書いたまでで、中身はすべて真実ではありませんか」

「わしはあのような小細工は好まぬゆえ、そなたが書いてくれと言ってきたのを断った。それなのにあっさり引っかかるとは」

武左衛門がつめたく言うと、伊八郎は笑った。

「しかし、それがしの謀《はかりごと》があったればこそ、父上の首はつながっておるのですぞ。さもなくば今頃は――」

伊八郎はわざとらしく腹を切る真似《まね》をして見せた。武左衛門はうんざりした顔で言い返した。

「わしは家老になったときから、いつでも腹を切る覚悟はできておった。そなたにはさような覚悟はあるまい」

「ございませんな」

淡々と言う伊八郎を武左衛門は睨んだ。

「なんだと。それで、家老が務まると思うか」

「さように申されますが、家中の者や領民は皆、死にたいなどとは思っておりますまい。ひとは日々の務めを懸命に果たしたうえで、生きたいと願っておるはずでございます。されば、それがしは生きたいと願う皆の気持を旨とした家老になります。家老がいつでも死ぬと物騒な覚悟をしていては、家中の者や領民も安心して生きることはできますまい。それがしはいのちが大事と心がける、臆病未練な家老になろうと存じます」

武左衛門は、顔をしかめて、

「生意気な奴め――」

と言ったが、それ以上は言葉を継ごうとしなかった。伊八郎は、

「お叱りはそれまででございますならば、わたしからも申さねばならぬことがございますゆえ、お聞きいただけますか」

「なんだ。何とか家老になれる見通しが立った祝いに聞いてやろう」

武左衛門は伊八郎をうかがい見た。

「されば申し上げます。父上がわたしを引き取られ、国東家の家督を譲られたのは、菅野新右衛門に狙われていることを察したからでありましょう。あるいはわたしを餌として菅野を葬る策だったのではございませぬか」

伊八郎はじっと武左衛門を見つめた。

「そうであったとしたら、どうだというのだ」

武左衛門は静かに訊き返した。

「恨み言を申しているわけではありませんぞ。一藩を預かる家老であれば、おのれを餌とする策略を行うこともあろうかと存じます。ただ、先日、父上はわたしの母と契った

のはいとおしかったからだと言われました。いとしい女子《おなご》の産んだ子をおのれの策のために使えるものなのかどうかをお聞きいたしたいのでございます」

真剣な表情で言う伊八郎の言葉を聞きながら武左衛門は瞼《まぶた》を閉じた。しばらくして開いた目には慚愧《ざんき》の念が浮かんでいた。

「ならば申そう。わしがそなたを生まれてすぐに里子に出したのは、そなたの母がそうしてくれと願っていたからだ」

「母上がわたしを里子に出すと言われたのですか」

伊八郎は目を瞠った。

「そうだ。そなたの母は黒錘組の頭領として、藩政の裏を嫌というほど知っておった。家老の子として育てば、やがて争い事に巻き込まれることになると案じたのだ。お前には平穏な生き方をしてもらいたいというのが母の願いであった」

武左衛門はしみじみと言った。

「ならば、なぜ呼び戻されたのですか」

「そなたにとっては母の違う兄である彦右衛門が毒を盛られて殺されたからだ。そのときになって、わしはそなたを争いから遠ざけ、病弱な彦右衛門にすべてを背負わせていた、と思い知った」

武左衛門は唇を嚙《か》んだ。

「親の決めた縁組で迎えた正室の子であったゆえ、わしはどこか疎んじて接していたように思う。まことに心を通わせぬ親子でありながら、彦右衛門は病身に重荷を負って、孝養を尽くし、おのれを犠牲にして生きてくれた。そのことを思えば、そなたを争いから遠ざけておくわけにはいかない、と思ったのだ」

「つまるところ亡くなられた兄上への罪滅ぼしに菅野を誅《ちゅう》するため、わたしを餌にされたというわけですな」

伊八郎は皮肉な笑みを浮かべた。

「さほどあからさまに考えたわけではないが、振り返ってみればその通りだな。わしを恨んでおるか――」

伊八郎は頭を横に振った。

「先ほども申しましたが、恨んではおりません。父上に申し上げたいのは別のことでござる」

「なんだ」

伊八郎はちらりと清吾に目を遣《や》った。

「これなる栗屋清吾がわたしを助けましたのは、兄の厄介になって暮らす三男坊の境涯から抜け出し、妻との間に子を生《な》したいという、まことに草雲雀《くさひばり》のごとく小さな望みを果たすためでございました」

草雲雀のごとく小さな望みだと言われて清吾は顔をしかめた。だが、伊八郎は構わずに話を続ける。

「わたしも国東家の家督を継ぐまでは草雲雀のごとく小さい者として生きておりました。しかし、此度《こたび》、家督を継ぎ、派閥を率い、家老になる身になってあらためて思い知ったのは、ひとが何事かをなすのは、大きな器量を持つゆえではなく、草雲雀のごとく小さくとも、おのれもひとも裏切らぬ誠によってだということでございます」

「草雲雀のごとき誠か――」

武左衛門はため息をついた。

「さようにございます。されば、彦右衛門兄上は、おのれの誠を尽くして生きられたと存じます。父上が哀れと思われるのは僭越《せんえつ》でございましょう」

伊八郎の言葉に武左衛門は胸を突かれたかのような顔をした。やがて絞り出すような声で、

「どうやら、お前はわしの子に間違いはないようだ。ひとが嫌がる痛いところばかりを突きおる」

と言った。伊八郎は何も言わずに微笑した。

清吾は低い声で、酒の支度を女中に言いつけて参ります、今宵は父子でお過ごしください、と言って立ち上がり、部屋を出た。

縁側に立った清吾は暮れなずむ空を見上げた。

夕焼けで赤く染まった大小の雲が連れ立つように浮かんでいる。

(まるで武左衛門様と伊八郎のような雲だ)

清吾は何となくおかしく思いながら台所へと向かった。

執政たちの取り計らいにより、菅野新右衛門は急病による頓死《とんし》ということになった。

執政会議の試問を切り抜けた伊八郎は、年が明けて新年になって、このとき出府していた藩主眞秀に報告して家老への就任を認めてもらうため、江戸藩邸に赴いた。

清吾も伊八郎の供をした。

二十九

清吾が、伊八郎の家老就任を待って国許《くにもと》に戻ってきたのは三月のことだった。

伊八郎は藩主の参勤交代での帰国の供をすることになっており、戻ってくるのは四月になる。

清吾は藩庁に帰国を報告した後、屋敷に戻った。

江戸に赴く前に白木屋に行って、みつに屋敷へ戻るよう言い置いていた。

伊八郎の出立があわただしかったため、みつが屋敷に戻るのを見届けることはできなかった。

だが、江戸から戻れば、みつが待っているだろうと楽しみにしていた。しかし、屋敷の門をくぐり、玄関先に立って、ただいま戻ったと声を上げたとき、出てきたのは兄の嘉一郎だった。

嘉一郎はにこりとして、

「よう戻った。江戸の話を聞かせてもらおうか」

と言った。清吾は戸惑いつつ答える。

「はい、みつに会って着替えをいたしてから、兄上のお部屋に参ります」

嘉一郎はわざとらしく首をかしげた。

「みつだと？　みつとは誰のことだ」

清吾は嫌な予感がして眉をひそめた。

「兄上、何を仰せになります。それがしの妻のみつではありませんか」

少し考えてからとぼけた表情で嘉一郎は口を開いた。

「ああ、あの女中のことか。あの女中ならば、すこぶる良縁があって、嫁いでいったぞ。

そなたにとっても、これからの出世の妨げにならず、重畳《ちょうじょう》であった」

「なんですと」

清吾は口をあんぐり開けて嘉一郎を見つめた。

「みつは、なんと白木屋四郎兵衛殿に見初められたのだ。四郎兵衛殿は女房を病で亡くしておられ、みつは後妻として迎えられた。まことに運のよいことであった」

「馬鹿な。みつはわたしの妻でございますぞ。それなのにひとに嫁ぐなどできるはずがありません」

清吾が気色ばむと嘉一郎はつめたい目を向けた。

「みつがそなたの妻であるかどうかは、栗屋家の当主であるわしが決めることだ。みつが妾《めかけ》としてそなたと暮らすことをわしは許したまでだ。栗屋家の嫁にした覚えはない」

嘉一郎の言い方は素っ気なかった。

「それでもわたしはみつを妻と思って参りました。兄上の申されることは承服できませぬ」

きっぱりと言う清吾を嘉一郎は哀れむように見据えた。

「そなたが、何と申そうと、それが武家のしきたりだ。まして、そなたはこのほど、藩の剣術指南役となり、分家もいたすことになった。女中あがりの女子を剣術指南役の妻に迎えれば家中の物笑いとなるぞ」

「笑われても構いません。みつはわたしの妻です。ただいまより、白木屋に赴き、みつを連れ戻して参ります」

清吾が背を向けて門に向かおうとすると、嘉一郎は声をかけた。

「無駄なことをするな。そなたが江戸に発《た》った後、みつは白木屋から戻らず、そのまま四郎兵衛殿の女房になったのだ。もはや三月近いぞ。とっくに白木屋での贅沢三昧《ぜいたくざんまい》の暮らしに慣れて、そなたのことなど忘れておろう」

それでは、みつは白木屋を出ることさえ許されなかったのか、と清吾は歯嚙《はが》みする思いで門をくぐって走り出した。

町筋を駆けて、白木屋の前に立った清吾は呼吸をととのえてから店の土間に入った。相変わらず、客が多く忙しげな帳場に向かって、清吾は声を張り上げた。

「ご免、白木屋四郎兵衛殿にお目にかかりたい。此度、藩の剣術指南役となった栗屋清吾である」

剣術指南役というところに力を込めて言ったが、店先で客の相手をしている手代たちは誰も振り向かず、帳場の番頭だけが、わずかに顔を上げた。

番頭は大儀そうに立ち上がると上がり框《がまち》まで出てきて膝をついた。

「これは栗屋様、今日は何かお求めでございましょうか」

いかにも客でなければ応対はしないぞと言わんばかりに訊いた。清吾は頭を激しく横に振った。

「違う。白木屋殿にわが妻のみつを返してもらいに来たのだ」

番頭は大仰に目を剝いて見せた。

「みつ様と言えば、旦那様がこのほど迎えられたお内儀《かみ》さんではありませんか。そのお内儀さんを返せとはとんでもないことを仰せになります」

番頭が口にしたお内儀さんという言葉に清吾は憤った。

「わたしの妻をお内儀さんなどと呼ぶな。いますぐに連れて帰るから、みつをここに呼ぶのだ」

清吾が声高に言い募ると、番頭は困惑したように、

「しばらくお待ちください」

と言って奥へと入っていった。間もなく番頭とともに四郎兵衛が出てきた。四郎兵衛は清吾に上がれとも言わず、板敷に座った。四郎兵衛は相変わらず大づくりの威厳のある顔つきで、座るなり、

「これは、栗屋様、何事でございましょうか」

と落ち着いた物腰で訊いた。清吾は顔をしかめた。

「用件はただいま、番頭殿に申し上げた。お聞きになったと思いますが」

「なるほど、承りましたが、正直、何のことかわかりませんでしたな」

四郎兵衛は薄笑いを浮かべた。

「わからないとはどういうことですか」

清吾は息を呑んだ。

四郎兵衛がこれほど強気に出てくるとは思っていなかった。

みつが自分の妻であると告げれば、渋々であれ、戻してくれるだろうと考えていたのだ。だが、四郎兵衛は傲然として清吾の抗議など歯牙にもかけていない様子だ。

四郎兵衛は貫禄《かんろく》たっぷりの様子で帳場の煙草盆《たばこぼん》を引き寄せ、煙管《きせる》で煙草を吸いつけた。

武士と話しながら、煙草を吸うなど無礼極まりないが、清吾は堪《こら》えて何も言わなかった。

そんな清吾を見据えて四郎兵衛は言葉を継いだ。

「まず、みつのことを話しておきましょう。ご承知のことと思いますが、みつは栗屋様の借金の形にこの店に参りました。しかし、嫌な顔もせず、懸命に明るく働いてくれました。わたしはひそかにみつを見ていて慎ましやかで、芯《しん》がしっかりした人柄を知り、恥ずかしながら岡惚《おかぼ》れいたしたのです」

抜け抜けと四郎兵衛は言い放った。

清吾は拳《こぶし》を握りしめて黙って聞いている。

「わたしは女房を病で亡くしておりますから、後添えには元気な若いひとがよいと思っておりました。それにはみつがぴったりだ、と思いました。それで、女房にしたいと思っていましたおり、栗屋様はわたしがお貸しした三百両もお返しにならないまま江戸へ行かれました」

借金のことを言われて清吾はどきりとした。伊八郎が菖庵や梶尾に金を渡すため、無理やり算段して四郎兵衛から三百両借りさせたのだ。

伊八郎が家老になったら返すつもりでいたが、江戸に発つ前にはそのことを失念して、四郎兵衛に言わなかった。

「白木屋殿、金の返却が遅れたことは申し訳ない。しかし、借金のこととみつが白木屋殿の女房になることとは別な話ではないか」

清吾は声が小さくなりながらも懸命に言った。

「さようなことはございません。栗屋様は質流れということをご存じではないのですか」

「質流れ？」

思いがけない言葉に清吾はあっけにとられた。

「さよう、栗屋様が借金を頼みに来られたときに申し上げたはずでございます。みつは借金の担保としてわたしどもの店に来てもらうと」

「それはそうだが、質流れとはどういうことだ」

清吾は四郎兵衛の粘りつくような言い方に困惑した。

「あのときのお話では、国東様がご家老になるために入用だとのことでございました。国東様はお城での試問に勝たれて、めでたくご家老就任が決まったそうでございます。それならば借金をお戻しになるのだろうと思っておりましたが、何の音沙汰《おとさた》もありませんでした。ということは、借金の形のみつは、質流れになったのでございます。いかようにしてもわたしどもの勝手ではありませんか」

決めつけるように四郎兵衛に言われて、清吾はうなだれた。四郎兵衛はさらに言葉を重ねる。

「それに、わたしはみつを力ずくで女房にしたわけではありません。栗屋様の兄上様にお許しをいただき、女房として迎えたのです。はばかりながら、どなたにも後ろ指をさされるようなことはしておりませんし、みつもわたしどものような大店《おおだな》の女房になれて幸せにしておりますよ」

「みつが幸せでいると言うのですか」

清吾は信じられない思いで四郎兵衛を見つめた。四郎兵衛は自信ありげに笑った。

「なるほどあなた様は剣術指南役になられて、これまでの部屋住みの身分からすれば、出世なさったかもしれませんが、所詮《しょせん》は百石か百五十石ぐらいのご身分でしょう」

あけすけな四郎兵衛の言葉に清吾は目を伏せた。

「お家は財政が苦しく、いまも半知《はんち》借り上げは続いております。だとすれば百五十石あっても、暮らしていくのがやっとで、贅沢などは望めません。そこへいくとわたしどもなら、着物であれ、食べ物であれ、望みのままで物見遊山《ものみゆさん》の旅にも出られます。どちらがよいかは一目瞭然《いちもくりようぜん》かと存じます」

四郎兵衛に畳みかけられて、清吾はうなだれた。

たしかに剣術指南役になれば部屋住みのころより増しにはなると言っても、たかが知れている。貧乏暮らしの中でみつに苦労させることになるのは目に見えている。

清吾が気弱になったのを見抜いて四郎兵衛はにやりと笑った。

「それに、これは申し上げるまでもないことでございますが、此度の国東様と三岡様の争いでは、わたしも巻き込まれ、迷惑をいたしました」

四郎兵衛は鋭い目をして言った。

「国東様と三岡様のいずれが勝たれようが、白木屋の屋台骨はびくともいたしませんが、これまでご重役方へお贈りした金子《きんす》のことで、うるさく言われるのは腹の立つことでございます。みつを女房にしたことまで、どうこう言われるのなら、わたしどもにも覚悟というものがございます」

もし、みつのことでこれ以上、騒ぎ立てるとただではおかない、という脅しだった。

お家に大名貸しをしている富商の言葉だけに不気味な恐《こわ》さがあった。

四郎兵衛は番頭を振り向いて、

「さあ、栗屋様はもうお帰りになる。これからはお話しに見えてもわたしは応対に出ないからそのつもりでいてくれ」

とあからさまに言った。清吾は唇を噛んで、店を出ていくしかなかった。清吾が店を出ると、番頭が大声で小僧に言いつける声が聞こえた。

「おい、塩をまけ。とんでもない客が二度と来ないように、思い切りまくんだ」

清吾は小僧が塩壺《しおつぼ》を抱えて店の外に出てくる前に肩を落として歩いていった。

屋敷に戻った清吾は嘉一郎の部屋に行って、

「みつを取り戻すにはどうしたらいいのでしょうか。お教えください」

と言った。

嘉一郎は苦い顔をして、まだ、そんなことを言っているのか、と応じた。清吾は必死な面持ちになった。

「兄上、三百両を貸していただけませんか。金を叩きつけてみつを取り戻します」

嘉一郎はあきれた顔をして、清吾をまじまじと見据える。

「何を言っておるのだ。さような金はないぞ。それに、わが家は白木屋殿から三十両ほど借りておるのだ。もし、そなたがみつを取り戻すというのなら、その金も返さねばならんぞ」

嘉一郎に言われて清吾は頭を抱えた。

「ではいったいどうすればいいのでしょうか」

「あきらめろ、もし仮に国東様が帰国されてから金を返してくださったとしても、もはや、みつは白木屋殿の女房だ。本人が戻りたいなどとは言うまい」

そんなことはないはずだ。みつはきっと白木屋で自分が連れ戻しに来るのを待っている、と思いながらも、白木屋の財力を前にすると、気が萎《な》えるばかりだった。

清吾がため息をつくと、嘉一郎はことさら、やさしげな声を出した。

「もはや、みつのことは考えるな。みつは大店に嫁いで幸せになったのだ。そなたには、親戚から縁談がいくつも持ち込まれておるぞ。そなたは自分の幸せを考えればよいのだ」

清吾のため息は深まっていくばかりだった。

三十

伊八郎が帰国したのは四月に入ってからだった。

清吾は伊八郎を訪ねようと思いつつも、なかなか足を向けられなかった。

みつが白木屋から戻らず、そのまま四郎兵衛の女房にされたとすれば、すべては手遅れで伊八郎に話してもどうしようもないことに思えた。しかも四郎兵衛は伊八郎と三岡の政争に巻き込まれたことに不満を持っている様子だった。

新たに家老になったばかりの伊八郎は白木屋ともめ事は起こしたくないだろう。そう思うと国東屋敷に行くのが憚《はばか》られる気がした。

剣術指南役についても、伊八郎が帰ってから任じられることになっており、国東屋敷を訪ねれば、剣術指南役就任の催促のように思われるだけではないかという恐れもあった。

（どうすればよいのか——）

清吾が考えあぐねていると、伊八郎から、今夕、屋敷に来るように、という書状が届いた。

嘉一郎は清吾の剣術指南役就任が遅れていることに、やきもきしていただけに、

「やっと剣術指南役のお話が進むのだ。さっそく行くように」

と厳命した。

清吾は夕方になって国東屋敷へと行った。訪《おとな》いを告げると、家士がすぐに奥に案内してくれた。

通されたのは伊八郎の居室だった。

清吾が座敷に入ると伊八郎はすでに着流し姿で膳を前にして酒を飲んでいる。傍らに梶尾がいるのを見て、清吾は目を瞠った。

梶尾は城中で見たおりの厳《いか》めしい奥女中取締ではなく、やさしげな顔で伊八郎に酌をしていた。

(なぜ、ここに梶尾様がいるのだ)

清吾は首をひねりながら座った。

伊八郎は梶尾が酒を注《つ》いだ杯をひと息にあおった。

「清吾、遅いではないか」

乱暴な口調に清吾はむっとした。

「夕刻に来いと言われたから、夕刻に参っただけのことでござる」

相手はすでに家老なのだ、と自分に言い聞かせながら清吾は答えた。だが、伊八郎は乱暴に言葉を継いだ。

「そんなことは言っておらん。奥方のみつ殿を迎えに行くのが遅いではないかと申しているのだ」

「そのことだ」

伊八郎はなぜか腹立たしげに言う。清吾はため息をついた。

「何がそのことだ。みつ殿は無理やり、白木屋の女房にさせられたそうではないか。それなのに取り戻しにも行かず、さように悠長に構えていてよいのか、と言っておるのだ」

清吾を睨み据えて伊八郎は言った。

「いや、帰国してからすぐにみつを連れ戻そうと掛け合いに行った。だが、白木屋は相手にしようともしなかった」

清吾は言葉に口惜しさを滲《にじ》ませた。

「相手にせぬとはどういうことだ。この間までなら部屋住みの身だが、いまではお主は剣術指南役となることが決まっているのだぞ。立派なものではないか。堂々と掛け合って、みつ殿を取り戻せばよいのだ」

「それが、そうはいかなかった」

「なぜだ。商人の横車に負けるとは情けないではないか」

伊八郎は杯を膳に音を立てて置いた。傍らの梶尾が困った顔をして清吾を見つめる。

清吾は思い切って口を開いた。

「三百両の借金のことを言われた。みつは質流れだそうだ。それにこれ以上、騒げばただではすまんと言いたそうだった」

「それで、尻尾を巻いて逃げ帰ったのか」

「逃げたわけではないが、どうしていいかわからなかった」

清吾が悲しげに言うと、伊八郎は立ち上がった。清吾の傍らに来て片膝をついた伊八郎はいきなり、清吾の胸倉をつかんだ。

「よいか。黒鍾組の調べでは、みつ殿は白木屋の奥座敷で監禁同様に閉じ込められておる。そのためろくに食事をとろうとせぬから、体が弱り、いまでは寝ついておるそうだ。それもこれも、お主が迎えに来ることを信じて、白木屋が女房にしようとするのを必死で拒んでいるからだぞ。それなのに、お主という奴は、大事な女房を助けもせんで、それでも男か――」

伊八郎は拳を固めて、

――馬鹿者
と怒鳴りながらなぐりつけた。清吾はなぐられた衝撃で畳に倒れたが、急いで身を起こして、

「みつが寝ついているというのはまことか」

と訊いた。梶尾が口を挟んだ。

「わたくしの配下の者が白木屋の様子を調べていてわかったことです。みつ様は何カ月もの間、白木屋から責められても決して女房になることを承知せず、とうとう病に臥《ふ》せってしまわれたのです。このままではお命も危ないと存じます」

伊八郎は清吾を睨んだ。

「わかったら、さっさと行ってみつ殿を取り戻してこい」

「そうしたいが、借金も返さず、形だけとはいえ、白木屋の女房にされたみつを連れ戻すのは乱暴に過ぎないか」

不安げに清吾は言った。伊八郎は清吾の肩をつかんだ。

「何をためらうことがある。こんなときこそ、わしの名を使うのだ」

「お主の名を？」

清吾は伊八郎の目を見返した。

「そうだ。白木屋に押しかけて家老の国東伊八郎の命により、妻を取り戻しに来たと言え。白木屋が四の五の言ったら、ぶんなぐってでもみつ殿を助け出すのだ」

伊八郎はきっぱりと言った。

「そんなことをすれば、新任の家老の悪名が広がるぞ」

清吾が案じると、伊八郎はからりと笑った。

「構うものか。わしはこれから藩のために命がけで働くのだ。悪評がたんと立つに決まっておる。家老はひとに嫌われ、憎まれるのが仕事だ。悪い噂《うわさ》のひとつやふたつ増えたところでどうということはない。お主とみつ殿のためだ。この悪名、引き受けてやる」

伊八郎の言葉に清吾は涙ぐんだ。

「わかった。すまぬが、お主の名を使わせてもらう」

「そうと決まったら、ぐずぐずせずに、さっさと行け」

伊八郎に怒鳴られて、清吾は跳び上がるようにして立ち上がると座敷を急ぎ足で出ていった。

清吾を見送った伊八郎は、舌打ちして杯に手を伸ばした。

「まったく、手のかかる男だ」

梶尾が銚子《ちょうし》を持って伊八郎に酒を注いだ。

「ですが、わたくしはなにやらうらやましい気がいたします」

「ほう、何がうらやましいのですかな」

伊八郎は首をかしげた。

「あのような友をお持ちの国東様、そして、自分を助けようと懸命に駆けつけてくれる夫を持たれたみつ様でございます」

伊八郎は鼻で嗤《わら》った。

「みつ殿はともかく、わしは頑固で融通の利かぬ友を持って苦労してばかりですぞ」

梶尾は微笑んだ。

「栗屋様もそっくり同じことを思われておいででしょう」

梶尾に言われて、伊八郎は、それはそうかもしれぬ、と言って大笑いした。

中庭から見える空には三日月が浮かんでいた。

清吾が駆けて白木屋に着いたときには、あたりは暗くなっていた。白木屋の雨戸も閉まっている。

清吾は雨戸をどんどん、と叩いた。

「栗屋清吾だ。白木屋殿に会いたい。ここを開けろ」

声高に叫んだが、店の中は静まり返っている。しかし、清吾は雨戸の向こうにひとの気配を感じ取った。

店の者たちは清吾が戸を開けるよう求める声が聞こえていながら、応じずに立ち去るのを待っているのだ。

——おのれ
清吾は大きく足を上げて雨戸を蹴った。

「ご家老、国東伊八郎様の命により、わたしの妻を連れ戻しに来た。邪魔立てすると容赦せんぞ」

清吾の怒鳴り声とともに、めりめりと音がして雨戸が店の中に倒れた。清吾は雨戸の隙間《すきま》から店の中に入った。

案の定、行灯《あんどん》に照らされて小僧や手代、番頭たちが土間に立っている。番頭がいきりたち、

「何をなさいますか。これでは強盗と変わりません。お奉行様に訴え出ますぞ」

と大声を上げた。

清吾は店の者たちを睨みつけた。

「みつはどこにおる。案内いたせ」

そのとき、奥から四郎兵衛が出てきて、清吾の前に立った。

「栗屋様、これはいかなることでございますか。わたくしどもの店でかように乱暴を働かれてただですむとお思いですか」

「ただですまぬなど百も承知だ。それでもわしは妻を連れ戻さぬわけにはいかぬ」

清吾は刀の鯉口《こいぐち》を切った。

四郎兵衛は顔をこわばらせた。

「国東ご家老様の命だと言われたのはまことでございますか」

「まことだ」

「嘘《うそ》だ。いくらご家老様でもかようなことをお許しになるはずがない」

「嘘だと思いたければ、勝手にそう思え」

清吾は土足のまま帳場に上がった。四郎兵衛は目を剝いて、

「先生方、この乱暴者をつまみ出してくださいませ」

と叫んだ。その声に応じて、奥から用心棒らしい五人の浪人者が出てきた。いずれも屈強な体つきをしており、店に出てくるなり刀の柄《つか》に手をかけた。

清吾はにやりと笑った。

「ほう、白木屋殿はかような浪人者を雇っているのか。よほど後ろめたいことをしているのだな」

浪人者のひとりが刀の柄に手をかけたまま進み出て、

「このまま帰ることだ。さもなくば、痛い目をみるぞ」

と脅した。ほかの四人が清吾を取り巻く。

浪人たちに囲まれても清吾はあわてない。

「痛い目をみるのはそちらの方だろう」

清吾が言い終わらぬうちに、浪人たちは一斉に抜き打ちで斬りつけた。清吾の体が一瞬、沈んだかと見えた瞬間、浪人たちがうめき声をあげて倒れた。

腰を落とすなり清吾は続けざまに居合を放っていた。浪人たちは足を薙《な》ぎはらわれ、腕に斬りつけられて刀を取り落としてうずくまった。

鍔《つば》鳴りの音とともに、清吾は刀を鞘に納めた。一瞬で五人の浪人を倒した清吾の剣技の冴《さ》えに四郎兵衛は青ざめた。

「みつはどこだ」

清吾に静かに訊かれて四郎兵衛は震え声で答えた。

「廊下の先の蒲団《ふとん》部屋でございます」

「蒲団部屋だと」

殺気のこもった目で清吾は四郎兵衛を睨み据えたが、すぐに廊下を走って、突き当たりにある板戸を開けた。

薄暗い蒲団部屋には蒲団が何枚も積まれ、その間に敷かれた床にみつが横たわっているのが、廊下の灯りでうっすらと見えた。

「みつ、かようなところに入れられていたのか」

清吾は枕元に座ってみつに声をかけた。みつは閉じていた目を開けた。

「旦那様、きっと来てくださると思っておりました」

みつはかすれた声で言う。

「すまぬ。かように遅くなって、わしは頼りにならぬ亭主だ」

なぜ、もっと早く来なかったのかと清吾は自分を責めた。だが、みつはかすかに微笑んだ。

「いいえ、そんなことはございません。旦那様はわたしを助けに来てくださいました。頼もしいご亭主でございます」

清吾は涙をこらえて、みつ、帰るぞ、と言いながら、みつを抱え起こし、背に負った。みつの体が思ってもみなかったほど軽くなっている。

清吾は胸が詰まったが、

「さあ、家に戻るぞ」

とみつに声をかけた。みつは、はい、とかすれた声で言うのがやっとだった。清吾はみつを背負って廊下を歩き、店に出た。

店にはまだ四郎兵衛始め手代や番頭たちが凍りついたように立ち尽くしている。

清吾はみつを背負って、店の者たちの間を通り抜けながら、

「邪魔をするなよ。今夜のわたしは機嫌が悪い。邪魔をすれば容赦なく斬り捨てる」

と低い声で言った。

清吾は倒れた雨戸を踏み越えて外に出た。

三日月が夜空にかかっている。

清吾が歩き出すと背中のみつがか細い声で、

「旦那様、嬉しゅうございます」

と言った。

「そうか、嬉しいか。これからはもっと嬉しいことがあるぞ。わたしは剣術指南役となり、分家して、ふたりの間に子ができるのだ」

清吾が囁くように言うと、みつはくすりと笑った。

「子にはなんと名をつけましょう」

「そうだな、ひとりで生きていけるような強い名がよいな」

清吾が言うと、みつは力をこめて清吾の背にすがりついた。

「いいえ、ひとはひとりでは生きていけませぬ。いとしいひとを大事に思える、深い心を持ったひとになってもらいとうございます」

「そうか、ひとはひとりでは生きていけぬか」

伊八郎も自分もひとりでは困難を乗り越えられなかった。そしていまの自分は背中のみつがいなければ生きていく気力さえ湧かないだろう。

そう思ったとき、ひとが何事かをなすのは大きな器量によってではなく、おのれもひとも裏切らぬ誠によってだ、と伊八郎が言ったことを思い出した。

みつは草雲雀を飼っていた。

草雲雀は恋しい相手を思って一晩中、りり、りり、と鳴くのだという。

清吾は草雲雀の鳴き声が耳の中でするのを聞いた。

りり、りり、りり
（わたしもみつも草雲雀だ）

清吾は、みつを背負う腕に力を込めると、草雲雀の鳴き声に合わせてしっかりと夜道を歩いていった。

解説　葉室麟の温もり

島内景二

『草雲雀《くさひばり》』のフィナーレの近くに、心に沁みる言葉がある。読者の心には、この小説を読み終わったあとも、いつまでも谺《こだま》のように反響している。

《ひとはひとりでは生きていけませぬ。》

ここには、作者から読者への強いメッセージが、込められている。この名セリフを書きながら、葉室麟は愛唱歌をハミングしていたのではないか。そう、中村雅俊の名曲「ふれあい」である（一九七四年、山川啓介作詞、いずみたく作曲）。あれは、『われら青春！』の挿入歌だった。

二〇一五年、NHKの木曜時代劇で、葉室の代表作の一つ『銀漢の賦』が放映され、中村雅俊が主演した（放映タイトルは『風の峠〜銀漢の賦〜』）。この時、雑誌で中村と記念対談した葉室は、若かった頃には、母親が自分と中村をよく見間違えていたものだ、という思い出話を披露した。私は読みながら、思わず微笑《ほほえ》んだ。

葉室が亡くなった翌年、二〇一八年八月の新盆に、「お別れの会」が開かれた。席上で配られた小冊子には、葉室の貴重なスナップ写真が何枚もあった。その中の一枚には、新聞記者になった駆け出しの頃、オートバイに跨がった青年の姿があった。まさに『われら青春！』の世界である。もう一枚、友人たちと一緒に写った写真に、私は思わず息を呑んだ。あまりにも中村雅俊と似ていたからだ。中村との対談で、葉室は決して母親の愛すべき思い違いとして、この取っておきのネタを繰り出したわけではなかったのだ。「ふれあい」という歌は、人が悲しみにぶち当たって心がくずおれた時、それを支えてくれ、立て直してくれる大切な人が、自分のそばにいてほしい、という願いをテーマとしている。

日本民俗学を樹立した柳田國男は、それを「妹《いも》の力」と名づけた。母や姉や妻の大きな愛が、困難に直面した男の人生を打開する勇気を与えてくれる。葉室麟は、「妹の力」を信じた男たちの活躍を描き続けた。

ここで、『草雲雀』の世界に入る。主人公は、栗屋《くりや》清吾《せいご》。彼は、武士の家に生まれたものの、嫡男ではないため、兄の世話になる「部屋住《へやず》み」の立場である。何とかして、冷や飯食い・無駄飯食いの境涯から抜けだし、藩の役職に就《つ》くには、他家の娘と結婚して婿《むこ》養子となり、生家を出てゆくしか方法はない。だが、彼は、「みつ」という女中と相思相愛の仲になり、彼女と一生添い遂げたいと決心した。清吾は、婿養子となる道を、自ら閉ざしてしまった。

「みつ」は、若くして人生に行き暮れ、悶々としている清吾を慰めようと、草雲雀の鳴き声を聞かせる。清吾にとっての「みつ」は、「生きる勇気」だと、本文に書かれている。この言葉を書き記す瞬間、おそらく葉室の念頭には「妹の力」という言葉があり、なおかつ「ふれあい」の歌詞が谺していたことだろう。

言うまでもないが、草雲雀は空を飛ぶ鳥の仲間ではない。「草雲雀」は、くさむらで鳴く虫である。蟋蟀《こおろぎ》に似た、小さな昆虫である。

小泉八雲（ラフカディオ・ハーン）の短篇集『骨董《こっとう》』（一九〇二年）の中に、『草雲雀』という小品がある。それによれば、八雲は、「霊的な音楽」のような草雲雀の鳴き声を愛した。彼の耳には、草雲雀が「恋の歌」を歌っているように聞こえたという。その愛らしい虫が、世話役の書生だった「アキ」の不在中に、下女の「ハナ」の不注意で死んでしまった。

この話にヒントを得て書かれたのが、夏目漱石の『文鳥』（一九〇八年）であろうと指摘したのが、比較文学者の平川祐弘《すけひろ》である。漱石の愛した文鳥は、彼が昔、ほのかに心を寄せていた女の存在を強く思い起こさせたが、死んでしまう。漱石は、「十六になる小女《こおんな》」の不注意を激しく叱った。

八雲も、漱石も、熊本で教壇に立ったことがある。九州に視点を据えて、日本と世界の文明のあり方を観察した葉室麟の視野には、当然、この二人は入っていただろう。八雲も漱石も、女中（小女）を叱っている。けれども、葉室は草雲雀を、「恋の歌」を美しく歌う、純粋な心を持った女中の象徴とした。そして、草雲雀や文鳥が死んだことを語る八雲と漱石の話の結末を、変えようと試みたのではないか。ここに、愛の奇跡を信じる葉室文学の本質が見て取れる。

くさむらで、「りり　りり　りり」と鳴く草雲雀。私の耳には、「りり　りり　りり　はむろ　りん」と聞こえる。葉室麟は、愛の歌を歌い続けた。その歌声の温もりが、今も感じられる。

葉室本人には、自作の『草雲雀』を構想する際に、小泉八雲の文章を意識していたと述べた文章がある。そこには、直接には書かれていないけれども、漱石文学も『草雲雀』に発想を提供していたものと思われる。だが、私としては、漱石文学の中では『文鳥』よりも、『坊っちゃん』を『草雲雀』と重ね合わせたい。

『坊っちゃん』には、「清《きよ》」という名の、純粋な心を持った下女が登場する。その清と、一度は泣いて別れた主人公は、松山での旅を終え、清と二人で暮らすべく、東京へと戻ってきた。「坊っちゃん」と「清」の信頼関係は、そのまま『草雲雀』の「清吾」と「みつ」に当てはまる。

坊っちゃんが清と一緒に暮らす決心をして、赤シャツを懲らしめる場面は、『草雲雀』の最後で、豪商の屋敷から愛する「みつ」を奪い返す清吾の姿とも重なる。みつが借金の形《かた》として白木屋に奪われるのは、坊っちゃんと清の離れ離れの日々と対応している。

漱石は晩年、「則天去私《そくてんきょし》」という境地を理想とした。清吾は片山流の剣の達人で、秘太刀「磯之波《いそのなみ》」を伝授されていた。「片山流では、森羅万象すべては天理に従う」とされる。この「天理」は、「則天去私」という言葉に由来しているのではないだろうか。

清吾にとっての「生きる力」である「みつ」という名前を、秘太刀「磯之波」との関連で深読みすれば、「水」に通じている。歴史的仮名づかいでは、「水」は「みづ」である。なおかつ、古典では濁点を打たないのが普通なので、「水」は「みつ」と表記されることが多い。「みつ」は、満ちあふれるという意味の動詞「満つ」にも通じている。

命のシンボルである「水」が「みつ（満つ）」こと。それが、男に生きる勇気を与える。それと同時に、愛する男が颯爽と活躍するのを見て、女の心にも喜びが満ちてくる。折口信夫《おりくちしのぶ》は、日本の神話や古代物語から、「水の女」という概念を導きだした。「みつ」は、部屋住みとして八方ふさがりの青春を余儀なくされた清吾を救う「水の女」だったのである。

ところで、葉室文学において、「妹の力＝水の女」と並ぶ基本概念として、「友の力」がある。清吾の「友」は、山倉伊八郎《やまくらいはちろう》。彼もまた「部屋住み」の立場だったが、実父の国東武左衛門《くにさきたけざえもん》が、藩政を取り仕切ってきた筆頭家老であることから、一《いち》か八《ばち》かの大冒険で、政治の荒波に身を投じてゆく。

葉室文学の重要なキャラクターである、「悪名をこうむることを恐れずに、藩政の改革を断行する名家老」を目指して、伊八郎は成長してゆく。「みつ」によって命を得た清吾が、友情を剣技で示し、伊八郎の大きな夢を叶えようとする。

狭い虫籠のような部屋住みの立場から、藩の筆頭家老へと成り上がろうとする伊八郎には、次々に敵が現れ、立ちふさがる。伊八郎が清吾に「用心棒」を依頼した段階では、三つのグループから命を狙われる「三方《さんぼう》の敵」に囲まれていたが、「黒錘組《くろおもりぐみ》」という謎の集団も現れ、さらには究極のラスボスまで出現する。その中で、清吾の剣が、文字通り、伊八郎の活路を切り拓く。

伊八郎もまた、ラスボスとの戦いでは、自ら剣を振るう。清吾に助けられるだけでなく、「みつ」と幸福な家庭を営みたいという、清吾の夢を叶えてやろうともした。小さな、けれども切実で、哀切きわまりない草雲雀の夢を。

葉室麟は、男たちの心に鬱勃《うつぼつ》として湧き上がってくる、大小さまざまな夢のかたちを描き続けた。男は、政《まつりごと》であれ、愛であれ、おのおの夢を抱き、その実現に向けて走り始めた瞬間に、「漢《おとこ》」へと変貌する。『銀漢の賦』の「漢」である。

自分の人生のすべてを、ひたすら大きな夢の成就《じょうじゅ》に賭ける覚悟。それを、葉室麟は「漢」の「器量」と呼ぶ。

伊八郎には、「家老となる器量」があるかどうかが、問われている。友である清吾の助力もあって、自分が家老の器であることを証明した伊八郎は、かつて「名家老」であった実父の武左衛門に、自分の思いをぶつける。

《わたしも国東家の家督を継ぐまでは草雲雀のごとく小さい者として生きておりました。しかし、此度《こたび》、家督を継ぎ、派閥を率い、家老になる身になってあらためて思い知ったのは、ひとが何事かをなすのは、大きな器量を持つゆえではなく、草雲雀のごとく小さくとも、おのれもひとも裏切らぬ誠によってだということでございます》

「みつ」と清吾の心のシンボルである草雲雀は、伊八郎の共感を得て、「人の誠」のシンボルとなった。「草雲雀のごとき誠」。人は一人では生きてゆけないからこそ、自分にとって大切な人との「ふれあい」を求める。それが草雲雀の誠である。

葉室麟は、小説家となって約十年の活躍期間で、六十冊を超える傑作・名作・秀作を残した。本作『草雲雀』も、愛惜置くあたわざる佳品である。

りり　りり　りり　はむろ　りん。

思えば、葉室麟という存在は、「草雲雀」だったのではないだろうか。草雲雀の歌う「恋の歌」は、葉室麟のテーマそのものだった。葉室麟は、現代日本で閉塞した状況を生きる読者たちに、生きる勇気を与えてくれた。

葉室の作品のタイトルには、『銀漢の賦』『墨龍賦』『さわらびの譜』のように、「賦」や「譜」という文字を含むものがある。彼の作品が「歌」を目指していることを、はっきりと示している。恋の歌と、友情の歌を。

小泉八雲が飼っていた草雲雀と、漱石が愛玩していた文鳥は、飼育する側の不注意で死んでしまった。それに対して、葉室麟の残した作品は、いつまでも生き続け、恋の歌、そして「誠の歌」を奏《かな》で続ける。「みつ」に生きる力を授かった清吾は、友の抱いた夢を叶える協力を惜しまず、そのことが自らの望みを成就させた。

人は、一人では生きてゆけない。愛する人と心を触れ合わせること、友と支え合うことで、人は自分がこの世に生まれた可能性を、十全に咲き切らせることができる。

いつの間《ま》にか、私たちは、草雲雀のように、「りり」「りり　りり」「りり　りり　りり」と歌い始めている。この「友を恋うる歌」、「妻を恋うる歌」に込められた「誠」を聞き分けてくれる人が、いつか、きっと現れてくれる。その人こそが誠の友であり、誠の恋人なのだ。

（国文学者）

単行本　二〇一五年十月　実業之日本社刊
一次文庫　二〇一八年十二月　実業之日本社文庫

DTP制作　エヴリ・シンク

文春文庫

草《くさ》雲《ひ》雀《ばり》

定価はカバーに
表示してあります

2024年12月10日　第1刷

著　者　葉《は》室《むろ》麟《りん》
発行者　大沼貴之
発行所　株式会社 文藝春秋

東京都千代田区紀尾井町 3-23　〒102-8008
TEL　03・3265・1211㈹
文藝春秋ホームページ　https://www.bunshun.co.jp

落丁、乱丁本は、お手数ですが小社製作部宛お送り下さい。送料小社負担でお取替致します。

印刷製本・TOPPANクロレ

Printed in Japan
ISBN978-4-16-792313-6

（　）内は解説者。品切の節はご容赦下さい。

葉室　麟
銀漢の賦
江戸中期、西国の小藩で同じ道場に通った少年二人。不名誉な死を遂げた父を持つ藩士・源五の友は、名家老に出世していた。彼の窮地を救うために源五は……。松本清張賞受賞作。（島内景二）
は-36-1

葉室　麟
いのちなりけり
自ら重臣を斬殺した水戸光圀は、翌日一人の奥女中を召しだした。この際、御家の禍根を断つべし――。肥前小城藩主への書状の真意は。一組の夫婦の絆の物語が動き出す。（縄田一男）
は-36-2

葉室　麟
花や散るらん
京で平穏に暮らしていた雨宮蔵人と咲弥。二人は朝廷と幕府の暗闘に巻き込まれ、江戸へと向かう。赤穂浪士と係り、遂には吉良邸討ち入りに立ち会うことになるのだが……。（島内景二）
は-36-3

葉室　麟
恋しぐれ
老境を迎えた与謝蕪村。俳人、画家として名も定まり、よき友人や弟子たちに囲まれ、悠々自適に暮らす彼に訪れた最後の恋。新たな蕪村像を描いた意欲作。（内藤麻里子）
は-36-4

葉室　麟
無双の花
関ヶ原の戦いで西軍に与しながら、旧領に復することのできたただ一人の大名・立花宗茂。九州大友家を支える高橋紹運の嫡男、宗茂の波乱万丈の一生を描いた傑作。（植野かおり）
は-36-6

葉室　麟
山桜記
命の危険を顧みず、男は妻のため出兵先の朝鮮半島から日本へ還る（「汐の恋文」）。大名の座を捨て、男は妻と添い遂げた（「花の陰」）。戦国時代の秘められた情愛を描く珠玉の短編集。（澤田瞳子）
は-36-7

葉室　麟
影踏み鬼
新撰組篠原泰之進日録

伊東甲子太郎を慕い新撰組に入隊、後に赤報隊に身を投じた久留米藩脱藩隊士、篠原泰之進。彼の目を通して見た新撰組の隆盛と凋落。（朝井まかて）
は-36-8

（　）内は解説者。品切の節はご容赦下さい。

嵯峨野花譜
葉室　麟
若くして活花の名手と評判の高い少年僧・胤舜は、ある理由から父母と別れ、京都大覚寺で華の道、人の道を学びつつ次第に成長を遂げていく。もう一つの天保の改革秘話。（澤田瞳子）
は-36-10

大獄　西郷青嵐賦
葉室　麟
西郷隆盛は薩摩藩主の島津斉彬に仕え、天下国家のことに目覚める。一橋慶喜擁立のため主斉彬とともに暗躍するが、主の急死、そして安政の大獄により全てを失い……。（内藤麻里子）
は-36-11

影ぞ恋しき　（上下）
葉室　麟
吉良上野介の孫娘を養女にした雨宮蔵人と咲弥の所に上野介の息子、義周からの密使が訪れる。亡き人への思いが夫婦を動かし一家は再び政争の世界に。著者最後の長編小説。（島内景二）
は-36-12

約束
葉室　麟
高校生四人が明治維新直後の時代に転生した！　西郷隆盛、大久保利通らの側で歴史のうねりに巻き込まれた若者たちは、現代に戻れるのか。「幻のデビュー作」の文庫化。（内藤麻里子）
は-36-14

オランダ宿の娘
葉室　麟
江戸に参府するカピタンの宿・長崎屋に生まれた、るんと美鶴。時は文政、一大疑獄「シーボルト事件」に姉妹と恋人・夫たちは巻き込まれる。歴史ミステリにして青春小説。（諸田玲子）
は-36-15

読書の森で寝転んで
葉室　麟
直木賞受賞前後から逝去までの間に発表した書評、随筆、小説講座、掌編「芦刈」などを収録。人生の苦渋と他者への敬愛、そして読書こそが、遅咲きの国民作家を完成させたと知る一冊。
は-36-16

曙光を旅する
葉室　麟
キリシタン大名・大友宗麟の臼杵城から長崎の原爆資料館、『苦海浄土』の水俣まで、西国を巡り歩いた最晩年の歴史紀行。「敗者」に心を添わせて書き続けた作家の文学碑のような一冊。
は-36-17

文春文庫　藤沢周平の本

（　）内は解説者。品切の節はご容赦下さい。

藤沢周平
花のあと
娘盛りを剣の道に生きたお以登にも、ひそかに想う相手がいた。手合せしてあえなく打ち負かされた孫四郎という部屋住みの剣士である。表題作のほか時代小説の佳品を精選。（桶谷秀昭）

ふ-1-23

藤沢周平
小説の周辺
小説の第一人者である著者が、取材のこぼれ話から自作の背景、転機となった作品について吐露した滋味溢れる随筆集。郷里の風景や人情、教え子との交流などを端正につづる。

ふ-1-24

藤沢周平
麦屋町昼下がり
藩中一、二を競い合う剣の遣い手同士が、奇しき運命の縁に結ばれて対峙する。男の闘いを緊密な構成と乾いた抒情で描きだす表題作など全四篇。この作家、円熟期えりぬきの秀作集。

ふ-1-26

藤沢周平
三屋清左衛門残日録
家督をゆずり隠居の身となった清左衛門の日記「残日録」。悔いと寂寥感にさいなまれつつ、なお命をいとおしみ、力尽くす男の残された日々の輝きを描き共感をよぶ連作長篇。（丸元淑生）

ふ-1-27

藤沢周平
玄鳥
武家の妻の淡い恋心をかえらぬ燕に託してえがく「玄鳥」をはじめ、円熟期の最上の果実と称賛された名品集である。他に「浦島」「三月の鮠《はや》」「闇討ち」「鷦鷯《みそさざい》」を収める。（中野孝次）

ふ-1-28

藤沢周平
夜消える
酒びたりの父をかかえる娘と母、市井のどこにでもある小さな不幸と厄介ごと。表題作の他「にがい再会」「永代橋」「踊る手」「消息」「初つばめ」「遠ざかる声」など市井短篇小説集。（駒田信二）

ふ-1-29

藤沢周平
秘太刀馬の骨
北国の藩、筆頭家老暗殺につかわれた幻の剣「馬の骨」。下手人不明のまま六年過ぎ、密命をおびた藩士と剣士は連れだって謎の秘剣をさがし歩く。オムニバスによる異色作。（出久根達郎）

ふ-1-30

（　）内は解説者。品切の節はご容赦下さい。

藤沢周平
半生の記
自身を語ること稀だった含羞の作家が、初めて筆をとった来しかたの記。郷里山形、生家と家族、学校と恩師、戦中戦後、そして闘病。詳細な年譜も付した藤沢文学の源泉を語る一冊。

ふ-1-31

藤沢周平
漆《うるし》の実のみのる国（上下）
貧窮のどん底にあえぐ米沢藩。鷹山は自ら一汁一菜をもちい、藩政改革に心血をそそぐ。無私に殉じた人々の類なくうつくしいこの物語は、作者が最後の命をもやした名篇。（関川夏央）
ふ-1-32

藤沢周平
日暮れ竹河岸
作者秘愛の浮世絵から発想を得てつむぎだされた短篇名品集。市井のひとびとの、陰翳ゆたかな人生絵図を掌の小品に仕上げた極上品、全十九篇を収録。生前最後の作品集。（杉本章子）
ふ-1-34

藤沢周平
早春　その他
初老の勤め人の孤独と寂寥を描いた唯一の現代小説「早春」。加えて時代小説の名品二篇に、随想・エッセイを四篇収める。作家晩年の心境をうつしだす静謐にして透明な文章！（桶谷秀昭）
ふ-1-35

藤沢周平
よろずや平四郎活人剣（上下）
喧嘩、口論、探し物その他、よろず仲裁つかまつり候。旗本の家を出奔し、裏店にすみついた神名平四郎の風がわりな商売。長屋暮しの哀歓あふれる人生をえがく剣客小説。（村上博基）
ふ-1-36

藤沢周平
隠し剣孤影抄
剣客小説に新境地を開いた名品集〝隠し剣〟シリーズ。剣鬼と化し破牢した夫のため捨て身の行動に出る人妻、これに翻弄される男を描く「隠し剣鬼ノ爪」など八篇を収める。（阿部達二）
ふ-1-38

藤沢周平
隠し剣秋風抄
ロングセラー〝隠し剣〟シリーズ第二弾。凶々しいばかりに研ぎ澄まされた剣技と人としての弱さをあわせ持つ主人公たち。粋な筆致の中に深い余韻を残す九篇。剣客小説の金字塔。

ふ-1-39

文春文庫　最新刊

李王家の縁談　林真理子
明治から昭和の皇室を舞台に繰り広げられる、ご成婚絵巻

香君4　遥かな道　上橋菜穂子
災いが拡がる世界で香君が選んだ道とは。シリーズ完結！

満月珈琲店の星詠み　～月と太陽の小夜曲～　望月麻衣　画・桜田千尋
悩める光莉に、星遣いの猫たちは…人気シリーズ第6弾

手討ち　新・秋山久蔵御用控（二十一）　藤井邦夫
残酷な手討ちを行う旗本の家臣が次々に斬殺されてしまう

ふたごの餃子　ゆうれい居酒屋6　山口恵以子
新小岩の居酒屋を舞台に繰り広げられる美味しい人間模様

凍結事案捜査班《コールドケース》　**時の残像**　麻見和史
血まみれの遺体と未解決事件の関係とは…シリーズ第2弾

桜虎の道　矢月秀作
最恐のヤミ金取り立て屋が司法書士事務所で働きだすが…

草雲雀　葉室麟
愛する者のため剣を抜いた部屋住みの若き藩士の運命は

暁からすの嫁さがし　三　雨咲はな
あやかし×恋の和風ファンタジーシリーズついに完結！

幸運な男　渋沢栄一人生録　中村彰彦
一万円札の顔になった日本最強の経営者、その数奇な運命

おれの足音　大石内蔵助〈決定版〉上下　池波正太郎
人間味あふれる男、大石内蔵助の生涯を描く傑作長編！